科学经管文库

高技术产业发展与政策研究
——培育竞争优势

李伟铭　黎春燕　著

国家自然科学基金项目（编号：71062009）
海南省哲学社会科学规划课题（编号：HNSK10-98）
海南大学学术著作出版基金资助出版

科 学 出 版 社
北 京

内 容 简 介

　　本书从产业竞争优势培育的视角，按照理论、经验、实践做法和探索四个层次，将主体内容分为高技术产业发展与政策相关理论、各国高技术产业发展与政策经验、各地区高技术产业政策主要做法、海南省高技术产业优势培育与政策建设探索四个部分，共 16 章。全书体系规范、逻辑清晰、分析透彻，通过系统地梳理高技术产业发展理论，全面地总结各国高技术产业发展经验，开创性地比较分析了北京、天津、西安、成都和深圳等地区的高技术产业政策，深刻揭示了这些地区高技术产业形成竞争优势背后的政策因素。同时还以实践探索的方式，呈现了一个地区如何分析高技术产业发展基础和条件，完善高技术产业发展政策，培育高技术产业竞争优势的策略和做法，为我国各省市相关部门和各界人士学习高技术产业发展理论、吸收高技术产业发展经验、制定高技术产业发展政策、共同建设具有独特竞争优势的高技术产业提供理论支持与参考。

　　本书适合政府科技管理部门、高技术企业从业人员、相关领域研究学者以及其他对高技术产业发展和政策感兴趣的各界人士阅读参考。

图书在版编目(CIP)数据

　　高技术产业发展与政策研究：培育竞争优势 / 李伟铭，黎春燕著. —北京：科学出版社，2011

　　(科学经管文库)

　　ISBN 978-7-03-031747-6

　　Ⅰ.①高… Ⅱ.①李… ②黎… Ⅲ.①高技术产业-经济政策-研究-中国 Ⅳ.① F279.244.4

　　中国版本图书馆 CIP 数据核字（2011）第 181054 号

责任编辑：张　宁 / 责任校对：包志虹
责任印制：张克忠 / 封面设计：陈　敬

科学出版社 出版
北京东黄城根北街 16 号
邮政编码：100717
http://www.sciencep.com

新蕾印刷厂 印刷
科学出版社发行　各地新华书店经销

*

2011 年 8 月第 一 版　　开本：720×1000 1/16
2011 年 8 月第一次印刷　　印张：14
印数：1—2 000　　字数：310 000

定价：42.00 元

（如有印装质量问题，我社负责调换）

前　言

　　高新技术产业的蓬勃兴起正在改变世界的发展格局。随着各国高新技术产业的迅速成长，美国的技术超级大国地位日益受到来自日本、德国、韩国以及其他欧洲和亚洲国家的挑战。与传统产业相比，高新技术产业不仅具有高投入、高风险、高竞争性、高增值等突出特点，而且是一个更需要政府"给力"的产业。20 世纪中后期以来，世界各国纷纷制定促进高新技术产业发展的政策，通过宏观指导、资金支持、税收优惠、法规保护以及科研体制、风险投资体制完善等种种措施引导和扶持高新技术产业发展，使之成为驱动本国经济的新的增长点。

　　我国的高新技术产业起步可以追溯到 1986 年的《高技术研究发展计划》（863计划）。其后，我国出台了《国家重点基础研究发展规划》(973 计划)以及一系列高技术产业相关政策，这些政策极大地促进了我国的高新技术产业发展。在国发[2006]6 号文件关于实施《国家中长期科学和技术发展规划纲要（2006~2020 年）》若干配套政策的通知中，国务院从税收政策、金融支持、人才队伍、科技创新基地与平台等配套政策上 9 次明确地要求对高新技术产业、企业及项目给予支持，足见国家对高技术产业发展的重视程度。

　　回望过去的 20 多年，我国的高新技术产业不仅实现了超常规发展，取得了举世瞩目的成就，而且探索出一条具有中国特色的发展高新技术产业的道路。然而，与世界前列的发达国家相比，当前我国高技术产业总体国际竞争力不足也是不争的事实。我国的高技术产业在各个领域都面临着来自国际竞争的严峻挑战。如何在扶持高技术产业发展的基础上，培育我国高技术产业的竞争优势，将成为未来我国高技术产业政策制定的着眼点。

　　本书将高技术产业政策与产业发展结合起来，在理论研究和代表性国家经验总结的基础上，运用比较研究、定量分析等方法，从投融资政策、财税政策、人才政策、产学研政策、产业促进政策以及知识产权政策等多个方面，总结我国多个地区高技术产业发展的政策，深刻揭示这些地区高技术产业形成竞争优势背后的政策因素。同时我们以实践探索的方式，呈现了一个地区如何分析高技术产业发展基础和条件，完善高技术产业发展政策，培育高技术产业竞争优势的策略和做法。旨在为我国各省市相关部门和各界人士学习高技术产业发展理论，吸收高技术产业发展经验，制定高技术产业发展政策，共同建设具有独特竞争优势的高技术产业提供理论支持与参考。

按照理论、经验和实践探索的逻辑层次，我们将本书分为四篇，共 16 章：

第一篇，高技术产业发展与政策相关理论。该篇系统分析了高技术产业发展、产业竞争优势以及产业政策的相关理论。阐释了国家比较优势、产业集群优势，以及市场失灵观、国际竞争观、政策效应理论等相关理论研究成果，奠定了本书后续经验分析和实践探索的理论基础。

第二篇，各国高技术产业发展与政策经验。该篇以"世界—中国—地区"三个层次的格局观，系统地分析了不同层次的高技术产业扶持政策。首先，总结日本、韩国、德国和美国等代表性国家的高技术产业政策；其次，梳理了不同时期我国高技术产业的主要政策和演进历程；最后，运用主成分分析等方法对我国不同地区的高技术产业竞争力进行了评价。

第三篇，各地区高技术产业政策主要做法。该篇依据高技术产业竞争力评价结果，选取了北京、天津、成都、西安、深圳等处于我国华北、华东、华西以及华南区域最具有竞争优势的高技术产业开发区进行研究。从投融资、财税、人才、产学研合作、知识产权等多个层面揭示这些地区高技术产业政策制定的方向、具体措施，共性以及差异性。从深层次揭示了地区高技术产业政策促进产业竞争优势形成的内在机理和规律性。

第四篇，探索：海南省高技术产业优势培育与政策建设。该篇以海南省为例，在对海南省高技术产业投入、产出、投资效率分析的基础上，从海南省地理、资源、经济、区位等特殊的环境和条件以及现存的主要问题出发，全面地解析海南省高技术产业结构、产业价值链、地方产业以及创新能力，提出从整合本地资源优势、促进产学研合作研发、引导产业集群发展、推动产业链延伸、完善配套服务体系建设等培育高技术产业竞争优势的多项措施，并对海南省高技术产业政策支持体系建设提出切实可行的建议。

本书的独特之处在于，我们从多个角度和层次，分别对不同时间、不同国家、不同区域的高技术产业发展与政策展开研究：

第一，采取产业竞争优势视角研究高技术产业政策。在全球化竞争环境下，高技术产业的发展是否成功，关键在于是否培育出了高技术产业的独特竞争优势。本书在以往研究基础上提出了产业竞争优势"菱形模型"，并基于这一框架诠释了高技术产业竞争优势形成的内在机制。

第二，采取由外至内，由远及近，自上而下的方式，总结国内外的高技术产业政策。本书首先总结日本、韩国、德国、美国等代表性国家的高技术产业发展经验；其次，梳理了我国自 1984 年以来，各时期的高技术产业政策的出台、实施和演进历程；最后，本书政策研究落脚于各地区的高技术产业政策，从而较为系统地阐释了各国家、各地区的高技术产业政策。

第三，采取横向对比的方式深刻剖析国内各地区的高技术产业发展政策。本书依据高技术产业竞争力评价结果，选取北京、天津、西安、成都、深圳等地区的高技术产业政策进行比较研究，分析它们之间的共性和差异，总结经验，研究规律，是高技术产业政策研究领域的一项新尝试。

第四，从理论、经验、实践做法和探索四个层次，以立体的方式揭示高技术产业政策与优势形成的内在逻辑规律。本书以系统的理论分析为引导，以国内外的经验总结为基础，以各省市具体做法为借鉴，最后以海南省为例，呈现了一个地区如何分析地区条件和资源，优化竞争优势培育策略，进而健全和完善现有高技术产业政策。不仅为海南省，也为我国其他地区制定高技术产业政策提供参考。

本书在撰写的过程中得到了国家自然科学基金项目、海南省哲学社会科学规划课题的研究支持。来自海南大学的刘向强、朱江、刘骋、杜晓华和郭孝伟，华南理工大学的刘浩杰、章宏都、谢燕等，为本书的资料收集、文稿编辑及校对做了大量工作；来自中国工商银行广东省分行的赵韵琪为本书的数据收集和分析做了大量工作，在此表示深深的谢意。同时，还要特别鸣谢海南大学的胡国柳教授，西南财经大学的杨丹教授、桂波主任、逯东博士、王运陈与向文彬师弟、成都高新区的熊平副局长、李小波总监，华南理工大学风险投资研究中心崔毅教授，以及我们在各地走访的所有企业家和创业者们，感谢大家对本研究给予的鼎力支持和帮助。

本书在出版的过程中得到了科学出版社张宁女士的大力支持和帮助，是她的专业精神和帮助让本书得以顺利的交稿付梓，在此对她及其同事的支持表示衷心的感谢！

本书适合政府科技管理部门、高技术企业从业人员、研究学者以及其他对高技术产业发展和政策感兴趣的各界人士阅读参考。对本书感兴趣的读者，还可以从以下网站资源获得更多的高技术产业资讯，扩展阅读：

中华人民共和国科学技术部 http://www.most.gov.cn/

地方科技 http://www.most.gov.cn/dfkj/

法律图书馆 http://www.law-lib.com/

中关村国家自主创新示范区 http://www.zgc.gov.cn/

天津滨海高新技术产业开发区 http://www.thip.gov.cn/

西安高新网 http://www.xdz.com.cn/

成都高新技术产业开发区 http://www.cdht.gov.cn/

深圳高新区 http://www.ship.gov.cn/

海口市科学技术工业信息网 http://www.hksti.gov.cn/

海口高新区投资指南 http://hkgxq.0898.net/

　　本书在撰写的过程中参阅和吸收了国内各级政府公开的高技术产业发展数据和政策资料，并借鉴了大量国内外研究文献。我们对这些文献都一一注明了出处，但难免会有疏漏，在此谨向所有文献作者表示感谢。由于我们的理论和实践局限，不足之处，敬请读者批评指正。

李伟铭　黎春燕

2011 年 5 月 22 日

目　　录

第一篇　高技术产业发展与政策相关理论

第 1 章　高技术产业发展的理论基础

20 世纪中后期以来，随着信息技术和生物技术等领域的一系列科学发现和技术突破，全球的高技术产业迅猛发展，并成为驱动各国经济增长的主导力量。世界各国尤其是发达国家与新型工业化国家，纷纷积极制定高技术产业政策以促进高技术产业发展，并逐渐以高技术产业代替传统产业作为国家经济的支柱。如今，高技术产业已经成为我国国民经济的战略性先导产业，发展高技术产业，提高自主创新能力，是我国产业结构调整和经济增长方式转变的中心环节。本章将从高技术产业的内涵、高技术产业的特征、高技术产业的发展趋势、高技术产业的发展要素四个方面阐述高技术产业发展的理论基础。

1.1　高技术产业的内涵

1.1.1　国际高技术产业的界定

长期以来，各国各组织对高技术产业的界定并没有形成一个统一的标准。国际上比较流行的界定高技术产业的方法大体有三类：第一类是以产业（行业）为对象来界定高技术产业；第二类是以产品为对象界定高技术；第三类是以研究与开发（R&D）支出等来界定高技术产业。前两者在总体上会造成高技术产业统计的高估或遗漏，但是容易从宏观层面把握。第三类可以在一定程度上避免上述缺陷，但是这种方法需要有详细的微观数据作为支持。从国际范围来看，经济合作与发展组织（OECD）及欧美国家对高技术产业的界定，主要考虑了 R&D 经费强度（R&D 经费支出占制造业总产值的比重）与科技人员所占比重两类指标。

1. OECD 对高技术产业的界定

OECD 的高技术产业界定标准先后经历了三次大的调整和变化。1986 年，OECD 运用 R&D 经费强度作为界定高技术产业的标准。OECD 根据联合国制定的国际标准产业分类（ISIC），选择了 22 个制造业行业，通过计算 13 个 OECD 典型的成员国 20 世纪 80 年代初的产业数据，将 R&D 经费强度明显高于其他产业的六大类产业定义为高技术产业。这六大类产业包括航天航空制造业、医药制造业、电子及通信设备制造业、计算机及办公设备制造业、专用科学仪器设备制造业、电气机械及设备制造业。1994 年，OECD 对 R&D 经费强度进行了修正和调整，并在此基础上对高技术产业进行了重新界定，具体包括航天航空制造业、医药制造业、电子及通信设备制造业、计算机及办公设备制造业四大类产业。2001 年 OECD 再次重新界定了高技术产业，专用科学仪器设备制造业被划入高技术产业范围，形成了五类高技术产业，即航天航空制造业、医药制造业、电子及通信设备制造业、计算机及办公设备制造业、专用科学仪器设备制造业（表 1-1）。

表 1-1   OECD 对高技术产业界定范围的变化情况

1986 年	1994 年	2001 年
航天航空制造业	航天航空制造业	航天航空制造业
医药制造业	医药制造业	医药制造业
电子及通信设备制造业	电子及通信设备制造业	电子及通信设备制造业
计算机及办公设备制造业	计算机及办公设备制造业	计算机及办公设备制造业
专用科学仪器设备制造业		专用科学仪器设备制造业
电气机械及设备制造业		

2. 美国对高技术产业的界定

美国政府对高技术产业进行界定和划分的标准较多，应用较为广泛的主要包括以下几类：①美国劳工统计局将研究试制费占销售额的比例和科技人员与职工总数的比例，比整个制造业高出 1 倍以上的产业定义为高技术产业；②美国国立科学财团将 R&D 经费支出在销售额中所占的比重为 3.5%以上，职工每千人中有 25 人以上的科学家和高级工程师的产业定义为高技术产业；③美国商务部将 R&D 经费支出在总附加值中所占的比重为 10%以上，而科学家和工程师在总员工中所占的比重为 10%以上的产业定义为高技术产业。

美国商务部将化工产品制造业、非电气机械制造业、电气机械制造业（包括电子设备）、运输设备制造业（包括导弹、火箭）和仪器仪表制造业共五大产业归属于高技术产业（Porter 1990）。美国加州米尔肯研究所的罗斯·迪沃（Devol 1999）将研发投入和技术人员数量两项指标均高于平均水平的部门列入高技术产业，他将制药、计算机和办公设备、通信设备、电子元器件、医用仪器设备、电信、计算机及数据处理服务、飞机及部件、制导导弹和航天器及零部件、探测仪及航海设备、测量仪及控制仪、电影制作和服务、建筑工程服务、研发及测试服务归为高技术产业。

3. 欧盟对高技术产业的界定

欧盟在《1997 欧盟科学技术指标报告》中，将具有较高经济增长率、较强国际竞争力，以及较大就业潜力并且 R&D 投入高于所有部门平均水平的产业作为技术密集型或先导型产业，包括航天航空制造业、化工产品制造业、医药品制造业、电气设备制造业、电子设备制造业、数字处理办公设备制造业、汽车及零部件制造业、科学仪器制造业等八大产业（赵西萍　2002）。

1.1.2　我国高技术产业的界定

1. 高技术的界定

1988 年 7 月，原国家科学技术委员会开始实施火炬计划，"高技术产业"延伸为"高技术、新技术产业"，将"高技术产品"变化为"高技术、新技术产品"，从而出现了"高技术产业"与"新技术产业"相提并论的情况，高技术产业的概念也已由狭义的一般的高技术产业概念演变为广义的，包括一切新技术领域的高技术产业概念，"高新技术"的概念也应运而生。它有两层含义：高技术是指在一定时间里水平较高、反映当时科技发展最高水平的技术；新技术是相对原有旧技术而言的，指填补国内空白的技术。[①]从国际研究文献来看，更多的国家和组织采用"高技术"这一用语。2002 年国家统计局颁布的《高技术产业统计分类目录的通知》中也将"高新技术"重新表述为"高技术"。鉴于此，本书在后续的探讨中将不再区分"高技术产业"与"高新技术产业"。

需要特别说明的是，为了保持我国产业政策的严谨性，在理论部分我们统一使用"高技术产业"，而当"高新技术产业"以固定称谓出现在国家政策、地区政策或其他政府文件中时，我们仍然使用"高新技术产业"。

2. 高技术产业的界定

OECD 采用 R&D 经费强度作为界定高技术产业的标准具有重要的参考价值。目前，我国采用最普遍的高技术产业界定标准是 2002 年 7 月国家统计局印发的《高技术产业统计分类目录的通知》。这一分类目录基本上按照 OECD 高技术产业的分类标准来界定高技术产业的统计范围，由于 OECD 的高技术产业分类目录采用的是国际标准产业分类，而我国如果要按现行的国民经济行业分类标准（GB/T4745-2002），就产业的大、中、小类的划分，两种分类所包含的内容都存在着一些差异。

根据 OECD 高技术产业的分类标准，我国采用了其六大分类中的五个大类，即航天航空制造业、医药制造业、电子及通信设备制造业、计算机及办公设备制造业、专用科学仪器设备制造业。这也说明我国现行高技术产业的统计口径比 OECD 要宽一些。我国和 OECD 高技术产业的分类标准比较，制造业中多了核燃料加工和信息化学品制造，还增加了制造业之外的软件业中的公共软件服务，这是考虑到软件开发最具有知识经济的特征，是典型的知识和智力密集型产业，限于资料来源，实际操作中统计资料的公布暂不包括核燃料加工、信息化学品制造和公共软件服务三个行业（表 1-2）。

---

① 南京市高技术产业研究报告. 第一次全国经济普查系列调研报告, 2005

表 1-2　OECD 与我国高技术产业分类

OECD 确定的高技术 产业分类	国际标准 产业分类 ISIC/Rev.3	我国高技术产业分类	公共软件服务 我国行业分类 与代码 GB/T4745-2002
航天航空制造业	3530	航天航空器制造业	376
计算机及办公设备制造业	30	计算机及办公设备制造业	
		电子计算机制造	404
		复印和胶印设备制造	4154
		计算器及货币专用设备制造	4155
电子及通信设备制造业	32+2213	电子及通信设备制造业	
		通信设备制造	401
		雷达及配套设备制造	402
		广播电视设备制造	403
		电子器件制造	405
		电子元件制造	406
		家用视听设备制造	407
		其他电子设备制造	409
医药制造业	2423	医药制造业	27
专用科学仪器设备制造业	33	医疗设备及仪器仪表制造业	
		医疗仪器设备及器械制造	368
		通用仪器仪表制造	411
		专用仪器仪表制造	412
		光学仪器制造	4141
		其他仪器仪表的制造及修理	4190
电气机械及设备制造业	31	核燃料加工	253
		信息化学品制造	2665
		公共服务软件	621

资料来源：根据孙静娟等的《对我国高技术产业统计界定的思考》(《统计与决策》, 2008, (4): 4~6)
整理

　　需要指出的是，各国对高技术产业的界定不是一成不变的。随着时间的推移而改变，各国技术创新能力和研发水平不断提高，过去的高技术产业在今天看来或许已属于传统产业，从而不再适用于原来的高技术产业标准。OECD 以及我国对高技术产业的界定标准在最近 20 多年的时间内经历了数次修改和调整。

1.2　高技术产业的特征

　　与传统产业相比，高技术产业的主要特征体现在高投入性、高风险性、高渗透性、高收益性、高竞争性等方面。正是由于这些特征，世界各国在促进经济增长中都优先将高技术产业作为发展战略的重要组成部分。

1. 高投入性

高技术产业往往是资金、技术、知识高度密集的产业，因而在其发展过程中需要高额的物质资本和人力资本投入。在物质资本投入方面，首先高技术的研发需要大量高端、精密仪器设备投入；其次在研究与开发、成果转化、产业化大生产三个阶段中，投资需求规模呈递增趋势，这使得高技术产业的发展需要大量的、持续的资金投入。在人力资本投入方面，高技术产业的核心员工需要掌握某一领域最前沿的理论、知识、技术和工艺等，这使得高技术产业对核心员工的智力水平和知识存量要求很高，从而增加了高技术产业的人力资本的投资。

2. 高风险性

高技术产业处在现代科学技术研发与生产的最前沿，无论是技术研发还是技术产业化都具有很强的开拓性和探索性，因而风险性较其他传统产业更高。高技术产业的风险不仅存在于新技术、新产品的研究、开发和生产过程中，而且由于高技术产业外部经营环境同样面临着高度不确定性，使得高技术产业在企业融资、市场开拓、经营管理等方面均存在高风险。总体而言，高技术产业的风险主要来自五个方面：技术风险、生产风险、市场风险、财务风险、管理风险。

3. 高渗透性

由于高技术的可移植性很强，一旦高技术的研发与应用克服了不确定性和风险性后，高技术成果会迅速渗透到社会生活的各个领域，从而对产品生产效率、经济增长方式、传统产业升级、产业结构调整等产生重要作用。例如，汽车制造工业是传统工业的代表，计算机技术对它的渗透性非常显著；零售业是传统服务业的代表，信息技术、网络技术对它的渗透非常明显。此外，高技术产业在政治领域上和军事领域同样具有高渗透性，信用卡和电子商务的出现，使得各国在经济一体化中的空间距离缩小和政治边界模糊；信息化装备使得军队武器从传统武器重点向基于信息技术的现代化武器转变等。

4. 高收益性

高新技术产业采用最新生产技术、工艺、材料，通过提高生产效率，提高资源利用率，改善产品性能，改变传统生产函数的某些特征，特别是规模收益递减，从而使高收益以及经济的长期增长成为可能。高技术企业一旦实现技术创新、产品研发和产业化的成功，投资收益率将大大超过传统产业的收益水平。高技术产业正是依靠所获得高收益来弥补其发展中所需的高额研发支出和技术创新成本，从而实现产业的可持续发展。同时，高技术产业还具有显著的社会效益。例如，美国是目前世界上计算机装备水平最高的国家,据统计,计算机每年完成的工作量相当于 4 000 亿人的工作量,为美国现有人口工作量的 2 000 多倍(周光召,朱光亚　1997)。此外,高技术产业还会由于知识溢出、关联产业价值剧变等因素给经济和社会带来巨大的潜在效益,这些往往是难以在短时间内衡量的。

5. 高竞争性

由于高技术的前沿性、尖端性、复杂性,高技术产业的竞争强度远远高于一般产业。从高技术研发阶段来看,需要采取严格的保密措施来严防高技术信息的泄露,防止竞争对手抄袭和仿效;否则任何疏忽可能引致失败,使得前期巨额投资石沉大海。从科技成果商品化、产业化来看,高技术成果必须迅速抢占市场,加快推进产业化进程;否则难以获得预期的超额利润,无法弥补前期的高额投入(韩霞　2009)。此外,高技术产业的高竞争性不仅体现在国内竞争,而且来自国际的竞争也异常激烈。面对新技术革命迅猛发展的浪潮,世界各国都在积极调整战略,把发展高技术当做国际经济竞争和综合国力较量的制高点,因此高技术产业的国际竞争不断加剧。

1.3　高技术产业的发展趋势

当今世界,人类的科技进步日新月异,知识经济作为一种崭新的经济形态正在悄然兴起。面对新技术革命迅猛发展的浪潮,世界各国都在积极调整战略,把发展高技术当做国际经济竞争和综合国力较量的制高点。发展高技术,增加传统产业在知识、智力、无形资产方面的投入,是带动产业结构升级、提高劳动生产率和经济效益的根本途径。高技术产业区域集群化、创新网络化以及生态低碳化发展,构成了当今全球高技术产业发展的主要潮流。

1.3.1　高技术产业发展的集群化趋势

区域集群化是高技术产业发展适应经济全球化和竞争日益激烈的新趋势,是为创造竞争优势而形成的一种产业空间组织形式。高技术产业区域集群化能够带来其他形式难以相比的群体竞争优势和集聚规模效益。当前,高技术产业区域集群化主要表现为地区性集聚与园区性集聚。

1. 地区性集聚

从世界的产业格局来看,高技术产业区域集群化主要体现在高技术产业的世界国际性分布与国内省际性(州际性)分布两大方面。从世界国际性分布来看,高技术产业在某些国家(地区)集聚,例如,航空制造业主要集聚在美国和西欧,专用科学仪器设备制造业主要集聚在德国、日本和美国;从国内省际性(州际性)分布来看，各国高技术产业也在特定的某一地区集聚，美国的州际性集聚现象具有相当的代表性，在美国不同的地区形成了不同高技术产业的集聚，如计算机行业集中在加利福尼亚（41.7%）与马萨诸塞州（10%）；无线电及电视通信设备则主要集中在加利福尼亚（31%）与纽约（11.8%）；医药业主要集中在新泽西（39.40%）与纽约（14.2%）（Angel　1991）。

2. 园区性集聚

从一国的产业布局来看，高技术产业区域集群化主要体现在高技术产业园区的发展。目前，高技术产业园区遍布世界各国，包括美国的硅谷和 128 公路在内的30 个大都市区、日本的东京和筑波等城市、德国法兰克福周围、英国苏格兰硅谷和 M4 公路以及剑桥市、意大利北部几个城市以及韩国首尔等城市，都形成了具有特色化的高技术产业园区。企业在高技术产业园区集聚，通过产业链、网络关联将企业紧密联系在一起，创造稳定而具有竞争力的生产环境。例如，美国加州的硅谷起步于 20 世纪 50 年代初，美国斯坦福大学建立了"斯坦福工业园区"（SIP），先后吸引了通用电气、柯达、旗舰、惠普、沃金斯·庄臣、IBM 等一大批高技术企业入驻。现在其计算机硬件和存储设备、生物制药、信息服务业、多媒体、网络、商业服务等行业都处于世界领先地位。在发达国家高技术产业园区的示范性作用下，发展中国家也积极推动国内高技术产业园区发展。例如，印度南部的班加罗尔又称"印度硅谷"，这里不仅创立了数千家本土高技术企业，而且吸引了通用、微软、英特尔、甲骨文、IBM、SAP 等 100 多家国际知名高技术公司入驻。经过数十年的发展，班加罗尔已经成为全球第五大信息科技中心，被 IT 业内认为具备了向美国硅谷挑战的实力。

1.3.2　高技术产业发展的网络化趋势

高技术产业的发展离不开资金、技术、人才等生产要素的集聚，但是技术创新则是一种非线性的过程，不能将要素简单叠加。在全球化竞争背景下，区域性的生产系统、研发系统、物流系统、营销系统乃至整个产业价值链体系都以网络连接的形式快速融合。显然，高技术产业的发展离不开创新网络的建设，由产业合作网络、社会关系网络与人际关系网络所形成的区域创新网络，正在改变世界高技术产业的发展趋势。总体而言，我们可以从市场性和社会性两个角度来看创新网络化趋势。

1. 市场性创新网络发展趋势

从市场性角度来看，由于高技术发展的复杂性和不确定性，任何一个高技术企业都难以完成创新活动的全部过程，难以控制产业价值链的全部环节，这就迫使企业需要与专业化的供应商建立长期的合作关系网。创新网络极大地促进了企业和供应商、客商之间的交流和沟通，有利于建立产业价值链的上下游供应商和客商之间的合作关系。在全球化的竞争环境下，各国高技术企业通过 R&D 协议、技术交流协议、许可证协议、分包、研究协会、虚拟企业、供应链标准一体化协调等灵活多样的方式强化了这一趋势。例如，网络中有的公司致力于前沿技术的设计研发，而另一些公司则把精力放在高技术产品的生产制造或分销上。这种建立在高度主业基础上的分工合作，一方面促进了合作信任关系网络的建立，为网络内节约交易费用，另一方面由于网络中利益相关主体共同承担了高技术创新风险，有利于形成良好的创新局面。

　　2. 社会性创新网络发展趋势

　　从社会性角度来看，高技术产业发展的"政—产—学—研—中介"趋势显著加快，形成政府、高技术企业、高校、专业科研机构、技术中介机构五类创新主体组成的社会性网络，这些创新主体之间存在着强大而密切的合作联系、供需联系。美国、英国和日本等国家的高技术产业发展经验表明，构建由多重创新主体所组成的创新网络，对提高科技成果转化，促进高技术产业创新，推动区域经济的增长具有重要作用。同时，各国政府都在创新网络中也扮演着越来越重要的角色，政府本身不仅是高技术产品的重要采购者，而且还是其他创新主体的引导者和联络者。新型的技术中介服务机构在创新网络中也扮演着重要角色，它们成为企业与政府、企业与科研机构联系的重要桥梁和纽带。这一趋势在德国和美国表现得尤为明显，例如，美国"国家信息基础设施"（NII）行动主要目标是通过建立一流的数字化大容量光纤通信网络，把企业、大学、研究机构和政府部门计算机网络化，形成一个巨大的科技创新网络。

1.3.3　高技术产业发展的生态低碳化趋势

　　产业经济的可持续发展不能以耗竭自然资源和损害环境为代价，而应谋求与自然环境有机平衡的发展。在全球气候暖化等问题对人类生活、文明形态乃至国际秩序可能造成冲击的今天，生态化、低碳化为高技术产业发展提供了一个全新的思路和运作模式。

　　1. 生态化趋势

　　产业生态是一种系统的产业开发模式。它的循环优化不仅仅局限于一个企业内部，而注重更高级别的区域系统乃至整个国家或地区的产业系统的优化，在一定区域内形成类似生态圈的产业循环系统，通过区际间的产业生态系统的互动性依存，在全球实现产业活动与生态系统的良性循环和可持续发展。无论从宏观层次的国家产业发展战略的选择、管理立法，还是中观层次的区域产业园区的建设、布局，或是微观层面的企业生产技术改造和实施清洁生产的实践，生态化始终对高技术研发、高技术应用（高技术商品化、产业化）提出了更高的要求。例如，生态化高科技园区是最具有循环经济和可持续发展理念的产业园区,是高新区发展的第三代工业园区的主要发展模式。因此,生态化高科技园区正在成为世界上许多国家产业园区改造的方向。欧洲著名的丹麦卡伦堡工业园区(Kalunborg)是目前世界上生态工业园——区域循环经济的典范,形成了产业园区生态化发展的卡伦堡模式。

2. 低碳化趋势

产业低碳是全球经济发展的又一重大趋势。2009 年哥本哈根气候变化会议的召开,以低能耗、低污染、低排放为基础的低碳经济模式呈现在世界面前,发展"低碳经济"已成为世界各国的共识。世界各发达经济体都把发展低碳经济,特别是把利用高技术发展新能源、新的汽车动力、清洁能源、生物产业等作为走出国际金融危机新的增长点,这几大产业均属于高技术产业的范畴,因此可以预见,未来高技术产业低碳化趋势必将加快。欧盟提出在 2013 年前投资 1 050 亿欧元,用于环保项目和相关就业,支持欧盟区的绿色产业与高技术产业,保持其在绿色技术领域的世界领先地位。美国总统奥巴马上任之后就在国内积极推动气候立法,很快美国众议院通过了《清洁能源安全法案》(ACES)。英国在 2009 年 7 月公布的低碳转型规划中,明确提出企业要最大限度地抓住低碳经济这一发展机遇,努力运用高技术的发展来占领低碳经济的制高点。

1.4　高技术产业的发展要素

从以往的经验来看,高技术产业发展不仅需要充足的科技与智力资源、发达的创业投资、强劲的技术创新,而且需要良好的孵化环境、政策和制度支持。具体而言,高技术产业发展的核心要素主要包括以下几个方面。

1. 人力资本

人力资本是凝结在个人体内能够为个人、组织、社会发展创造价值的知识、技能、能力和素质。与传统产业相比,高技术企业依赖的生产资料不再是以大量设备和原材料为主的有形资产,知识、技术、信息等无形资产成为高技术企业最重要的战略资源,人力资本在高技术产业中发挥的重要作用得以凸显。作为知识获取、知识消化、知识转化以及知识利用的主体,具有高人力资本存量的知识型人才对于高技术产业的发展起着至关重要的作用。高技术产业可以通过外部引进、内部培训以及产学研合作培养等多种方式增加人力资本存量(李伟铭,黎春燕　2011)。高存量的人力资本有助于高技术产业对知识和技术的引进、吸收、开发、利用,增加产业的自主创新能力,进而促进高技术产业的快速发展。

2. 技术创新

技术创新能力在高技术产业国际竞争力中起着最为核心的作用,是决定高技术产业以及国际竞争力的第一位的因素(杜拉克 2001)。高技术产业的技术创新主要有以下三种模式:①模仿创新。高技术产业在技术创新水平不高、资本不充足的情况下,可以选择模仿创新模式,在对高技术成果的引进、消化和吸收的基础上,对关键技术环节进行改进,可以有效提升高技术产业的创新能力。②合作模式。合作创新可以通过技术联盟实现各创新主体技术要素的优势互补,提高高技术产业的创新效益。③自主创新。高技术产业通过自主创新可以通过法律保护有效阻止跟随者在技术方面的模仿,使高技术产业在竞争中处于有利地位以及有助于高技术产业竞争优势的形成。模仿创新适用于科技水平较低的发展阶段,随着高技术产业发展的升级,通过引进和模仿创新往往很难突破核心技术,高技术产业的发展将更多地依靠自身研发实力,走自主创新的技术路线。

3. 风险投资

风险投资是推动高技术产业化的重要力量。产业化发展的过程需要大量资金的支持,而高技术产业的高风险性导致银行通常不愿意为高技术企业尤其是尚处于创业阶段的高技术企业,提供贷款支持(李伟铭等 2009)。因此,传统的融资渠道不能满足高技术产业资金需求。风险投资作为一种高风险和高收益相匹配的投资方式,对高技术产业的发展起着非常重要的支撑作用。高技术风险投资的功能体现在三个方面:一是资金放大器功能。风险投资通过吸收社会上包括私人、保险公司、养老基金等分散资金,集中起来投资。二是风险调节器功能。由于风险投资的资金来源多元化,项目或企业的风险就由各个投资者分担了。三是企业孵化器功能。这一功能体现在:参与创业,协助经营,减少企业的创业风险,以及为企业创造良好的环境等(张翔宇 2004)。有效的风险投资机制可以有效缓解高技术企业在发展过程中面临资金短缺的困难,推动高技术产业的技术创新活动,促进科技成果商业化和高技术产业化转化,提高高技术产业经济效益,带动整个高技术产业的发展。

4. 孵化环境

企业孵化器(incubator 或 innovation center)对中小科技型企业发展起着非常重要的促进作用。企业孵化器又称企业创业中心,是通过提供一系列创新企业发展所需要的物质条件、管理支持和资源网络,帮助和促进新创企业的成长和发展。企业孵化器作为介于市场和企业之间的新型社会经济组织,其在扶持中小企业成长、促进科技成果产业化转化和推动区域经济发展的作用主要体现在三个方面:①帮助新创企业的建立,增加新创企业的数量,提高创企业的成活率并促进其健康成长;②通过帮助新创企业实现价值,吸引外部创业者、人才、技术和资金的流入,防止创新技术外流和区域技术基础的销蚀;③充当区域创新系统的桥梁和枢纽组织,系统地组织各种资源支持新创企业，促进区域经济的健康发展（陈俊　2004）。

5. 政策环境

与其他产业相比，高技术产业对政府政策具有更强的依赖性，因此，政策环境是高技术产业发展的关键要素之一。高技术产业的高投入性、高风险性是导致高技术产业发展中"市场失灵"的重要因素。为了弥补和消除科技资源与教育资源配置与利用的"市场失灵"，使科技资源的开发、配置与利用合理化，政府有必要通过政策手段强化对高技术产业的管理职能。合理的高技术产业政策可以通过政策引导高技术产业实现一国和地区的整体布局，集中科技资源，着重发展国民经济所需的高技术战略产业。从世界的高技术产业发展经验来看，各国都积极的推出各种高技术产业扶持政策，通过政策的制定和实施调整科技资源配置方式，改善资源要素供给，提升创新系统效率，加速产业技术产业化过程，进而促进高技术产业快速发展。

第2章 高技术产业竞争优势相关理论

随着高技术产业的迅猛发展以及高技术产业在各国国民经济中所占比重的增加,高技术产业正逐步替代传统产业,成为国民经济的战略性、先导性产业。各国也把提升高技术产业竞争优势摆在突出重要的位置。高技术产业的竞争优势不仅受到劳动力成本、资源禀赋、产业的规模经济、专业化分工、技术创新等因素的影响,而且受到国家高技术产业基础设施、人力资本以及政策制度等多方面影响。在主流的竞争优势理论中,经典比较优势、国家竞争优势理论等对后续产业竞争优势理论产生重要的影响。本章将从产业竞争优势的内涵、产业竞争优势的理论渊源、产业竞争优势"棱形模型"以及产业竞争优势的评价方法和指标体系四个方面对高技术产业竞争优势理论进行梳理。

2.1 产业竞争优势的内涵

产业竞争优势是指一国或地区相较于其他国家或地区在特定产业上,比竞争对手具有更强的价值创造能力。产业竞争优势以比较优势为基础,以较强的产业竞争力为表现形式,集中体现了特定产业中的企业竞争力以及国家综合竞争力。世界经济论坛(World Economic Forum)率先提出了产业国际竞争力的概念,指出产业的国际竞争力是一国企业能够提供比国内外竞争对手更优质量和更低成本的产品与服务的能力。瑞士洛桑国际管理开发学院(International Institute for Management Development)从多个角度定义了产业竞争力:①一个国家或企业在全球市场上比其竞争对手获得更多财富的能力;②一个国家在其特有的经济与社会结构里,依靠自然资源禀赋以创造附加价值;③着重于改善国内经济环境条件以吸引国外投资;④依靠国内内部型经济和发展国际型经济,以创造并提高附加价值,增加一国财富的能力。迈克尔·波特(2002)认为一个国家的竞争力是在经济、社会结构、制度、不同的政策等多种综合因素作用下创造和维持的,在这个过程中,国家的作用在不断上升,最终形成一个综合性的国家竞争力。

从20世纪90年代中后期开始,我国也有不少学者对国家竞争力和产业优势等问题展开研究。我国学者金碚(1997)认为就国际竞争而言,国际竞争力的核心就是比较生产力,国际竞争的实质就是比较生产力的竞争。裴长洪(1998)指出产业竞争优势是指产业的比较优势和它的一般市场绝对优势的总和。这是因为在现实生活中，世界贸易活动即使完全按照比较优势规律来进行，市场上仍然会出现比较优势相近的同一产业或产品的比较，此时，竞争力将取决于它们各自的绝对竞争优势，即质量、成本、价格等一般市场比较因素。盛世豪（1999）认为产业竞争优势是指某一产业在区域之间的竞争中，在合理、公正的市场条件下，能够提供有效产品和服务的能力，并进一步指出产业竞争优势是产业的供给能力、价格能力、投资盈利能力的综合。张超（2002）认为产业竞争优势是指属于不同国家的同类产业之间效率、生产能力和创新能力的比较，以及在国际间自由贸易条件下各国同类产业最终在产品市场上的竞争能力。

2.2　产业竞争优势的理论渊源

从 20 世纪 80 年代起，产业竞争优势就引起了国际学者的广泛关注，当前产业竞争优势理论的研究脉络可以分为两条主线：一是围绕古典贸易理论、新古典贸易理论和新贸易理论，探讨以经典比较优势理论为基础的产业竞争优势形成机理；二是以波特的国家竞争优势理论为基本分析框架，围绕"钻石模型"中各个要素间的互动关系来分析或拓展产业竞争优势理论。

2.2.1　经典比较优势理论

比较优势理论的提出直接源于人们对贸易模式的关注。因此，对任何比较优势理论自身发展过程的介绍都离不开贸易理论发展演变进程这个大的背景（林毅夫，李永军　2003）。经典比较优势理论主要源于古典贸易理论、新古典贸易理论和新贸易理论。古典贸易理论以斯密的绝对优势理论和李嘉图的比较优势理论为代表。该理论认为因劳动生产率差异而造成不同国家生产某种产品的机会成本差异是各国比较优势的来源。但该理论存在诸多局限性，其中最为突出的两个问题是，该理论仅包含劳动一种生产要素；其次，在多种要素存在的情形下，无法解释比较优势的来源。

在李嘉图比较优势理论的基础上，赫克歇尔和俄林通过构造一个包含"两个国家、两种商品、两种生产要素"的模型，从要素禀赋结构差异以及由这种差异所导致的要素相对价格在国际的差异方面来寻找国际贸易发生的原因。一般来说，我们今天所说的比较优势理论基本上就是以赫克歇尔-俄林的要素禀赋理论为蓝本的（林毅夫，李永军　2003）。

新贸易理论的出现源于传统比较优势理论无法解释"里昂惕夫"难题。新贸易理论学派主要通过放宽赫克歇尔-俄林理论的假设前提，引入规模收益递增和技术可获得性差异等概念，重新解释了国家之间的贸易现象,形成了以规模经济和非完全竞争市场为两大支柱的完整的经济理论体系。新贸易理论的基础来自于引入规模经济的垄断竞争理论，规模经济有助于提升比较优势，而如果一国产业能够在获得规模经济优势的基础上，继续获得产品差异化优势和垄断竞争优势的话，则有助于提升竞争优势（李辉文等 2005）。

以古典贸易理论和新古典贸易理论构成的传统比较优势理论强调劳动率差异以及资源禀赋优势所形成的竞争优势，可以用来解释发展中国家与发达国家之间的贸易现象，或者要素禀赋结构差别较大的国家之间的贸易现象。而新贸易理论则通过引入规模经济、产品差异化和垄断竞争等概念扩展了比较优势的理论系统，可以用来解释同等发达国家，尤其是发达国家之间或者要素禀赋结构差别较小的国家之间的贸易现象。

2.2.2 国家竞争优势理论

国家竞争优势是指一个国家的某个产业或某些产业的竞争力，一国应通过培育一批产业的国际竞争力来增强该国在国际竞争中的实力。迈克尔·波特在《国家竞争优势》一书中指出一个国家可以在某些产业遥遥领先，但同时在某些产业远远落后，因而国家竞争优势问题应该从产业的角度考察。国家竞争优势实质上是若干产业的竞争优势问题。如果一个国家能够在那些劳动生产率提高最快、新技术发展最快的产业领先，国家的整体劳动生产率的发展和提高的速度就会以高于其他国家的速度发展，这样的国家就是有竞争优势的国家。为了进一诠释国际竞争优势的来源，迈克尔·波特提出了国家竞争优势模型——"钻石模型"（图 2-1）。该理论以产业为研究对象，分析生产要素，需求条件，相关产业和支持性产业，企业战略、结构和竞争四个关键要素，以及政府和机会两个辅助要素对产业国际竞争力的影响。一个完整的钻石模型体系由生产要素，需求条件，相关产业和支持性产业，企业战略、结构和竞争四个关键要素，及政府和机会两个辅助要素构成（波特 2002）。

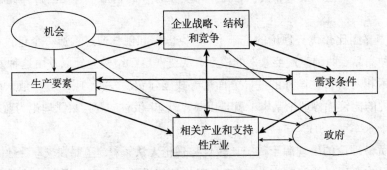

图 2-1 波特的"钻石模型"

（1）生产要素。生产要素是国家经济增长的基本条件。生产要素可分为初级生产要素和高级生产要素两个层次：初级生产要素主要包括自然资源、劳动力和资本等因素；高级生产要素主要包括技术型人才、科研基础和创新能力等因素。高级生产要素对竞争优势最为重要，如差异化产品或专利技术都得依靠技术型人才、创新能力等。

（2）需求条件。需求条件是指该产业的产品和服务在国内的市场需求。国内市场需求是产业发展的动力，本国市场消费者需求增长越快，需求层次越高，则会促进本国企业改进其产品质量、性能，从而有利于提升相关产业的国际竞争优势。

（3）相关产业和支持性产业。产业发展是众多相关联企业相互影响和作用的过程，竞争优势可以在相关和支持性行业之间相互传递。相关和支持性行业的存在可以促使企业获取较低的成本优势，充分分享相关和支持性行业的技术创新成果，促进产业间的信息交流。

（4）企业战略、结构和竞争。激烈的国内竞争会迫使企业改进技术和进行创新，加速企业之间的技术和知识交流，提高生产效率，降低生产成本，促进整个产业的发展，从而强化该产业在国际上的竞争优势。

（5）政府。政府的作用则主要表现在通过制定有关的制度和政策影响生产要素、需求条件、相关支持性产业，以及企业战略、结构和竞争四个基本要素，进而影响产业竞争优势。

（6）机会。机会是指那些超出企业控制范围的随机事件，可以打破现存的市场环境、竞争环境，创造更多的机会，提供新的竞争空间（波特　2002）。

在迈克尔·波特的国家竞争优势强调钻石模型中各要素之间相互协调对产业竞争优势形成的影响。这些要素既可以单独发生作用，但同时又对其他要素产生影响。六个要素组合成一个体系，它们的共同作用结果决定了一国能为其产业发展提供的条件状况。

2.3　产业竞争优势的"菱形模型"

作为分析国家竞争优势的代表性模型，波特的"钻石模型"被学界广泛接受。"钻石模型"厘清了来自多个不同主体的要素相互协调作用对产业竞争优势形成的影响。但是对于政府主导或高度干预的产业（如高技术产业），这些要素之间是如何协调的、这种协调机制是什么等问题并没有做专门的探讨。有鉴于此，在波特的"钻石模型"基础上，我们提出了政府主导或高度干预条件下产业竞争优势的"菱形模型"。我们认为政府、市场是作用于产业发展的两个动力引擎，资源整合是产业竞争优势的形成的核心因素。在产业的发展过程中，一方面政府和市场共同作用，健全了基础设施和配套服务等，为产业发展奠定了产业环境基础；另一方面，政府和市场的共同作用，促进了产业集群以及产业链的延伸，为产业效率的提升奠定了产业协同基础。同时，一国或在地区的特定产业能否通过资源整合机制，将产业环境与产业协同整合起来，充分发挥产业内企业对资源的识取和配用能力，是其形成产业竞争优势的关键。

如果我们把市场与协同产业、产业环境之间的相互影响，以及政府与协同产业、产业环境之间的相互影响通过双向箭头来表示，我们可以将政府、市场与产业各要素之间的关系用"菱形"来进行表示。在"菱形模型"中，市场、政府、协同产业和产业环境等各个要素的协调依赖于产业组织所形成的资源识别、获取、配置和利用机制，即资源整合机制（图2-2）。

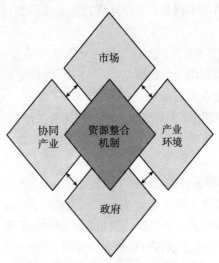

图 2-2　产业竞争优势的"菱形模型"

（1）政府。政府的作用主要是根据国民经济发展的需要，有目的的建设产业环境和引导产业协同；同时既有的产业环境与产业协同同样对政府政策制定和决策产生影响。此外，政府还可以通过多种政策手段干预产业内资源分配和利用，从而影响资源整合机制，同时产业内资源的配置和利用状况同样影响政府的政策制定和决策。

（2）市场。市场的作用在于为产业环境和产业协同提供生产要素，并利用要素与需求的市场经济规律影响产业内的资源整合机制；同时产业环境和产业协同也对市场中生产要素流动和消费需求变化产生影响。

（3）协同产业。协同产业主要产生于产业的集群化和产业链的延伸。产业集群可以在促进信息交流技术创新、降低交易成本等方面发挥明显的优势；产业链延伸不仅具有增值效应、学习效应和创新效应，还可以降低产业内部的交易成本。

（4）产业环境。健全的产业环境包括完善的基础设施、配套生产性服务及机构、配套政策等。产业环境是支撑产业发展的基础条件，良好的产业环境是吸引人才、技术、资金等生产要素以及产业集聚的重要因素。

（5）资源整合。资源整合机制受到来自政府和市场的双重影响，同时也是产业发展中，产业环境和产业协同相互作用的结果。资源整合机制通过资源识别、获取、配置和利用过程，充分整合产业内的天然资源、资金、技术、人才等各类生产要素，实现产业内部各种资源的有效协调，提高资源的整体利用效率，进而满足市场需求和政府需要，最终促进产业竞争优势的形成。

"棱形模型"以四大要素为支撑，彼此环环相扣，能否通过资源整合机制将这些要素有效的整合起来，形成系统性的合力，关系到产业竞争优势的形成与否。当这些要素被统筹考虑并得到互动强化时，产业竞争优势就会形成或增强；反之，如果仅仅着眼于其中的一个或两个要素，而忽略要素之间的整体性，产业竞争优势的形成就可能受到牵制或阻碍。

2.4　产业竞争优势的评价方法和指标体系

2.4.1　产业竞争优势的评价方法

产业竞争优势的评价方法多样，其中常用的研究评价主要有两大类：一类是定性评价方法，这类方法主要定性分析产业竞争优势的影响因素，同时从宏观和微观等多个层面比较产业所面临的各种机遇和挑战。另一类是定量评价方法，这类研究法主要有单指标法和多指标综合评价法。单指标法主要通过单个指标或多个指标分别对评价对象进行比较分析。单指标法由于采用单一的指标进行评价，忽视了影响竞争优势的其他指标，因而降低了评价的可信度。同时，采用几个评价指标分别评价方法，尽管可以从多个角度对产业优势进行评价，但这种评价方法的最大缺陷是没有形成一个综合的评价结果。

目前更为常见的是多指标综合评价法，国内外提出的综合评价方法有几十种，它们主要可分成两大类：主观赋权法和客观赋权法。

（1）主观赋权法。主观赋权法多是采取定性的方法确定权数，如特尔菲法、层次分析法、模糊综合评判法等。特尔菲法是采用多次向专家发函，反馈专家意见，集中修正专家意见，进而确定指标权重的方法；层次分析法采用专家对各项指标所构造的两两比较的矩阵，进而计算其最大特征值和特征向量来确定指标权重的方法。这两种方法由于有专家的意见，对研究问题可能会把握得更准确和全面，但也可能会由于人为因素而夸大或减小某些因数的权重，权重确定的主观性较强。

（2）客观赋权法。客观赋权法主要有主成分分析法、因子分析法、人工神经元网络、灰色关联度法方法等，客观赋权法通过指标在指标体系中的变异程度以及对其他指标的影响程度来确定指标的权重，因此，客观赋权方法在指标权重的确定上减少了人为主观因素的影响，其评价结果也更为客观。

2.4.2　产业竞争优势的指标体系

由于高技术产业竞争力影响因素的复杂性，学术界和理论界至今仍未形成统一的评价模型。国外学者和机构提出的竞争力评价指标体系，比较有代表性的包括：荷兰林根大学的产业竞争力评价方法——ICOP（international of output and productivity）方法；联合国工业发展组织（UNIDO）的工业竞争力指数法（comparison industrial performance index）。根据对竞争力影响因素的不同理解，国内学者也构建了不同的高技术产业竞争力评价体系。例如，穆荣平（2000）以及庄亚明等（2008）从竞争实力、竞争潜力、竞争环境和竞争态势四个方面，构建了我国高技术产业国际竞争力的评价指标体系和评价方法，为测定和评价高技术产业国际竞争力提供参考。方毅和徐光瑞（2009）、林秀梅和徐光瑞（2010）等学者均从产业投入水平、产业产出水平、产业技术创新能力以及产业政策环境四个方面进行指标体系的构建。李桂春和佟春杰（2009）则从实力竞争力、创新竞争力、产业发展竞争力以及产业成长竞争力四个方面进行指标体系构建（表 2-1）。

表 2-1　产业竞争力评价指标选择

作者（时间）	数据来源	分析方法	一级评价指标
穆荣平（2000）	—	层次分析法	竞争实力、竞争潜力、竞争环境、竞争态势
庄亚明等（2008）	2003 年江苏和山东两省高技术产业数据	专家咨询法、层次分析法	竞争实力、竞争潜力、竞争环境、竞争态势
方毅，徐光瑞（2009）	2007 年我国除西藏、香港、澳门、台湾外的 30 个省（自治区、直辖市）高技术产业数据	因子分析	产业投入水平、产业产出水平、产业技术创新能力、产业政策环境
李桂春，佟春杰（2009）	2005 年全国除香港、澳门、台湾外的 31 个省（自治区、直辖市）高技术产业数据	瑞士洛桑国际管理学院的国际竞争力评价方法和主成分分析法两种方法	实力竞争力、创新竞争力、产业发展竞争力、产业成长竞争力
林秀梅，徐光瑞（2010）	除西藏、香港、澳门、台湾外的 30 个省（自治区、直辖市）2003 年和 2007 年的高技术产业数据	因子分析	产业投入水平、产业产出水平、产业技术创新能力、产业政策环境

第3章 高技术产业政策相关理论

优先扶持和发展高技术产业,已经成为当今世界各国普遍的共识。无论是欧美发达国家还是发展中国家,都纷纷颁布各种促进高技术产业发展的政策,通过政策的引导,弥补市场自身发展的缺失,更好地促进高技术产业健康发展和提升产业的核心竞争力。作为政府干预经济的政策措施和手段,高技术产业政策对一国高技术产业的投资活动、创新活动、资源配置和生产行为等都产生了重要影响。本章主要讨论高技术产业政策的相关理论,聚焦研究在市场经济条件下为什么还需要产业政策,产业政策在高技术产业发展中起到怎样的作用,政府通常制定和实施哪些高技术产业政策等方面。下面将从高技术产业政策的内涵、高技术产业政策的理论基础和高技术产业政策的制定与实施以及高技术产业政策的评估等四个方面对高技术产业的相关理论脉络进行梳理。

3.1 高技术产业政策的内涵

高技术产业政策是一个国家或地区在特定的发展时期,为了发展经济、提高科技发展水平和整体国力或区域竞争力,直接通过对高技术产业的各项资源配置的干预,为达到资源的优化配置,引导和促进高技术产业发展而制定的一系列政策措施的总和。从高技术产业政策的内容上看,高技术产业政策主要包括了高技术产业结构政策、高技术产业组织政策、高技术发展政策、高技术产业布局政策和高技术产业化政策等。从高技术产业政策所涉及的范围来看,可以分为宏观、中观和微观三个层次:①宏观层次,指整个国家对发展高技术的规划及相应政策;②中观层次,指省、市(县)各级政府为促进高技术产业发展及园区建设所制定的规划及相应政策。③微观层次,指高技术园区根据自身规划及产业发展特点所规定的相应政策。

3.2 高技术产业政策的理论基础

产业发展和经济增长都要遵循客观经济规律,高技术产业政策作为国家调控和干预经济活动的手段之一，也必须符合客观的产业经济活动规律，否则会适得其反。一般认为，弥补市场缺陷、实现经济赶超、参与国际竞争是产业政策存续的理论依据（苏东水　2000）。现有的高技术产业政策相关的理论研究主要聚焦在市场失灵、国际竞争、后发优势以及产业政策效应等几个方面。

3.2.1　市场失灵观

所谓市场失灵，是指市场自由竞争无法实现资源的优化配置，而产业政策通常被认为是政府弥补市场失灵的必要手段，高技术产业政策就是很好的例子。市场失灵观认为，除非是出现市场失灵否则政府不愿干预市场。在市场经济条件下，市场失灵的原因起源于市场势力（market power）、外部性（externalities）、信息不对称（information asymmetry）和公共物品（public good），而产业政策被认为是政府纠正市场失灵的行为总和。

1. 市场势力

市场势力是指由一个卖方或一个买方掌握的能影响一种物品价格的能力，垄断势力就是市场势力的表现形式。当出现了不完全竞争就产生了无效率，进而市场失灵，需要产业政策的介入。

随着市场化的进行，生产资源的不断集中，会逐渐出现垄断，由单一卖方控制市场上的产量。高技术产业具有很强的由其技术决定的规模经济效益，容易产业进入壁垒和自然垄断。Brander 和 Spencer（1984）证明了，在具有高固定成本的产业中，最先进入该市场的企业占据了得天独厚的地位，从而阻止了其他企业进入该市场。这种高进入壁垒的现象在高技术产业中表现得尤其明显，因此它们为进入市场的其他企业提供公共资助（补贴）是合理的，需要推行产业政策，可以对自然垄断产业进行有效规制，可以防止私人企业利用源于自然垄断成本条件的市场势力获得额外好处。

2. 外部性

外部性或溢出效应是指企业或个人向市场以外的其他人所强加的成本或效益。国内学者认为这种效应是在有关各方不发生变换的意义上，价格体系受到的影响是外来的，存在没有经济报偿的"交易"（胡代光，周安军　1996）。这种效应有正负区别，就高技术产业而言，每一个新的技术产业会带来正外部性，即技术外部性，从而改变消费者的需求，即金融外部性。一般而言，金融外部性可以由市场机制调节，因此本节主要探讨通过推行政策干预技术外部性带来的影响。

科斯在1960年的《社会成本问题》中认为若交易成本可以忽略不计，私人市场可以通过协商解决外部性问题，并有效地配置资源，到达双方整体财富的最大化。但是现实中，由于交易成本的存在，市场交易所需耗费的成本较高，需要政府介入，采取公共政策来明确产权和引入降低交易成本的机制，促进技术外部性的内部化。例如，政府出台高技术企业认定的优惠政策，从开始获利年度起，第一年至第二年免征所得税，即"两免三减半"优惠政策，以激励私人创办高新技术企业。

3. 信息不对称

信息不对称是指市场活动的参与人对市场特定交易信息的拥有是不相等的。某些参与人掌握相对多的信息，从而导致无法公平竞争，并且会产业逆向选择（即淘汰好的留下坏的），引发损人不利己的不道德行为，会出现员工效率低下等一系列问题，是市场运行失灵的重要因素（汪祥春　2004）。有学者（陈瑾玫　2007）认为在解决信息不对称问题时，政府当局有两个选择：制定强有力的竞争政策，从而重塑公平竞争的环境，使其接近于完全信息市场，或是通过在有关产业中积极倡导非机会主义行为来实施战略性产业政策。然而，高技术产业对技术有着巨大的信息不对称性，需要政府采取各种措施，提升企业资源配置效率。

4. 公共物品

公共物品是正外部性的极端情况，指的是这样一类商品：将该商品增加一个消费者的边效成本为零，且无法排除他人参与共享，即非排他性和非竞争性。

Samuelson（1954）在《公共支出的纯理论》指出，纯粹的公共品是指这样的产品，即每个个人消费这样的产品均不会导致他人对该产品消费的减少。在 Samuelson 的基础上，Musgrave 进一步完善了纯公共品的严格定义：某种物品只要满足非竞争性或者非排他性，或者二者兼备，那么它就是公共品。国内学者（胡代光，周安军　1996）认为公共物品是指一个人对某些物品或劳务的消费，并未减少其他人同样消费或享受利益。由于公共物品具有非竞争性和非排他性的特征，出现了市场机制不能有效解决的问题，使得私人市场不能有效提供公共物品和服务，因此必须由政府来采取必要的措施。

从市场失灵的视角来看，由于市场势力、外部性、信息不对称以及公共物品等问题而导致资源的非合理配置，造成了资源利用效率低下。因此，政府需要制定和执行相应的产业政策，以此消除交易过程中可能存在的信息不对称问题，限制垄断厂商操纵价格牟取超额利润的行为，以及解决因经济外部性和公共物品供应不足而出现的问题。

3.2.2　国际竞争观

西方对竞争的研究开始于 1776 年亚当·斯密提出的绝对优势学说和 1817 年大卫·李嘉图提出的比较优势学说。波斯纳（M. V. Posner）和弗农（R. Vernon）从技术进步、技术创新和技术传播的角度，分析了国际贸易产生的原因。从 20 世纪 80 年代以后，关于国际竞争力理论的研究主要包括结构学派、能力学派、资源学派及新竞争战略管理理论。

结构学派的创立者和代表人物迈克尔·波特提出了国家竞争优势理论（钻石理论），认为四种本国的决定因素：生产要素，需求条件，相关产业和支持性产业，以及企业战略、结构和竞争是影响产业竞争优势的关键要素。同时，波特还指出两种外部力量政府和机会作为辅助要素也会对产业竞争优势的形成具有一定程度的影响。

20 世纪 80 年代中期以汉默尔（Hamel）、普拉哈拉德（Prahalad）为代表的能力学派从企业核心竞争力出发，分析了竞争优势的根源；20 世纪 80 年代中期到 90年代初期，国际竞争力理论研究出现了以沃纳菲尔特（Wernerfelt）、柯林斯（Collis）为代表的资源学派，提出了国际竞争力来源于企业的资源差异；20 世纪 90 年代后，随着信息技术和科技变革的突飞猛进，出现了新竞争战略管理理论，包括艾特金森（Altkinsin）提出的柔性组织概念，提斯（Teece）1997 年提出的动态能力观点以及布朗（Brown）与艾森哈特（Eisnehardt）1998 年提出的边缘竞争战略，在不断变化的规律中判断出不同时点内产业竞争力的决定因素。

在越来越激烈化、复杂化的国际竞争中，一国的整体实力取决于实际参加角逐或具体发挥作用的其各单个企业的实力。光靠市场本身的调节是不够的，需要国家政府通过制定和执行相应的产业政策，从行业协会、人才制度、知识产权保护制度等角度入手，建立协调机制，整合本国企业"一直对外"，提升国家竞争优势和增强国际竞争力。

3.2.3　后发优势观

后发优势（late-mover advantage），又称为次动优势，这个概念的提出可以追溯到 20 世纪 60 年代。1962 年，美国经济学家亚历山大·格申克龙首次提出"后发优势"的概念。将后发优势定义为经济落后国可以借鉴发达国家的成功经验，从而获得更快的发展速度所获得的特殊益处。后来的学者对后发优势做了更深入的研究，刘昱（1998）通过对日本和亚洲"四小龙"经济发展的研究，认为政府作为后发优势的策划者和推动者可以在制定相应的发展战略和政策、培育和开发市场、提供文化保障以及创造良好的环境等方面发挥重要的作用。

对于我国的高技术产业来说，后发优势是明显的。一方面，我国现在并且在今后相当长的时期内仍然是发展中国家，可以在发达国家现有高技术的基础上，通过多种方式吸收发达国家的技术来增进技术进步；另一方面，我国 GDP 基数大而且增长快，2010 年我国已经在经济总量上超过日本，成为世界第二大经济体，国内还有巨大的市场需求尚未被激发。这些都将给高技术产业创造良好的后发优势条件。政府可以依据本国的比较优势，通过制定相应的高技术产业发展战略和政策，发挥政府对产业经济的引导和调控功能，从而促进产业竞争优势的形成和促进经济快速发展，进而实施赶超战略。

3.2.4　产业政策的效应研究

在市场经济背景下，政策作为干预经济活动的一只"看得见的手"，被人们普遍认为是对资源的配置失当进行调整的必要手段。然而，长期以来，对产业政策是否真正有效地促进了产业发展这一问题，学术界仍存在多种观点。

1. 基于产业政策有效性的分析

对产业政策的作用持肯定的态度的学者认为，政府通过制定和执行相关的产业政策可以优化资源配置、提高资源利用效率和促进经济发展。

小宫隆太郎等（1988）在《日本的产业政策》中指出，日本在第二次世界大战后恢复期实行的财政投资贷款、租税特别措施、政府金融机构低利贷款等政策对日本造船业占有 50%的市场起到了重要的作用。Dickson 和 Cxinkota（1996）在《美国如何能够再次成为第一》中认为美国有些产业还是能够起作用的。他们对美国能源开发和利用政策进行研究后，发现产业政策确实能带来一些效果，例如，它能够减少碳的排放，减少能源的利用，提高能源的利用效率。我国学者（江海潮　2007）对产业政策有效性的研究认为，产业政策具有规模激励、边际激励和风险激励功能，在一定条件下，产业政策激励要优于市场自由竞争激励。高增长行业的产业政策必须根据高增长行业自身的技术属性、初始条件和外部环境的变化进行动态的调整，提出以动态能力为导向的高增长行业产业政策，并强调产业政策的重点是通过促进企业的创业性活动，实现企业和产业竞争能力的培育和提升（周叔莲　2008）。李伟铭等（2008）指出科技创新政策会通过组织激励和资源投入两条路径促进中小科技企业提高创新绩效。张泽一和赵坚（2009）基于企业能力理论视角，对产业政策的有效性问题进行分析，认为企业能力的构建是产业结构升级、产业结构优化和产业竞争力提升的微观基础，因此，提供一个外部环境的产业政策，应该支持企业进行能力构建和自主研发，鼓励企业进行竞争，这样基于企业能力构建的产业政策才有可能是有效的。

2. 基于产业政策无效性的分析

对我国产业政策无效性的研究，国内外学者从各个角度进行了探讨。江小涓（1996）运用公共选择理论对转轨时期中国的产业政策进行了分析，认为政府不具备推动结构调整、升级的愿望和能力，因此，产业政策很容易失效。林民书和林枫（2002）认为不能够过分夸大产业政策的影响，政府的产业政策的目标与任务主要是为了弥补市场竞争机制的不足和解决市场功能的失效。其余的学者（孙早，王文2010）有的引入国家特征和社会结构两个概念，分析了转型国家产业政策效率的决定机制，认为在拥有一个"强大的、致力于国家现代化"的（相对集权）政府的前提下，"产业政策效率最大化"与"维持社会结构不变"两个目标不可能同时实现。有的（欧阳峣，罗会华　2007）对我国的汽车产业政策进行了回顾与分析，认为我国汽车产业政策失效的根源在于,现有政策的目标弱化了企业的创新动力和创新能力。还有的(赵坚　2008)从企业能力理论出发,指出应该探索和实施以企业能力构建为导向的竞争性产业政策,以使具有我国自主研发比较优势能力的企业在竞争过程中快速发展起来,促进落后产业的发展。

3. 对产业政策效应的评价

产业政策是各国普遍实行的公共政策,其有效性一直备受经济学界的关注。通过国内外学者的研究可以发现,支持政府实施产业政策的学者认为政府通过制定和执行相应的产业政策会纠正市场失灵导致的资源配置效率低下等问题,从而有助于资源的合理配置和有效利用。而对产业政策持反对态度的学者则认为由于作为政策制定者和实施者的政府会存在自利倾向,会导致代理问题的产生,从而使得政府通过制定产业政策干预经济的初始目的无法实现;另外,他们认为即使政府施行了正确的产业政策,也有可能因为市场需求不足、企业能力不足等原因而无法促进产业竞争优势的形成。

综上所述,产业政策是否有效不仅取决于政府制定和执行相应政策的意愿和能力,而且还会受到产业自身特点、市场需求等因素的影响。对于高技术产业来说,政府制定的产业政策本身是否合乎时宜、合乎高技术产业发展规律与需要,以及国家和地区配套政策是否有效的实施与执行、产业对政策的吸收和反应能力的高低等方面,都会影响高技术产业政策的有效性。

3.3　高技术产业政策的制定与实施

3.3.1　高技术产业政策的特征

与传统产业不同,高技术产业具有高技术、高风险和高收益等特征。因此,政府在制定高技术产业政策时,往往非常注重如何为高技术产业提供资金、技术和人才支持等,进而增强高技术产业创新能力并降低风险,呈现出扶持性、动态性、综合性和开放性。

1. 扶持性

高技术产业是知识密集和资本密集型产业,在高技术产业发展过程中不仅需要高额的资本投入,而且面临着巨大的技术风险、市场风险、财务风险和管理风险。因此,如果缺乏政策上的优惠和倾斜,企业高技术创新活动必然会在很多方面受阻,进而挫伤企业高技术创新的积极性和创造性。同时,高技术产业具有推动转变经济增长方式,调整产业结构等特殊功能。因此,高技术产业需要更多的政策的扶持和引导,这使得扶持性成为高技术产业政策的首要特征。

2. 动态性

高技术产业政策对技术、空间和时间的依赖性很强,因此它是一种动态的阶段性政策。一国在制定高技术产业政策时,通常既要满足短期和中期的国民经济发展需要,又要符合经济长期发展战略。高技术产业还要满足不同区域发展的需要,即使是同一国家,不同地区的不同发展时期所采取的产业政策是不同的。同时,从发展趋势看,今天的高技术产业在明天可能就是传统产业。因此,随着国家经济发展水平、技术发展水平、技术环境的变化,高技术产业也要求做出调整,即政策的目标、内容和方式等方面也要做出适当的调整,以适应高技术产业发展的动态变化。

3. 综合性

高技术产业对推动经济增长,转变经济增长方式,促进产业结构升级,形成新的经济增长点等方面都具有特殊功能。高技术产业政策的内容既包含产业政策内容,又包含技术政策内容;既要促进和鼓励高技术产业发展,又要引导高技术产业与传统产业之间的融合,推动产业结构升级。因此,高技术产业政策的目标和内容也呈现多重性与综合性。

4. 开放性

在全球经济一体化的背景下,高技术产业政策不仅要考虑一国高技术产业自身发展水平和状况,同时还要综合考虑国际竞争态势对高技术产业发展的影响。因此,高技术产业政策不是一种封闭式政策,它遵循市场的开放原则,根据市场的发展规律完成政策制定和实施。面对日益激烈的全球化市场竞争环境,高技术产业政策只有保持高度的开放性,实时根据经济环境、产业环境和技术环境的变化进行调整和更新,才能够切实促进高技术产业的快速、健康发展。

3.3.2 高技术产业政策的主要内容

高技术产业政策具有多种划分方法。例如,从高技术产业政策实施方式可以将其内容划分为投融资政策、财税政策、产业促进政策、人才政策、知识产权保护政策等。根据高技术产业的导向性可以将高技术产业政策的内容分为产业结构政策、产业组织政策、技术发展政策、产业布局政策和产业化政策五个方面。在本部分的阐述中我们将根据产业的导向性对高技术产业政策进行分类。

1. 高技术产业结构政策

高技术产业结构政策是政府遵循产业结构演进的一般规律,根据一定时期内产业结构的变化和调整需要,以产业结构优化和促进经济增长为目的制定和实施的一系列政策,包括明确高技术产业发展目标和方向、扶持战略支柱产业以及对传统产业或衰退产业的调整等措施。

2. 高技术产业组织政策

高技术产业组织政策是政府以实现产业组织的合理化和资源的合理配置为目的,调整和处理同一产业内部企业之间的关系,推进产业发展所采取的一系列政策。高技术产业组织政策的主要目标是促进高技术产业内部有效竞争环境的形成,提高企业的运作效率。改革开放以来,我国为培育科技中小企业以及大企业的技术追赶,出台了包括创新基金、建立孵化器以及税收优惠等一系列组织政策。

3. 高技术发展政策

高技术发展政策是为了引导和促进产业技术进步而制定的政策。政府通过鼓励引进、吸收符合本国国情的外国先进技术,增加产业基础设施建设,增加产业技术创新扶持力度,提高技术创新税收优惠等多种方式,促进产业的技术创新与技术进步。其政策主要包括产业技术进步的指导性政策、产业技术进步的组织政策和产业技术进步的激励性政策。

4. 高技术产业布局政策

高技术产业布局是高技术产业存在和发展的空间形式。高技术产业的高成长、高效益、高智力、高渗透、高竞争、高风险等特征决定了其具有特定的区别于传统产业的发展规律,要求高技术产业的布局应具有智力密集、具有完善的基础设施、能吸引和留住高技术人才、具有较好的融资条件和承担风险能力、市场广阔等特点。例如,创建高科技园区、科学技术城和高科技企业创业中心等。

5. 高技术产业化政策

高技术产业化政策目的在于鼓励创新要素向产业流入,提高技术创新的产业化率。高技术产业化政策包括促进高技术产业化所涉及的人才引进与培养政策、知识产权保护政策、税收优惠政策、产学研合作政策等。

高技术产业政策是干预和调节高技术产业的发展轨道的主要手段,政府通过对高技术产业发展的引导和限制,一方面避免市场经济中存在着一些市场失灵问题,另一方面实现经济增长,提升产业竞争优势等特定的高技术产业目标(公共政策编写组　2002)。

3.3.3　实施高技术产业政策的主要措施

1. 组织措施

通过建立有效的管理和监控机关,为高技术产业政策的实施提供有效保障,确保实现预期的政策目标。我国各省市行政部门通常都设有高技术产业局(处)等,专门负责制定和协调的高技术产业政策。很多地区还成立了高技术开发区管委会,全面负责产业开发区的统筹管理。

2. 行政措施

由政府机构以行政命令的方式,对产业发展进行干预和影响。即使在市场经济发达国家,政府的行政措施仍然是各国政府干预高技术产业发展最常用的手段。例如,日本政府也通过所谓的"窗口指导"对高技术产业发展施加影响,相比之下,发展中国家政府机构更是比较多的借助行政手段推行高技术产业政策。

3. 财政税收措施

运用财政拨款、投资补贴、加速折旧、减免税或增税等多种财政措施促进高技术产业发展。这些措施可以从扶持新兴产业、补贴亏损企业、鼓励自主创新、引导企业投资、加快弥补产业的薄弱环节等方面,促进产业结构、产业布局和组织的合理化,进而实现高技术产业政策的预期目标。

4. 金融措施

高技术产业的高投入、高风险特点使得传统的金融手段难以提供所需的巨额资金。因此,高技术产业政策中的金融措施一方面运用传统金融手段,如提供较优惠的银行贷款利率、以相当长的贷款期限提供政府贷款,建立产业发展银行等;另一方面注重构建政府专项基金、风险投资、创业板市场等形成的多层次金融渠道。

5. 法律措施

高技术产业发展需要良好的法律制度环境。高技术产业政策的法律措施是技术创新成果、技术创新主体及技术经济利益的重要保障。与传统产业不同,高技术产业的法律措施具有明显的产业特征,如更多地侧重于以法律形式规范风险投资,健全知识产权保护等。

6. 政府采购措施

政府采购在社会需求中占据相当大的比重,尽管各国政府在采购的政策和产品的范围上有较大差异,但是通过政府采购来扩大高技术产品需求,支持重点产业发展已经成为普遍做法。稳定、持续的政府采购措施,不仅可以实现充分就业、环境保护等政策目标,而且能够在引入风险补偿机制,保护自主知识产权,促进企业增加自身投入等方面发挥独特功能,进而直接或间接的促进高技术产业发展。

3.4 高技术产业政策的评估

高技术产业政策的评估是对高技术产业政策的效果、效率和效应进行评价,是衡量高技术产业政策有效性以及后续政策决策的重要依据。高技术产业政策评估体系与高技术产业政策制定体系、执行体系、监控和反馈体系共同构成了完整的政策体系结构。高技术产业政策评估的对象是已经制定并且执行了的高技术产业政策，高技术产业政策的评估可以分为事前评估、事中评估和事后评估三个阶段进行（綦良群等　2008）。

1. 事前的高技术产业政策评估

事前评估主要针对政策的制定过程，因此，可以分别用政策制定的合理性和政策预期效果的有效性作为事前政策评估的两个评估标准。

（1）政策制定的合理性。政策制定的合理性是指高技术产业政策本身所具有的因果联系，具体内容包括：第一，高技术产业政策是围绕客观存在的产业问题，政策规定的各项内容是针对了客观存在着的现实情况；第二，高技术产业政策的执行是否具有现实的可能性，及是否具备能够切实地解决这一政策问题的条件。

（2）政策预期结果的有效性。通过对高技术产业政策内容、产业环境变化和产业发展趋势预测的综合分析，评估高技术产业政策可能产生的影响和结果，结果的预测是保证高技术产业政策合理化的前提。

2. 事中和事后的高技术产业政策评估

事中、事后评估以政策执行过程为评估对象，其评估标准包含以下五个方面的内容：

（1）过程标准。评价高技术产业政策的执行过程是在政策实施过程中，对机构和人员的政策执行内容和进度等各方面进行跟进评估。

（2）资源投入标准。资源投入是高技术产业政策执行中所投入和使用的人力、物力、财力、时间、信息等公共资源。对于政策目标在资源投入有明确规定的，评估可以直接参照具体资源数据做出判断，没有明确规定的，评估可以拟订一些间接反映投入状况的数据进行考察。

（3）效果标准。高技术产业政策执行后，如果能够有效地发挥作用，必然引起政策对象及社会环境状态的某种变化，通过对这些变化的分析，就可以确定这项高技术产业政策所产生的效果。

（4）效率标准。高技术产业政策效率是指高技术产业政策能否为高技术企业的技术创新活动提供持久、稳定的刺激与激励。

（5）效应标准。高技术产业政策执行后，如果能够有效地发挥作用，不仅会引起其政策对象发生变化，同时也会引起与其紧密相关的经济及社会环境状态的某种变化。

第二篇　各国高技术产业发展与政策经验

第4章　国际高技术产业发展与政策经验

知识经济时代,高技术产业正逐步替代传统产业成为各国尤其是发达国家的国民经济支柱产业。各国政府意识到高技术产业不仅是升级产业结构、转变经济增长方式的根本推动力,而且是决定一国的国际竞争力和综合国力的关键因素。在竞争激烈的全球化竞争中,各国纷纷制定、调整或完善本国的高技术产业技术政策,希望健全本国的研究开发体系,强化本国的技术优势,夺取技术制高点,促进国家的科技进步与经济发展。从全球的范围来看,日本、韩国、德国、美国等国家的高技术产业发展最具有代表性,尽管它们起步的时间截然不同,但是发展至今都在一定程度上取得了巨大成功。为更好地借鉴和吸收其他国家的高技术产业发展经验,本章我们将分别对这些国家所采取的一些典型措施和政策进行梳理和总结。

4.1　日　　本

日本作为东亚地区高技术产业最发达的国家,其高技术产业在世界的地位也是首屈一指。日本政府在牵头组织国家高技术研究项目、实施灵活多样的高技术产业化手段、"官产学一体化"研究开发战略等方面积累了丰富的经验。1992年日本政府提出了新的"科学技术政策大纲",1995年又提出"科技创新立国"战略,旨在依靠创新技术而将日本发展成为"高科技大国"。截至2007年,日本高技术产业出口占世界份额的比重达到6.5%。其他各项重要参数和指标以2006年为例,高技术产业的增加值率为36.8%,高技术产业增加值占制造业增加值的比重为16.1%,高技术产业R&D经费支出占制造业的比重为42.3%,高技术产业的R&D经费强度为10.6。[①]

1. 政府牵头组织国家研究项目

在日本,作为国家组织的、具有重大影响的高技术发展计划主要有两种方式:一是由科学技术厅主管的新技术研究开发事业,另一个是由通产省工业技术院主管的产业技术开发计划。日本科学技术厅是负责日本科学技术全国协调的机构,同时负责促进下一代技术创新活动,也就是负责高技术的研究开发的计划和组织。其他

① 中国高技术产业数据 2010. 科学技术部, http://www.sts.org.cn/sjkl/gjscy/data2010/data/0.htm

凡涉及产业技术的发展都是由通产省工业技术院负责。与高技术发展相关的制度有两项:"大型工业技术研究开发制度"和"下一代产业基础技术研究开发制度"。前者是为促进高技术的商品化,支持企业难以自主开发的课题而设的,后者是为独立自主地建立下一代产业的基础而推进基础的、先导的技术研究而设立的。科学技术厅与通产省把国内财力与技术实力雄厚的大企业组织在一起,共同研究对整个国家经济发展带动与辐射作用大的技术项目,然后集中使用有限资源达成研究工作的规模经济性。这种大幅度提高日本高技术产业水平的国家研究项目,不仅能够建立市场相关的市场性网络,还有利于建立非市场相关的社会性网络,如政府能够促使产业界、金融界保持密切的关系,极大地促进战略目标决策、信息交流、技术扩散。①

2. 实施灵活的高技术产业化手段

国家研究项目完成了关键性高技术产业的选择及其发展目标确定,接下来政府通过充分利用各种经济手段(补贴、银行低息贷款、税收优惠)促进目标产业的发展,例如,为鼓励民间企业增加投资,日本实行对增额的试验研究费实行税额扣除;为鼓励企业购买高性能研究设备,实行对基础技术开发的研究试验资产按购买价的7%从法人税中扣除。日本政府通常在充分利用经济手段的基础上实行灵活的贸易保护政策,将幼稚产业培育成具有国际竞争力的发达产业。一旦目标产业具备了国际竞争力,政府即逐步减少干预,减少各类补助和津贴,仅提供开发银行的补助性贷款和通产省研究开发津贴,并将税收优惠及关税保护逐步转向新目标产业,如日本的汽车、钢铁、微电子及家电行业都是通过这种方式发展起来的。

3. "官产学一体化"研究开发战略

日本的科技体制中发挥作用最大的是"官产学一体化"机制。"官产学一体化"研究体制的运行机制是:首先,政府把开发难度较大并伴有较高风险的研究项目委托给民间或大学研究机构进行研究开发;然后,专门的开发新技术项目或课题中心,以定期合同制方式把政府、学校和企业的一些研究单位的优秀研究人员临时组织起来;最后,被称为"新技术开发事业团"的组织就进行创造性科学技术的专题探索研究,该组织支持的研究开发活动主要有创造性科学技术推进事业、研究成果推广事业、新技术中介等。

4. 兴建高技术产业开发区

在日本,高技术产业开发区一般是由政府主导发展而成的。日本高技术产业开发区分为两种,一种旨在专门的技术研发,被称为科学城,科学城内聚集了许多高校和研究机构,形成了有效的创新网络体系。例如,著名的科学研究和知识中心——

① 日本的高技术产业发展. "十五"高技术产业发展专项规划若干重大问题研究. http://plan.moc.gov.cn, 2004-02-09

筑波科学城,城内有筑波大学和图书馆情报大学以及 40 多个涉及物理、电子材料、海洋环境、气象、微生物等诸多领域的研究机构以及 2 万多名研究员,代表了日本主流科学发展力量。另一种旨在促进各地传统产业结构向高技术产业结构转化,以振兴地方经济的技术城,它们分散于全国各地,大多以原来的地方中心城市为基础。

5. 以大企业为高技术产业化骨干力量

在日本,高技术发展主要的载体是一批骨干型大企业。日本大企业和企业集团资金雄厚、人才济济,拥有先进的生产设备、完善的科研开发机构和布满全球的销售与信息渠道。它们与专业化企业和中小企业合作形成门类齐全、成配套的协作网,可全面推进高技术产业化。例如,日本电报电话公司(NTT),在推进日本信息技术水平和提高企业研究开发能力方面起着重要作用,累积的专利特许达 10 000 多件。

6. 重视高技术研究的国际化

日本政府特别重视高技术研究的国际交流与合作,主要措施包括以下几方面:一是重视世界科技情报的搜集工作,及时把其他国家高技术最新成果运用到自己的产业发展中;二是加强国际合作,主要是参加联合国的有关科研机构、OECD 的有关科研机构以及亚洲科学合作协会等组织的科研合作机构,还同一系列国家开展双边合作科研活动。例如,日本参与了德国的 D2 发射计划、微重力工业应用研究,同美国波音公司合作开发 777 客机,还与欧洲空中客车公司合作开发第二代超音速客机。

4.2　韩　国

韩国作为东亚地区高技术产业快速发展的后起之秀,其高技术产业在世界高技术产业领域占有重要地位,其高技术产业崛起的原因一直受到世界各国的关注和研究。20 世纪 90 年代以来,韩国的国家产业技术政策主要的目标是在关键技术领域赶超发达国家水平,全面促进韩国国际竞争能力的提高,其主要高技术产业政策包括:实施国家研究和开发计划发展核心技术,建立选拔和培养高素质技术人才的制度,制定高技术产业的税收优惠、政府采购、风险投资等扶持政策,建立产、学、研联合研究体制以及扩大国际科技交流与合作等。截至 2007 年,韩国高技术产业出口占世界份额的比重达到 6.0%。其他各项重要参数和指标以 2007 年为例,高技术产业的增加值率为 28.0%,高技术产业增加值占制造业增加值的比重为 25.3%,高技术产业 R&D 经费支出占制造业的比重为 59.7%,高技术产业的 R&D 经费强度为 6.0。[①]韩国的科学技术在 40 多年的时间里从"无"到有,并在一些重要领域

[①] 中国高技术产业数据 2010. 科学技术部, http://www.sts.org.cn/sjkl/gjscy/data2010/data10.htm

取得相当水平的发展，使得韩国跃身发达国家之列。

1. 实施国家研究和开发计划发展核心技术

在促进高技术产业的发展上，韩国极为重视制定国家的高技术产业发展战略计划，从宏观层面对高技术产业的发展进行引导，并根据经济环境变化做适时调整。1982 年韩国开始实施的国家研究和开发计划，提出了"以技术为主导"的战略口号；90 年代初韩国政府制定了《战略部门技术开发计划》；1997 年颁布实施《科学技术单新五年计划》；1998 年在《重点国家研究开发计划》中将研究领域进一步细分到高技术产业领域；2003 年，韩国政府又启动了"十大新一代成长动力"科技发展工程，重点发展智能机器人、数码广播、新一代半导体和未来型汽车等十大高技术产业。从总体上看，韩国政府的国家研究和开发计划重点集中在计算机软件、生物技术、海洋、宇航、核能和高精密技术等领域。

2. 建立选拔和培养高素质技术人才的制度

韩国政府一方面积极实施核心技术的开发计划，另一方面对人才培养制度的改革力度，着重建立一个选拔、培养有创新性的科学家和高素质技术人才的制度。政府在给予各大专院校的 R&D 经费占国家 R&D 经费总投资的百分率逐年提高。1989年，《韩国基础科学研究振兴法》开始实施，同时其他新的基础科学振兴计划也不断制定与完善，各个科学研究中心和工程研究中心蓬勃发展，数量和规模都不断扩大。同时，为了适应高技术产业发展的需要，韩国政府加强大学、学院、专门学校的教育，加强理工科学生的培养，增派留学生出国深造。此外，韩国还通过邀请国外一流科学家、派遣韩国科学家在国外进行博士后研究等方式加快高层次人才的引进与开发，从而为韩国高技术产业的发展提供智力支持和人才保证。

3. 制定税收优惠、政府采购、风险投资等扶持政策

韩国政府将继续实行各种扶持政策，并向私营企业提供税收和信贷等方面的一系列鼓励措施，帮助企业将其研究活动经费提高到占总营业额的 3%~4%，从而加速产业技术革新。

（1）税收优惠政策。韩国关于扶持高企业的政策比较多，基本上是一步发展，一部法律。从 20 世纪 60 年代开始，就颁布了一系列的税收优惠法律或者条款，并逐步将技术先导型产业作为其产业政策的最重要内容。其中重要的法律或者条款包括《法人税法》、《租税特例限制法》、《中小企业创业支援法》、《技术开发促进法》、《产业技术研究组合法》、《有关风险企业育成的特别措施法》、《对先导性技术产品实行特别消费税暂定税率制度》、《技术及人才开发税金扣除制度》等。首先，关于税率。韩国政府对于企业全年收入不超过 1 亿韩元的部分，征收 13% 的企业所得税，全年收入超过 1 亿韩元的部分，征收 25% 的企业所得税。其次，关于税收减

免、抵免。韩国利用多种税种对高技术企业进行的税收减免、抵免，扶持高技术产业发展。例如，韩国对拥有尖端技术的外国高科技企业给予 7 年的免税期，免税期满后的 5 年内还可以享受所得税减免，对在国内工作的外国科技人员，5 年内免征个人所得税；韩国还设立了自由贸易区，对区内高技术投资者的财产税减征 50%，并减免其进口的研究设备的关税。在区内投资 1 000 万美元以上的高技术企业，对其实行个人所得税和公司所得税 "两三减半" 的税收优惠政策（闫佳佳，雷良海 2010）。

（2）政府采购政策。政府以采购方式介入高技术企业的初期发展，能够有效降低创新的风险、增加投资者的信心，从而影响对高技术产业的资本投资行为。例如，韩国 1995 年颁布了《政府作为采购合同一方当事人的法令》，规定了政府采购的基本原则和基本程序，并规定了集中和分散相结合的采购制度和管理体制，建立了相应的申述处理机制。

（3）风险投资政策。韩国政府主要通过政府直接资助方式和健全融市场方式扶持高技术企业的发展。例如，1994 年韩国政府资助成立了韩国综合技术金融股份公司（KTB），政府部门是 KTB 的主要股东之一，持有约 15% 的股权。1996 年，韩国建立旨在 "给风险企业提供稳定的资金来源，给投资者高风险高收益的投资机会" 的高斯达克证券市场（KOSDAQ），KOSDAQ 被称为韩国高科技企业成长的摇篮，在其示范、激励机制下，韩国的信息技术、电子技术、高精密技术等高科技产业得到迅速发展。

4. 建立产、学、研联合研究体制

政府提供财政和行政方面的援助和支持，以鼓励产、学、研各界建立合作研究体系，其目的是共同为研究和开发项目中出现的技术难题寻找解决方法（国家计划委员会高技术产业发展司　2001）。自 20 世纪 80 年代后期，韩国开始制定法律法规以促进和支持产、学、研各方建立合作研发关系。韩国政府分别在 1994 年和 1997 年颁布实施《合作研究开发促进法》和《科学技术革新特别法》，对于产、学、研开展的联合研究活动优先提供研究经费、研究设施和信息等方面的支持。

5. 扩大国际科技交流与合作

为了获得更丰富的研究开发成果，韩国政府将促进和加强国际科技合作，这将通过开展合作研究、科学家和信息的交流、聘用外国高级专家等方式来实现。韩国政府注重扩大双边和多边的国际合作关系。目前，韩国政府已经与全世界主要科技发达国家交换了科学技术合作协议书。在高技术引进方面，韩国目前已由重点引进标准化、成熟化的项目向引进尖端技术、先进技术方面转变。

4.3　德　国

德国高技术产业发展在世界占有重要地位，其高技术产业基础较好，第二次世界大战以前德国高技术在军事领域的应用已经领先于世界。第二次世界大战以后，德国政府实行技术的军转民政策，在利用新技术改造传统产业的同时，重视高技术研究开发与高技术产业化发展。德国政府的高技术产业政策的核心是促进德国社会创新能力的发展，力争在环保、新能源、信息、生物技术等关系未来的高新技术领域取得世界领先地位。截至 2007 年，德国高技术产业出口占世界份额的比重达到8.4%。其他各项重要参数和指标以 2007 年为例，高技术产业的增加值率为 38.0%，高技术产业增加值占制造业增加值的比重为 12.9%，高技术产业 R&D 经费支出占制造业的比重为 34.3%，高技术产业的 R&D 经费强度为 8.3。[①]长期以来，德国在扶持科技型企业和科技中介服务体系建设以及高技术园区的建设等方面积累了许多成功的经验，对我国高科技产业的发展具有一定的借鉴意义（李红　2011）。

1. 重视对科技型企业的扶持和资助

德国政府非常重视促进高技术产业的发展，采取了一系列扶持政策措施，鼓励科技型企业开发新产品和新工艺，鼓励采用对经济发展具有战略意义的新技术来提高竞争力。在支持企业发展方面，政府的扶持项目有 5~6 种，其中最主要的有 3 种：① 技术革新助理项目，主要针对新毕业大学生的成果应用和就业创业问题，鼓励企业接纳新的毕业生；② 产品革新项目，最高资助为 24 个月 20 万元的无偿资助；③ 革新想法的专利保护，提供申请专利的咨询和资金帮助。对于员工人数不足 250 名、年产值 4 000 万元以下的小企业，政府对项目的资助金额可达到投资的 50%，而对于员工人数多于 250 名、年产值 40 000 万元以上的企业，项目资助金额只达到投资的 35%。政府在项目评价方面，主要依据的标准包括技术革新程度、市场发展潜力、市场风险率、提供就业岗位、可持续发展潜力等。例如，为促进当地中小企业发展而设立的勃兰登堡州经济发展局，在实施技术革新项目以来，已经资助过 1 000 多家企业，占申请企业的三分之一，资助项目的成功率为70%~80%，效果比较显著。

2. 加强企业技术中介机构的建设

德国政府将对高技术产业发展的支持重点集中在高技术企业进行融资、产品参展、技术创新、信息咨询、教育培训等方面，政府通常不直接面对企业，政府而是

---

① 中国高技术产业数据 2010. 科学技术部, http://www.sts.org.cn/sjkl/gjscy/data2010/data10.htm

将经济补贴政策的资金分配权力下放给企业技术中介服务机构。因此，政府对企业的支持措施都是通过工商会和联合会（行业协会）等中介组织来实现的。例如，德国联邦工业合作研究会（AIF）是德国最有影响力的技术中介组织之一，它下属有100多个工业界的行业协会，50 000多家企业。AIF成立的指导思想是帮助各个行业的中小企业开展研发活动。联邦政府通过 AIF 促进研究成果尽快地在实际中使用，企业也得助于技术转让。通过 AIF 的支持，企业可以从相关的大学和研究单位获得技术支持，也可以取得政府相应的政策支持和经济补贴。在德国，企业技术中介服务机构为政府—科研机构—中介机构—企业之间建立了亲密的合作伙伴关系，是企业与政府、企业与科研机构联系的重要纽带。

3. 建设多类型高技术园区

德国的高技术园区形式多样，根据投资主体不同，可以分为国家投资型、私人企业型和混合经济型，高技术园区比较多见的形式有高技术工业园、高技术研究园和科技企业创新中心等。它们在促进高技术产业发展中发挥的作用则分别侧重于提供技术研发支撑、促进科技成果转化和企业培育。

（1）高技术工业园区。高技术工业园区在建设上注重骨干企业的带动作用、行业的管理经验和产业链的配套，以便高技术成果产业化。例如，德国 TBZ 生物技术产业园区的建设经验说明，在专业产业基地的建设中，要有效地促进高技术成果转化和产业化，骨干企业的带动作用、专业管理经验和产业链的配套尤为重要。

（2）高技术研究园区。高技术研究园区的科研工作高度重视学科交叉和应用技术的开发，为高技术产业提供充足的技术储备和强大的发展动力。例如，德国尤利希研究中心主要从事基础研究、长期项目研究、关键技术的改进、交叉学科领域的跨学科解决方案等，内容涉及物质结构与材料技术、环境相关技术、关键技术、能源技术、生命科学等 5 个领域。该中心研究工作的国际化程度很高，国际间项目合作交流很多，每年有来自 50 多个国家和地区的 800 多名科研人员来此工作。

（3）科技企业创新中心。德国中小企业科技工业园建立于 20 世纪 90 年代，这些中小企业创业园的建设，直接为扶持高技术企业创业搭建了载体。高技术创新企业的集聚对经济的发展与技术创新具有很强的促进作用和示范作用。例如，TBG科技工业园，园区设有专门的管理公司，负责协调园区企业、当地政府和有关服务机构的关系，帮助企业创办、开发新项目和获得政府资助。

4.4 美 国

美国作为世界高技术产业最发达的国家，其高技术产业政策有着比较久远的历史根源，美国在制订高技术产业战略指导计划、财政税收支持政策、鼓励高技术产业的法律法规以及成立专门性的政府科技协调机构等方面都积累了许多宝贵经验。美国官方对"国家技术政策"一词的运用始于克林顿政府时期。根据克林顿总统1993 年 2 月在硅谷发表的政策声明《技术为经济增长服务：建设经济实力的新方针》所确定的政策框架，美国政府制定和实施了综合性的、系统的国家技术政策，"以使技术对持续经济增长、就业机会创造、生活质量改善和国防的贡献最大化"。① 截止到 2007 年，美国高技术产业出口占世界份额的比重达到 12.3%。其他各项重要参数和指标以 2007 年为例，高技术产业的增加值率为 43.0%，高技术产业增加值占制造业增加值的比重为 17.7%，高技术产业 R&D 经费支出占制造业的比重为 67.3%，高技术产业的 R&D 经费强度为 16.5。②

1. 制订产业战略指导计划

美国政府决心在政府主导的产业战略指导计划下，加强和推动产学研协作，加速科技开发创新和科研成果商品化。例如，20 世纪 90 年代，克林顿政府制订并实施了一系列具有战略指导意义的政策和计划。1993 年，克林顿与副总统戈尔在题为《促进美国经济增长的技术—增强经济实力的新方向》的总统报告中提出了新一任政府技术战略和产业政策的总纲领。1993 年 11 月又在《促进经济增长的技术》总统报告中对技术，特别是信息技术发展提出了系统的政策建议。

2. 加大财政、税收和政府采购等支持力度

美国政府加大对研发领域的财政投资，研发投资在财政总支出中的比重稳步提高，特别是美国政府还对科研基金予以稳定增长率的财务支持，年增长率维持在8%以上。美国政府的直接采购也有力地推动了高技术产业的发展，例如，美国硅谷高技术产业群的崛起和迅速发展就是直接得益于美国政府的采购政策，特别是早期的国防采购计划。另外，除直接采用财政支出和政府采购方法外，美国政府还用税收支出方式减少高技术企业应缴税收，主要措施包括延长"科研抵税法"实施年限、对小企业技术投资减半征税、有利于技术更新的加速折旧法等。

3. 出台鼓励高技术产业发展的法律法规

美国是市场经济体制建设最发达的国家之一，政府为鼓励高技术产业发展，出台了一系列行之有效的法律制度。例如，美国政府在鼓励政府部门与民间技术合作，促进技术成果的转移和扩散方面制定了相关法律制度：《史蒂文森——魏德技术创新转移法案》（The Stevenson-Wylder Technology Innovation Act of 1980）旨在规范政府实验室专利权益归属与技术转移；《贝杜尔法案》（Berduer Act of 1980）旨在规范非营利研究机构接受联邦政府经费补贴与研发成果权益归属；《联邦技术转移

---

① 产业技术政策的国际比较研究. 国家发展和改革委员会, http://www.sdpc.gov.cn, 2005-06-02
② 中国高技术产业数据 2010. 科学技术部, http://www.sts.org.cn/sjkl/gjscy/data2010/data10.htm

法案》(Federal Technology Transfer Act of 1986)旨在强化技术转移规范程度。

4. 成立专门性的政府科技协调机构

美国成立相应政府机构以加快科技成果产业化进程,例如,"国家科学技术委员会"(NSTC)是 1993 年 11 月 23 日根据当时的美国总统克林顿发布的行政命令建立的,是总统协调不同部门之间在科学、太空和技术发展的主要机构。委员会主席由总统担任,其成员由副总统、总统科技顾问、负责科技的内阁级部长和各直属局局长以及其他白宫官员组成。NSTC 的主要目的是在诸如信息技术、卫生保健、运输系统和基础研究等领域,对联邦政府的科技投资设定清晰的国家目标(李京文 2000)。类似 NSTC 这样的政府机构,还有"半导体技术委员会",其委员会主任也是由总统担任,其目的就是为保持美国半导体工业在世界市场中的领先地位,特别是推动和加强对以半导体技术为基础的三项技术——宽带通信、先进的显示系统和智能车辆及其高速公路的设备和材料的研发。

5. 重视教育投资和研究型人才培养

在教育投资和人才培养方面,美国政府也不遗余力,特别注重资助基础研究和研究型人才培养。美国政府认为,高技术产业发展的国际竞争力对劳动力素质的依赖性越来越明显。知识、信息与技术能力正在成为决定就业机会和财富的关键因素。先进的信息、通信和制造技术,正在创造以知识为基础的新经济,需要具有收集、处理和分析信息能力的高素质人才。对此,美国政府出台和实施了一系列政策,包括"国民服务计划"、"贷款改革计划"、"终身学习计划"、"再培训计划"等。

随着克林顿政府"2000 年目标计划"、"国民服务计划"、"贷款改革计划"、"终身学习计划"、"再培训计划"等多层次教改政策的出台和实施,美国从学前教育、中小学基础教育、高等教育到在职职工培训等各层次教育都面貌一新。

4.5 法国、英国、意大利等其他国家

其他高技术产业发达国家还有法国、英国、意大利等,截至 2006 年,三国高技术产业出口占世界份额的比重分别为 4.3%、3.4%、1.6%,高技术产业增加值率分别为 24.4%、41.4%、33.5%,R&D 经费支出占制造业比重分别为 48.5%、65.0%、45.7%,高技术产业增加值占制造业增加值的比重分别为 15.1%、17.2%、9.4%。[①]据经济学家测算,英国、意大利的技术进步对经济增长的贡献率几乎超过 60%,法国甚至超过 80%。[②]这些国家的科研退税政策、贷款计划政策、科研和技术创新基

---

① 中国高技术产业数据 2010, 中国高技术产业数据 2009. 科学技术部, http://www.sts.org.cn/sjkl/gjscy/data2010/data10.htm

② 产业技术政策的国际比较研究. 国家发展和改革委员会, http://www.sdpc.gov.cn, 2005-06-02

金政策等对其高技术产业发展起到了有力的推动作用。

1. 法国高技术中小企业的科研退税政策

法国的科研退税政策旨在通过国家的帮助使得企业能够加强研发投入,提高高技术企业竞争力。2004 年起,这项优惠政策就被法国政府确定为一项永久有效的计划并不断加以完善使得其更加适应广大中小企业的需要,使高技术中小企业在融资方面更加灵活,以方便其实行更多的创新计划。法国的科研退税主要包括固定和可变两部分:第一部分是固定部分,即研发经费的 10%;第二部分是可变部分,是由研发经费的 40%乘以当年研究经费额减去前两年研究经费额的平均值得到的。每个企业的科研退税每年最多为 1 600 万欧元。

法国政府还明确的规定列在减税政策中的花费项目,主要包括:用于科研的固定资产的折旧费;用于科研开发人员的开支,如工资、实物补贴、社会保险金等;用于科研的日常开销,主要指管理人员的费用;用于将研发项目给予公立研究机构、大学或工业技术研究所的开支费用;用于将研发项目给予被法国科研部认可的私立研究企业的研发费用;专利申请费和维护费;维护专利费用,如与盗版侵权的公司打官司的花费;为了进行新的研发项目而购买的专利的折旧费用等。

2. 英国扶持高技术中小企业发展政策

英国政府为扶持高技术中小企业发展,制定了一系列政策措施。高技术中小企业不仅能享受到所有对中小企业的优惠政策,如优惠的中小企业法人税、资本增益税、中小企业的贷款计划等政策;而且,还能享受到对高技术企业特别有利的研发课税扣除和吸引人才的股份奖励等优惠政策和规定。

此外,英国政府拨款在贸易工业部正式成立了一个小企业服务处,专门为中小企业提供政策、信息与多种服务,在政府层面上代表小企业的声音和利益。英国政府还组织创建了旨在纠正市场的弱点、填补中小企业获得资金的空缺的企业基金。该基金是目前英国政府支持中小企业发展的最大基金,包含三个子基金计划:英国高技术基金、地区风险基金、小公司贷款担保计划。与此同时,英国政府大力促进共同风险合作模式的形成与发展,为共同风险投资提供了减税政策。

3. 意大利科研和技术创新基金政策

意大利的科研和技术创新基金包括技术创新循环基金、应用研究基金、购买高技术产品基金。技术创新循环基金由意大利工商手工业部管理,用于支持技术研究成果商品化开发(包括设计、研制和工业化试产)项目,包括研发新的先进技术、工艺、产品与改进已有产品和工艺。该基金的资助方式一般是给企业软贷款,贷款额为项目法定可计成本的 35%~80%,贷款期限不超过 15 年。应用研究基金由意大利大学科研部管理,意大利动产银行负责具体运作。资助对象包括企业应用研究和培训项目、国家研究与培训计划项目、国际应用研究合作项目、国家认证的实验室开展的应用研究项目等。政府资助形式为赠款和低息贷款。购买高技术产品基金主要为政府向购买或租借高技术设备的中小企业提供资助。一般资助金额为企业购买或租借高技术设备费用的 25%（科技月报国际部　2007）。

第 5 章　我国高技术产业的主要政策与演进

我国高技术产业政策的起点可以追溯到 1984 年，在随后的 20 年中，我国政府制定了一系列有利于高技术产业发展的国家政策，从宏观层面上为高技术产业的发展奠定基础，指明方向。随着我国经济的逐步提升、市场环境的日益改善，我国高技术产业产值也逐年上升，这都跟我国有效、合理的高技术政策是分不开的。本章我们将以时间为序梳理近 30 年来我国 5 个五年计划中的重要政策，分析这些政策对我国的国民经济产生的影响，阐释我国高技术产业发展政策的演进历程。

5.1　探索期间（1984~1986 年）

尽管自新中国成立以来，我国的高技术产业发展就从未间断过，新中国在 1956 年 12 月出台了第一个中长期科技规划《1956~1967 年科学技术发展远景规划》，但国内学者普遍认为我国的真正意义上的"高技术产业"或"高新技术产业"政策是以 1984 年为起点的。这一年我国开始真正重视高新技术的发展，着手探讨并制定一些相关政策，鼓励要敢于创新。1984 年 6 月，原国家科学技术委员会《关于迎接新技术革命挑战和机遇的对策》的报告呈送国务院，明确提出要制定新技术园区和企业孵化器的政策，要大胆实践；1985 年 3 月《中共中央、国务院关于科技体制改革的决定》颁布，明确指出要在有条件的城市试办高新技术园区，从此我国各个地区开始兴办高新技术园区，为发展当地高新技术产业提供平台；同年 7 月，中国科学院与深圳市政府兴办了我国第一个高新技术园区。

5.2　国民经济第七个五年计划期间（1986~1990 年）

1986 年 3 月 3 日，王大珩、王淦昌、杨嘉墀、陈芳允四位老科学家写信给国家领导人，提出要跟踪世界先进水平，发展中国高技术的建议。这封信得到了邓小平的高度重视，他亲自批示：此事宜速决断，不可拖延。经过广泛、全面和极为严格的科学和技术论证后，中国政府批准了《高技术研究发展计划(863 计划)纲要》。从此，中国的高技术研究发展进入了一个新阶段。计划因为是基于 1986 年 3 月提出的建议，故以"863"命名。从那时起，"863"在中国的新闻媒体上频频出现，成为中国进入高技术领域的一个划时代的符号。"863 计划"总体目标是：集中少部分精干力量，在所选的高技术领域，瞄准世界前沿，缩小与发达国家的差距，带动相关领域科学技术进步，造就一批新一代高水平技术人才，为未来形成高技术产业准备条件，为 20 世纪末特别是 21 世纪初中国经济和社会向更高水平发展和国防安全创造条件。[①]

1988 年 3 月，国务院在《关于深化科学技术体制改革若干问题的决定》中明确提出了："智力密集的大城市，可以积极创造条件，试办新技术产业开发区，并制定相应的扶植政策。"同年 5 月，国务院批准北京市建立新技术产业开发试验区，并制定了有关试验区的 18 条优惠政策，开创了我国建设高新技术产业开发区发展的先河。同年 8 月，中共中央、国务院批准实施的火炬计划，明确把创办高新技术产业开发区作为国家火炬计划中的重要组成部分，大部分省、自治区、直辖市纷纷行动起来，结合当地发展基础和条件，积极创办高新技术产业开发区。火炬计划的主要任务是：创造并形成发展高新技术产业的大环境；建设高新技术产业开发区；组织实施火炬计划项目；造就实施火炬计划各类人才的宏大队伍；辐射带动传统产业改造，加快产业结构调整步伐；推进高新技术产业的国际化。同年年底，我国建立了第一批国家高新技术产业开发区，包括北京中关村科技园区、天津新技术产业园区、广东深圳高新技术产业园区、陕西西安高新技术产业开发区等。国民经济第七个五年计划期间国家主要的高技术产业政策见表 5-1。

表 5-1　七五期间（1986~1990 年）国家主要的高技术产业政策

时间	国家政策
1986 年 6 月	《关于实施"星火计划"的暂行规定》
1986 年 9 月	《国家科委科技项目借款管理暂行办法》
1986 年 11 月	《中国高技术研究发展计划纲要》
1988 年 5 月	《国务院关于深化科技体制改革若干问题的决定》
1988 年 8 月	中共中央、国务院批准实施火炬计划
1990 年 4 月	《科技开发贷款项目管理办法（试行）》

5.3　国民经济第八个五年计划期间（1991~1995 年）

1991 年 3 月，国务院发布《关于批准国家高新技术产业开发区和有关政策规定的通知》，批准建立以武汉东湖新技术开发区为代表的 26 个国家高新技术产业开发区。同时颁布了一系列扶持国家高新区发展的优惠政策。金融政策上鼓励银行对高新技术企业给予积极的贷款支持，发行一定额度的长期债券，创办风险投资公司。税收政策方面，企业上缴税款以 1990 年为基数，新增部分 5 年内全部返还高新技

① 国家高技术研究发展计划（863 计划）. 中国教育和科研计算机网, http://www.edu.cn, 2009-09-08

术产业开发区，用于开发区的建设。人才政策方面，要求高新开发区尽量满足研究生、留学生和归国专家等技术人员的需求。同年 12 月，国家科学技术委员会颁布《中华人民共和国科学技术发展十年规划和"八五"计划纲要（1991~2000）》，要求重点发展电子信息、计算机及其软件、通信、生物工程、自动化、新一代能源、新材料、超导、激光等高技术。该纲要指出，建立高新技术产业开发区是我国发展高新技术产业的重要战略部署，促进把高技术成果转化为直接生产力，加快我国高技术产业的形成。

　　1992 年 12 月，国家科学技术委员会体制改革司印发《1992 年高新技术产业开发区综合改革总结及明后两年工作要点》，指出要加大改革力度，协调好各个部门的关系，共同促进我国高新技术成果的商品化、产业化和国际化。

　　1995 年，《中共中央国务院关于加速科技进步的决定》（中发[1995]8 号）要大力发展科学技术，加速全社会的科技进步。该决定指出高技术产业是国际经济和科技竞争的重要阵地，高技术产业是国际经济和科技竞争的重要阵地，在财税、信贸和采购等政策上给予重点支持，加强产学研结合，积极与科研所、高等学校密切合作，共同开发市场前景广阔的高技术产品。国民经济第八个五年计划期间国家主要的高技术产业政策见表 5-2。

表 5-2　　八五期间（1991~1995 年）国家主要的高技术产业政策

时间	国家政策
1991 年 3 月	《国务院关于批准国家高新技术产业开发区和有关政策规定的通知》
1991 年 12 月	《中华人民共和国科学技术发展十年规划和"八五"计划纲要（1991~2000）》
1992 年 12 月	国家科学技术委员会体制改革司印发《1992 年高新技术产业开发区综合改革总结及明后两年工作要点》
1995 年 5 月	《中共中央、国务院关于加快科技进步的决定》

5.4　国民经济第九个五年计划期间（1996~2000 年）

　　1996 年 6 月，国家科学技术委员会发布中国火炬计划"九五"发展计划，要求建设好高新技术产业开发区，用高新技术及其产品改造传统产业。

　　1997 年，由我国科学技术部主管的，国家重点基础研究发展计划（973 计划）应运而生。自 1998 年实施以来，973 计划围绕农业、能源、信息、资源环境、人口与健康、材料、综合交叉与重要科学前沿等领域进行战略部署。

　　1998 年，为进一步引导我国科研院所和高等学校参与国际竞争，发展高新技术及产业，经对外贸易经济合作部批准，已有近 300 家科研院所和高等学校被赋予外贸经营权。同时，为了促进国内高新技术和关键技术设备的进口，国家从税收上进行优惠。自 1998 年 1 月 1 日起，对高新技术项目以及国家鼓励的项目，进口国内不能生产的设备和技术免征关税和进口增值税。对属于外商投资产业指导目标中鼓励类和限制乙类的项目，除外商投资项目不予免税的进口商品目录所列商品外，均免征关税和进口环节税。

1999 年，对外贸易经济合作部已经和科学技术部联合编制并发布了 2000 年版《中国高新技术产品出口目录》，并于 2003 年和 2006 年修订、再版。《中国高新技术产品出口目录》发布以来，对规范化、科学化管理高新技术产品出口，落实国家有关鼓励政策，促进高新技术产品出口，加快出口商品结构的调整发挥了积极作用。同年 8 月，《中共中央国务院关于加强技术创新，发展高科技实现产业化的决定》（中发[1999]14 号）颁布，鼓励深化体制改革，实行财税扶持政策、金融扶持政策、科技人员管理制度、评价体系和奖励制度、科研机构转制专项政策扶持、加强对知识产权的管理和保护等措施，加强技术创新，发展高新科技成果实现产业化。同年 10 月，为贯彻上述文件的精神，鼓励技术创新和高新技术企业发展，对增值税、营业税、所得税、进出口税和科研机构转制问题进行大幅度优惠。

2000 年，对外贸易经济合作部、科学技术部初步拟定了关于推动高新技术产品出口的指导意见，研究制定了推动高新技术产品出口的六大政策：①允许具备监管条件的开发区进行出口加工试验；②鼓励利用外资和引进先进技术；③非机电类高新技术产品享受机电产品优惠政策；④设立风险投资基金；⑤建立一个专用的信息网；⑥实行经营权登记备案制。同年 6 月，为进一步支持软件产业和集成电路产业的发展，国务院印发了《关于鼓励软件产业和集成电路产业发展若干政策的通知》。7 月，科学技术部制定了《国家高新技术产业开发区高新技术企业认定条件和办法》，规范了我国高新技术企业认定工作，使得认定标准较以前更加清晰和明确，推动我国高新技术产业的健康发展。国民经济第九个五年计划期间国家主要的高技术产业政策见表 5-3。

表 5-3　九五期间（1996~2000 年）国家主要的高技术产业政策

时间	国家政策
1996 年 4 月	星火计划管理办法（试行）
1996 年 6 月	国家科学技术委员会发布《中国火炬计划"九五"发展计划》
1996 年 7 月	国家科学技术委员会"九五"期间科技立法规划
1997 年 3 月	国家重点基础研究发展计划（973 计划）
1997 年 8 月	国家高技术研究发展计划重大项目管理办法（试行）
1998 年 12 月	国家重点基础研究发展规划项目管理办法暂行办法
1999 年 6 月	科技型中小企业技术创新基金申请须知
1999 年 8 月	《中共中央国务院关于加强技术创新，发展高科技，实现产业化的决定》
2000 年 6 月	《关于鼓励软件产业和集成电路产业发展若干政策的通知》
2000 年 7 月	《国家高新技术产业开发区高新技术企业认定条件和办法》
2000 年 8 月	《国家火炬计划软件产业基地认定条件和办法》
2000 年 11 月	《国家大学科技园管理试行办法》

5.5　国民经济第十个五年计划期间（2001~2005 年）

2001 年 9 月，科学技术部印发《国家高新技术产业开发区"十五"和 2010 年发展规划纲要》，指出在 20 世纪科技产业化方面最重要的创举就是兴办科技工业园区，制定了"十五"期间高新区发展的主要任务：①强化高新区科技创新、创业环境建设，建立创业孵化体系和公共创新服务体系；②吸引大批科技创业人才进园创业，大幅度提升高新区的自主创新能力和水平；③在现有产业发展基础上，集中力量扶持特色主导高新技术产业；④提高国际化水平，扶持出口型高新技术企业和产品，增强国际化发展能力。

2002 年 3 月，科学技术部印发《关于国家高新技术产业开发区管理体制改革与创新的若干意见》，指出国家级高新技术产业开发区在发展了 10 余年之后，跨入了"二次创业"的发展阶段。要求高新区必须深入推进体制改革和机制创新，按照应对经济全球化挑战的新要求，全面提升管理和服务功能，继续保持快速、健康的发展势头。

2003 年，53 个国家高新区的营业总收入首次突破 2 万亿元大关，达到 20 194 亿元，工业总产值 17 307 亿元，实现净利润 1 024 亿元。同年 7 月，科学技术部制定发布了《关于加强国家科技计划成果管理的暂行规定》，对国家科技计划的成果管理工作提出了明确具体的要求。同年 9 月，财政部颁布了《基本建设贷款中央财政贴息资金管理办法》，为高新技术行业和项目提供财政贴息。国民经济第十个五年计划期间国家主要的高技术产业政策见表 5-4。

表 5-4　十五期间（2001~2005 年）国家主要的高技术产业政策

时间	国家政策
2001 年 7 月	关于印发《"十五"星火计划发展纲要》的通知
2001 年 9 月	《国家高新技术产业开发区"十五"和 2010 年发展规划纲要》
2002 年 1 月	科学技术部关于印发《星火计划管理办法》的通知
2002 年 3 月	《关于国家高新技术产业开发区管理体制改革与创新的若干意见》
2003 年 7 月	《关于加强国家科技计划成果管理的暂行规定》
2003 年 9 月	《基本建设贷款中央财政贴息资金管理办法》
2004 年 4 月	《关于进一步提高我国软件企业技术创新能力的实施意见》
2005 年 1 月	《国家高新技术产业开发区技术创新纲要》 《高新技术创业服务中心管理办法》
2005 年 4 月	《2005 年度科技型中小企业技术创新基金若干重点项目指南》
2005 年 11 月	《国家星火产业带发展总体规划及实施方案》

2004 年，我国高新技术产品进出口总额达到 3 269.7 亿美元，比 2003 年增长了 42.4%。这是我国从 1991 年以来在高新技术产品进出口贸易上首次出现顺差。同年 4 月，科学技术部印发了《关于进一步提高我国软件企业技术创新能力的实施意见》，推动软件产业进一步发展。

2005 年 1 月，科学技术部颁布《国家高新技术产业开发区技术创新纲要》、《高新技术创业服务中心管理办法》，更好地为"二次创业"发展战略服务，为科技型中小企业服务，进一步增强高新技术企业的核心竞争力。同年 4 月，科学技术部印发《2005 年度科技型中小企业技术创新基金若干重点项目指南》。11 月，科学技术部颁布《国家星火产业带发展总体规划及实施方案》，加强了国家星火产业建设。12 月，认定了科学技术部天津海泰企业孵化服务有限公司等 28 个单位为国家高新技术创业服务中心。

5.6　国民经济第十一个五年计划期间（2006~2010 年）

2006 年 2 月国务院通过了《国家中长期科学和技术发展规划纲要（2006~2020 年）》，同年 5 月国务院发布《废止以高新技术成果出资入股有关文件》的通知，以前有关以高新技术成果出资入股的文件全部予以废止。9 月科学技术部颁布了《国家科技支撑计划"十一五"发展纲要》，10 月《国家高技术研究发展计划（863 计划）专项经费管理办法》颁布。12 月科学技术部印发了《科技企业孵化器（高新技术创业服务中心）认定和管理办法》和《国家大学科技园"十一五"发展规划纲要》。

2007 年 3 月，四个部委联合制定了《关于促进国家高新技术产业开发区进一步发展增强自主创新能力的若干意见》，增强自主创新能力，营造自主创新的氛围，促进了国家高新区进一步发展。同年 4 月，科学技术部颁布了《国家高新技术产业化及其环境建设（火炬）"十一五"发展纲要》和《国家高新技术产业开发区"十一五"发展规划纲要》，统筹安排好在"十一五"期间，高新技术产业化及其环境建设、高新技术产业开发区的工作。7 月财政部、科学技术部印发《科技型中小企业创业投资引导基金管理暂行办法》，支持科技型中小企业自主创新。

2008 年 1 月 1 日起，《中华人民共和国企业所得税法》正式实施，其中规定小型微利企业及高新技术企业获税收优惠政策。同年 4 月，《高新技术企业认定管理办法》和《国家重点支持的高新技术领域》明确了高新技术企业的认定门槛，扩大了优惠范围。8 月，《国家重点实验室建设与运行管理办法》进一步规范和加强国家重点实验室的建设和运行管理。

2009 年 7 月，科学技术部颁布《关于发挥国家高新技术产业开发区作用促进经济平稳较快发展的若干意见》，将更好地发挥国家高新区的集聚、辐射和引领作用。9月，统一编制《中国高新技术产品指导目录（2009）》，将成为国家有关部门研究制定新的鼓励高新技术产品发展的政策参考工具。

2010年修订了国家高新技术企业认定政策，对企业知识产权条件更严格。11月科学技术部颁布了《科技企业孵化器认定和管理办法》，引导我国科技企业孵化器的健康发展，提升其管理水平与创业孵化能力，同时国科发高字［2006］498号废止。12月颁布的《促进科技和金融结合试点实施方案》，为从初创期到成熟期各发展阶段的科技企业提供差异化的金融服务。开展第六批"千人计划"申报工作，为高新技术项目引进所需人才。国民经济第十一个五年计划期间国家主要的高技术产业政策见表5-5。

表 5-5　十一五期间（2006~2010 年）国家主要的高技术产业政策

时间	国家政策
2006 年 2 月	《国务院关于实施〈国家中长期科学和技术发展规划纲要（2006~2020 年）〉若干配套政策的通知》
2006 年 5 月	《关于废止以高新技术成果出资入股有关文件的通知》
2006 年 9 月	《国家科技支撑计划"十一五"发展纲要》
2006 年 7 月	《国家高技术研究发展计划（863 计划）管理办法》
2006 年 10 月	《国家高技术研究发展计划（863 计划）专项经费管理办法》
2006 年 12 月	《科技企业孵化器（高新技术创业服务中心）认定和管理办法》
	《国家大学科技园"十一五"发展规划纲要》
2007 年 3 月	《关于促进国家高新技术产业开发区进一步发展增强自主创新能力的若干意见》
2007 年 4 月	《国家高新技术产业化及其环境建设（火炬）"十一五"发展纲要》
	《国家高新技术产业开发区"十一五"发展规划纲要》
2007 年 7 月	《科技型中小企业创业投资引导基金管理暂行办法》
2007 年 8 月	《关于深入实施星火计划的若干意见》
2008 年 1 月	《中华人民共和国企业所得税法》
2008 年 4 月	《高新技术企业认定管理办法》
	《国家重点支持的高新技术领域》
2008 年 8 月	《国家重点实验室建设与运行管理办法》
2009 年 5 月	《关于进一步加大对科技型中小企业信贷支持的指导意见》
2009 年 7 月	《关于发挥国家高新技术产业开发区作用促进经济平稳较快发展的若干意见》
2009 年 9 月	《中国高新技术产品指导目录（2009）》
2010 年 4 月	《关于促进中小企业公共服务平台建设的指导意见》
2010 年 10 月	《国家大学科技园认定和管理办法》
2010 年 11 月	《科技企业孵化器认定和管理办法》
2010 年 12 月	《促进科技和金融结合试点实施方案》

5.7　国家高技术产业政策的演进

国家高技术产业政策为不同时期我国的高技术产业发展奠定了基础,指明了方向。纵观我国高技术产业政策,我们从政策形式和着力点两个角度总结我国高技术产业政策的发展。

1. 从我国高新技术产业政策的形式看我国高技术产业政策的演进

从 1984 年至今,分别采用了几种不同的方式指导产业发展,从最初的长期规划、建设性的意见到特定管理办法,出台的政策越来越多,内容也越来越细致,越来越能为企业提供有效动力,更好地促进产业的可持续发展。

(1) 长期规划。例如,1986 年的星火计划和"863"计划、1997 年的"973 计划"等政策,都为我国高新技术产业的可持续性发展提供了长期的安排,用整体系统的计划给高新企业规划了一个美好的愿景,给广大的企业家和高新技术人才吃了颗"定心丸",让他们能够以饱满的斗志不断得革新技术,开拓进取,再创辉煌。

(2) 建设性的意见。例如,通过 2002 年的《关于国家高新技术产业开发区管理体制改革与创新的若干意见》、2003 年的《关于加强国家科技计划成果管理的暂行规定》等政策,我们可以看出国家有关部门并没有直接确定相关文件、条例,而是根据实际问题提出一些意见,或者是暂行规定。这些措施能够有效地避免一言堂、理论脱离实际等弊病,可以根据试运行阶段遇到的问题,对文件的规定进行微调,提高文件的扶持力度,增大政策的可操作性,为地区制定配套政策留出可发展的空间。

(3) 特定管理办法。例如,2003 年的《基本建设贷款中央财政贴息资金管理办法》、2005 年的《高新技术创业服务中心管理办法》、2008 年的《高新技术企业认定管理办法》等一系列文件,分别就某一块问题,就事论事,有针对性地提出政策意见,帮助企业解决实际问题。

2. 从我国高新技术产业政策的着力点看我国高技术产业政策的演进

作为国民经济发展的重要支柱,高技术产业不仅代表着一国的科技发展水平,而且与一国的军事、经济、社会和国民生活息息相关。高技术行业对政策的高依赖性,决定不同时期的高技术政策要根据国家不同的政治、经济和社会发展阶段调整其政策着力点,以满足国家在不同发展阶段对对高技术产业和产品的需要,因此,不同时期我国的高技术产业政策着力点业不相同。

(1) 探索期间,政策的着力点在于国防科技发展的需要。新中国成立以来,为了国防和维护国际地位的需要,我国逐步加大对国防科研的投入,特别是在 1983

年美国总统里根提出了所谓"星球大战"的战略防御计划，试图抢占 21 世纪战略制高点之后。我国提出了"863 计划"，在国防科技方面依靠政府投入，国防部管理，用指令性计划指导军用品生产。当时出台的政策不多，主要是国家财政直接拨出巨额专款投入到高技术产业中，但因缺乏有效的激励和监督政策，加上科技攻关难度高、民用利用率低等因素，经济成本与社会收益不对称，所取得的有限科技成果对国民经济的促进作用不明显。

（2）七五至九五期间，政策的着力点在于国民经济发展的需要。1986~1999 年，在"科学技术是第一生产力"的思想指导下，我国进一步实现改革开放，党中央、国务院等部门出台了一系列高技术产业政策，旨在追赶世界前沿科学技术、服务国民经济建设。在该阶段，国家从农业、工业、服务业多个角度，社会多个层次来探索高新技术产业的发展，先后制订出台了重点支持农业发展的星火计划，以创办高新技术产业开发区为主的火炬计划等相关支持政策，其中中国火炬计划"九五"发展计划指出要着重进行蛋白质研究、量子调控研究、纳米研究、发育与生殖研究，在航天航空、海洋产业、能源产业、生物医药、器械设备方面寻求突破。

（3）十五至十一五期间，政策的着力点在于自主创新的需要。自从 1988 年，我国设立第一批国家级高新技术开发区以来，截至 2010 年年底，我国共有 70 家开发区。21 世纪加入世界贸易组织（WTO）后，我国面对着新的国际环境，高技术产业进入了一个发展的快车道，产值逐年翻升，各项经济指标也逐年递增。我国相应的高新技术政策在原有的框架下，进一步拓展领域，增大扶持力度，为实现我国增强自主创新能力，促进经济社会发展，保障国家安全，成为世界科技强国的目标而努力。例如，2000 年 7 月颁布的《国家高新技术产业开发区高新技术企业认定条件和办法》，更加清晰、严格地确定了高新技术企业，为企业和产业进一步发展奠定了基础。"十五"期间的"863 计划"、2000 年的《出口目录》、2005 年的《国家高新技术产业开发区技术创新纲要》等政策的颁布，在充分贯彻执行改革开放的总方针的基础上，发挥我国科技力量的优势和潜力，以市场为导向，促进高新技术成果商品化、高新技术商品产业化和高新技术产业国际化，推动了以增强技术创新能力为核心的"二次创业"发展战略，加大了我国在新能源、新材料、节能环保、信息技术、生物工程、新能源汽车、高端装备制造等方面的研发力度。

第6章 我国高技术产业发展及竞争优势评价

我国高技术产业起步可以追溯到 20 世纪 50 年代。改革开放 30 年来，高技术产业发展快速增长，在国民经济中的支柱性产业地位进一步增强。高技术产业开发区发挥了窗口、示范、辐射和带动作用，为我国产业结构调整和经济增长方式转变发挥了重要作用。由于不同时期高新技术产业发展的政策差异较大，不同地区的高技术产业发展在基础、地缘、经济水平以及政策制定等方面都存在诸多不同，所形成的高技术产业发展水平也存在明显差异。本章我们将从我国高技术产业的发展历程、高技术产业的发展现状以及各地区高技术产业竞争优势评价等方面分别阐述。

6.1 我国高技术产业的发展历程

我国高技术产业从 20 世纪 50 年代起步至今，共经历了起步阶段（1956~1978年）、开拓阶段（1979~1987 年）、快速发展阶段（1988~2005 年）、转型发展阶段（2006 年以后）等四个主要阶段。每一阶段，高技术产业的发展都与国家科技发展会议决定、科技发展计划和纲要分不开，它们支持并引导了我国高技术产业的不断发展壮大。

6.1.1 高技术产业起步阶段

新中国成立后，我国在短时间内建立了门类齐全的工业体系和相对齐全的科研机构和部门，为新中国以后的科技发展奠定了基础。在 20 世纪 50 年代特殊的历史背景下，以毛泽东为首的党中央和人民政府决定发展航空工业和原子能工业，其主要目的是巩固和加强新中国的国防安全。可以说，中国高技术产业发展最早起步于计划经济时代国防尖端技术的研究。为了系统地引导科学研究为国家建设服务，在周恩来总理的领导下，国务院成立了科学规划委员会，调集了数百名专家学者参加规划的编制工作。1956 年 12 月新中国第一个中长期科技规划——《1956~1967 年科学技术发展远景规划》经中共中央、国务院批准后执行，其中提出了"向科学进军"的重要思想，确定了原子能、无线电电子、火箭喷气技术、生产过程自动化与精密仪器、半导体等 57 项高新技术重点项目。

1962 年，我国又重新制定了《1963~1972 年科学技术发展规划》，确定了"自力更生、迎头赶上"的科学技术发展方针，动员和组织全国的科学技术力量，自力更生地解决中国社会主义建设中的关键科学技术问题,提出了在高新技术领域重点发展电子工业、原子能工业、喷气技术工业、仪器仪表工业、稀有金属工业以及重有机合成工业等重点项目。这一时期,我国科学技术发展迅速,取得了一系列举世瞩目的成就(表 6-1)。

表 6-1　1958~1972 年我国主要科学技术成就

时间	成就	所属领域
1958 年	研制出第一台电子计算机	电子计算机
1959 年	建成第一座实验研究反应堆	原子能
1964 年	第一颗原子弹爆炸成功	核能
1965 年	世界上首次用人工合成结晶牛胰岛素	医药
1965 年	研制出第二代晶体管计算机	电子计算机
1967 年	第一颗氢弹爆炸成功	核能
1970 年	第一颗人造卫星上天	卫星

在高技术产业发展的起步阶段,《1963~1972 年科学技术发展规划》执行的前 3 年进展顺利,取得了一批重要成果,特别是为“两弹一星”的成功做出了重大贡献。当然,这一时期我国高技术产业发展是与国防尖端科研分不开的,高技术产业投入较大,对于国民经济的促进作用不明显,但是为我国以后高技术产业的发展奠定了坚实的基础。

6.1.2　高技术产业开拓阶段

1978 年,十一届三中全会的召开,标志着我国科技事业进入了一个崭新的时期。1978 年 3 月,我国科学技术大会审议通过了《1978~1985 年全国科学技术发展规划纲要》,确定了能源科学技术、材料科学技术、电子计算机科学技术、空间科学技术、高能物理、遗传工程等领域的重点研究。

1985 年 3 月,中共中央制定了《关于科学技术体制改革的决定》,指出现代科学技术是新的社会生产力中最活跃的和决定性的因素,全党必须高度重视并充分发挥科学技术的巨大作用。《关于科学技术体制改革的决定》明确了科学技术体制改革的主要内容,确立了国家对重点项目实行计划管理的同时,根据经济杠杆和市场调节科学技术活动的原则,确立了“经济建设要依靠科学技术、科学技术要面向经济建设”的指导方针。

这一时期,我国高技术产业发展最主要的举措是“863 计划”的实施。1986年 3 月,面对世界高技术蓬勃发展、国际竞争日趋激烈的严峻挑战,邓小平同志在王大珩、王淦昌、杨嘉墀和陈芳允四位科学家提出的“关于跟踪研究外国战略性高技术发展的建议”上,做出“此事宜速作决断,不可拖延”的重要批示,在充分论证的基础上，党中央、国务院果断决策，于 1986 年 11 月启动实施了"高技术研究发展计划（863 计划）"，旨在提高自主创新能力，坚持战略性、前沿性和前瞻性，以前沿技术研究发展为重点，统筹部署高技术的集成应用和产业化示范，充分发挥高技术引领未来发展的先导作用。1986~2005 年，国家累计投入"863 计划"330亿元，承担"863 计划"研究任务的科研人员超过 15 万名，约有 500 余家研究机构、300 余所大专院校、近千家企业参与了"863 计划"的研究开发工作。据不完全统计，20 年来，"863 计划"发表论文 12 万多篇，获得国内外专利 8 000 多项，制定国家和行业标准 1 800 多项。"863 计划"通过持续的自主创新，取得了一大批达到或接近世界先进水平的创新性成果，特别是在高性能计算机、第三代移动通信、高速信息网络、深海机器人与工业机器人、天地观测系统、海洋观测与探测、新一代核反应堆、超级杂交水稻、抗虫棉、基因工程等方面已经在世界上占有一席之地；重视高技术集成创新和培育战略性新兴产业，在生物工程药物、通信设备、高性能计算机、中文信息处理平台、人工晶体、光电子材料与器件等国际高技术竞争的热点领域，成功开发了一批具有自主知识产权的产品，形成了我国高技术产业的增长点。目前，"863 计划"已经成为我国科学技术发展，特别是高技术研究发展的一面旗帜。

6.1.3　高技术产业快速发展阶段

1988~2005 年是我国高技术产业快速发展阶段，这一阶段取得的辉煌成就主要得益于被称为中国"尤里卡计划"的火炬计划的实施。火炬计划是 1988 年 8 月党中央、国务院批准的高技术发展计划。该计划的宗旨是实施科教兴国战略，贯彻执行改革开放的总方针，发挥我国科技力量的优势和潜力，以市场为导向，促进高新技术成果商品化、高新技术商品产业化和高新技术产业国际化。在火炬计划的直接引导和推动下，我国高新技术产业开发区、高新技术创业服务机构、高新技术产业国际化快速发展。

1. 高新技术产业开发区蓬勃发展

建设和发展高新技术产业开发区是火炬计划的重要内容之一。高新技术产业开发区是以智力密集和开放环境条件为依托，主要依靠国内科技和经济实力，通过软硬环境的局部优化，最大限度地把科技成果转化为现实生产力而建立起来的、面向国内外市场、发展高新技术产业的集中区域。江泽民同志指出："20 世纪在科技产业化方面最重要的创举是兴办科技工业园区。这种产业发展与科技活动的结合，解决了科技与经济脱离的难题，使人类的发现或发明能够畅通地转移到产业领域，实现其经济和社会效益。"我国高新技术开发区就是从这一时期起步并不断发展壮大的，截止到 2009 年，我国已建立了 54 个国家高新技术产业开发区，高新技术产业开发区内企业的工业总产值达到 61 151 亿元，营业总收入 78 707 亿元，实现利润 4 465 亿元，出口创汇额达到 2 007 亿美元（表 6-2）。国家高新技术产业开发区已经成为我国高新技术发展的重要基地，在国民经济和社会发展中发挥着越来越大的作用。

表 6-2　2002~2009 年我国高新技术开发区企业概况

指标	2002 年	2003 年	2004 年	2005 年	2006 年	2007 年	2008 年	2009 年
企业数/个	28 338	32 857	38 565	41 990	45 828	48 472	52 632	53 692
年末从业人员数/万人	349	395	448	521	574	650	717	815
工业总产值/亿元	12 937	17 257	22 639	28 958	35 899	44 377	52 685	61 154
工业增加值/亿元	3 286	4 361	5 542	6 821	8 521	10 715	12 507	15 417
营业总收入/亿元	15 326	20 939	27 466	34 416	43 320	54 925	65 986	78 707
实现利润/亿元	801	1 129	1 423	1 603	2 129	3 159	3 304	4 465
出口创汇额/亿美元	329	510	824	1 117	1 361	1 728	2 015	2 007

资料来源：中国高技术产业数据 2010. 科学技术部，http://www.sts.org.cn/sjkl/gjscy/data2010/data10.htm

2. 高新技术创业服务机构发展壮大

推动高新技术创业服务机构发展是火炬计划的又一项重要内容之一。高新技术创业服务机构是高新技术成果转化为产业的重要环节，是技术创新和高新技术企业的生长点，是实验室与企业的结合点，是培育科技企业家的学校，是联结高新区与大专院校、科研院所和大中型企业的纽带，是高新技术产业发展支撑服务体系的重要组成部分。

目前，在我国各地区，高新技术创业服务中心纷纷建立。我国高新技术创业服务中心是在吸取国外企业孵化器成功发展经验与结合我国国情基础上建立的，其宗旨是依靠国家制定的有关政策和各级政府提供的必要条件，创造局部优化环境，培育新的经济增长点，促进高新技术成果的商品化，从而孵化高新技术企业，为高新技术企业提供综合服务。目前，我国很多创业服务中心利用已经具备的优势，创办了"留学人员回国创业园"，为海外学子回国创业搭起了舞台。

在我国，高新区各种独特的科技创业服务机构，包括各类创业中心、留学园，被统称为科技企业孵化器。1987~2009 年，我国科技企业孵化器发展到 771 个（其中经科学技术部认定的国家级创业中心 228 家），场地面积发展到 2 895 万平方米，通过科技企业孵化器累计毕业企业 47 273 个。截止到 2009 年，全国孵化器内在孵企业达到 50 423 个，在孵企业人数超过 100 万人（表 6-3）。目前，我国科技型小企业的成活率已经达到 80%以上，高新技术成果的转化率达到 70%以上。

表 6-3　2002~2009 年我国科技企业孵化器概况

指标	2002 年	2003 年	2004 年	2005 年	2006 年	2007 年	2008 年	2009 年
科技企业孵化器数/个	378	431	464	534	548	614	670	771
场地面积/万平方米	633	1 359	1 515	1 970	2 008	2 270	2 316	2 895
在孵企业数/个	20 993	27 285	33 213	39 491	41 434	44 750	44 346	50 423
在孵企业人数/万人	36	48	55	72	79	93	93	101
累计毕业企业数/个	6 207	8 981	11 718	15 815	19 896	23 394	31 764	47 273

注：科技企业孵化器，是指高新区独特的科技创业服务机构（包括各类创业服务中心，2000 年以后科技企业孵化器的数量包括留学园）。

资料来源：中国高技术产业数据 2010. 科学技术部, http://www.sts.org.cn/sjkl/gjscy/data2010/data10.htm

3. 高新技术产业的国际化进程加快

加强国际合作，推动高新技术产业走向国际化道路，是火炬计划的重要内容之一。高新技术产业国际化，即在平等互利的基础上，通过政府和民间各种渠道，与世界各国和地区建立广泛的合作关系，同国外的科技、金融、企业、商业等各界开展多形式的交流与合作，推动高新技术产品进入国际市场和高新技术企业走向世界。

高技术产品的出口情况在一定程度上反映了我国高新技术产业的国际化程度。2002~2009 年我国高技术产品进出口的情况来看，高技术产品进出口总额由 2002 年的 1 507 亿美元增加到 2009 年的 6 868 亿美元，每年增加近 800 亿美元。与此同时，2004 年开始我国改变了高技术产品逆差的局面，2009 年我国高技术产品顺差 671 亿美元（表 6-4）。经过受到 2008 年以来的金融危机影响，我国的高技术产业的国际化步伐加快的势头依然强劲。

表 6-4　2002~2009 年我国高技术产品进出口概况　　　单位：亿美元

指标	2002 年	2003 年	2004 年	2005 年	2006 年	2007 年	2008 年	2009 年
出口额	679	1 103	1 654	2 183	2 815	3 478	4 156	3 769
进口额	828	1 193	1 613	1 977	2 473	2 870	3 418	3 099
进出口总额	1 507	2 296	3 267	4 160	5 288	6 348	7 574	6 868
差额	−150	−90	40	205	342	608	738	671

资料来源：中国高技术产业数据 2010. 科学技术部, http://www.sts.org.cn/sjkl/gjscy/data2010/data10.htm

6.1.4　高技术产业转型发展阶段

2006 年以来，我国高技术产业进入转型发展阶段。这一时期，党中央、国务院出台了许多重要政策文件，把高技术产业的自主创新放在突出重要的位置，强调高技术产业对国家创新型战略、产业结构转型以及经济结构转型的支撑，并对今后相当长的时间内重点发展的战略性新兴产业进行了明确规划（表 6-5）。

表 6-5　　高技术产业快速发展阶段的相关政策文件

时间	政策文件
2006 年	《关于实施科技规划纲要——增强自主创新能力的决定》
2006 年	《国家中长期科学和技术发展规划纲要（2006~2020）》
2007 年	《高技术产业发展"十一五"规划》
2010 年	《国务院关于加快培育和发展战略性新兴产业的决定》

2006 年 1 月 9 日，中共中央、国务院在北京召开全国科学技术大会，通过了《关于实施科技规划纲要——增强自主创新能力的决定》，颁布了《国家中长期科学和技术发展规划纲要（2006~2020）》（以下简称《纲要》）。《纲要》确立了"自主创新，重点跨越，支撑发展，引领未来"的指导方针，明确把提高自主创新能力摆在全部科技工作的突出位置。到 2020 年，我国科学技术发展的总体目标是：自主创新能力显著增强，科技促进经济社会发展和保障国家安全的能力显著增强，为全面建设小康社会提供强有力的支撑；基础科学和前沿技术研究综合实力显著增强，取得一批在世界具有重大影响的科学技术成果，进入创新型国家行列，为在 21 世纪中叶成为世界科技强国奠定了基础。

《纲要》进一步对我国高技术若干方面提出了具体目标，包括掌握一批事关国家竞争力的装备制造业和信息产业核心技术，制造业和信息产业技术水平进入世界先进行列；能源开发、节能技术和清洁能源技术达到或接近世界先进水平；新药创制和关键医疗器械研制取得突破，具备产业发展的技术能力；信息、生物、材料和航天等领域的前沿技术达到世界先进水平等。

同时《纲要》还确定了高技术重点领域及其优先主题，表 6-6 摘录了其中涉及高技术产业的部分重点领域及其相对应的优先主题。

表 6-6　　中长期科学和技术发展规划的重点领域与优先主题

重点领域	优先主题
能源	核能技术
	可再生能源低成本规模化开发利用
	超大规模输配电和电网安全保障
水和矿产资源	海水淡化技术
	资源勘探增储
	资源勘探开发装备
	矿产、海洋资源高效开发利用
制造业	数字化、智能化创新设计方法及技术
	流程工业的绿色化、自动化及装备
	大型海洋工程技术与装备
	新一代信息功能材料及器件

续表

重点领域	优先主题
交通运输业	大型飞机制造技术
	高速轨道交通系统
	低能耗与新能源汽车
信息产业及现代服务业	现代服务业信息支撑技术及大型应用软件
	下一代网络关键技术与服务
	高效能可信计算机
	传感器网络及智能信息处理
	高清晰度大屏幕平板显示
人口与健康	先进医疗设备与生物医用材料

为了实现国家目标,《纲要》确定了作为我国科技发展的重中之重的 16 个重大专项,包括核心电子器件、高端通用芯片及基础软件,极大规模集成电路制造技术及成套工艺,新一代宽带无线移动通信,高档数控机床与基础制造技术,大型油气田及煤层气开发,大型先进压水堆及高温气冷堆核电站,水体污染控制与治理,转基因生物新品种培育,重大新药创制,大型飞机,高分辨率对地观测系统,载人航天与探月工程等,涉及信息、生物等高技术产业具有战略意义的领域。

另外,《纲要》根据"代表世界高技术前沿的发展方向,对国家未来新兴产业的形成和发展具有引领作用,有利于产业技术的更新换代、实现跨越发展,具备较好的人才队伍和研究开发基础"四项原则确定了重大前沿技术(表 6-7)。

2007 年,国家发展和改革委员会发布了《高技术产业发展"十一五"规划》(以下简称《规划》)。《规划》是贯彻落实国民经济和社会发展第十一个五年规划纲要的具体部署,是实施国家中长期科学和技术发展规划纲要的行动计划,是推动我国高技术产业快速健康发展的指导性文件。《规划》从培育新的经济增长点,提高产业整体技术水平的角度,选择了电子信息产业、生物产业、新材料产业、航天航空产业、高技术服务业、新能源产业、海洋产业、高新技术改造提升传统产业八个方面作为未来一段时期产业发展的重点领域。与之相配套的是,《规划》提出了"十一五"需要重点组织实施的九大高技术产业专项工程,包括集成电路和软件产业专项工程、新一代移动通信专项工程、下一代互联网专项工程、数字音视频产业专项工程、先进计算专项工程、生物医药专项工程、民用飞机产业专项工程、卫星产业专项工程、新材料产业专项工程。通过这批专项工程的实施,力争攻克一批具有全局性、带动性的关键共性技术,培育一批具有自主知识产权的高技术产业群,大幅度提升产业的核心竞争力。此外,《规划》还首次从优化空间布局的角度,从三个不同层面提出了区域发展的重点:一是推动长江三角洲、珠江三角洲、环渤海地区三大高技术产业优势区域率先做强,带动我国高技术产业由加工装配型向自主研发

表 6-7　　中长期科学和技术发展规划的前沿技术

前沿领域	前沿技术
生物技术	靶标发现技术
	动植物品种与药物分子设计技术
	基因操作和蛋白质工程技术
	基于干细胞的人体组织工程技术
	新一代工业生物技术
信息技术	智能感知技术
	自组织网络技术
	虚拟现实技术
新材料技术	智能材料与结构技术
	高温超导技术
	高效能源材料技术
先进制造技术	极端制造技术
	智能服务机器人
	重大产品和重大设施寿命预测技术
先进能源技术	氢能及燃料电池技术
	分布式供能技术
	快中子堆技术
	磁约束核聚变
海洋技术	海洋环境立体监测技术
	大洋海底多参数快速探测技术
	天然气水合物开发技术
	深海作业技术
激光技术	
空天技术	

型转变;二是中心城市继续加快高技术产业集聚发展的同时,着力增强自主创新能力,发挥辐射带动作用、带动区域经济发展;三是发挥高技术产业基地和各类产业园区、孵化基地的作用,促进产业集群的形成,打造新的增长点。

同时为保障《规划》的顺利实施,《规划》提出了五个方面的具体政策措施:一是要健全投融资体系,建立多层次资本市场体系,扶持高技术企业;二是要有效运用财税政策,加大对自主创新和产业化的支持力度;三是要加快实施人才、专利和标准三大战略,真正实现产业自主发展;四是要实施科技兴贸战略,引导产业提高利用外资的水平,促进高技术大企业实施国际化经营;五是要加强政府宏观引导和协调,从体制上推动科技经济结合、军民结合和垄断行业体制改革,进一步发挥产业政策的导向作用。

2010 年 9 月 8 日,国务院总理温家宝主持召开国务院常务会议,会议决定加快培育和发展以重大技术突破、重大发展需求为基础的战略性新兴产业,必须坚持发挥市场基础性作用与政府引导推动相结合,科技创新与实现产业化相结合,深化体制改革，以企业为主体，推进产学研结合，把战略性新兴产业培育成为国民经济的先导产业和支柱产业。会议同时强调推进战略性新兴产业发展，对于推进我国产业结构升级和经济发展方式转变，提升自主发展能力和国际竞争力，促进经济社会可持续发展具有重要意义。此外，会议审议通过了《国务院关于加快培育和发展战略性新兴产业的决定》，明确规定了战略性新兴产业发展的重点方向、主要任务和扶持政策；明确选择节能环保、新一代信息技术、生物、高端装备制造、新能源、新材料和新能源汽车七个产业作为重点领域，加快推进发展。

6.2　我国高技术产业的发展现状

进入快速发展阶段以来，我国高技术产业发展势头良好、潜力较大，主要可以从高技术产业投入和产出两方面来分析。在统计上，高技术产业投入主要是通过科技经费与人员投入两项指标来考量的；而产出主要是通过总产值、发明专利授权量、科技论文数等指标来反映。

6.2.1　我国高技术产业投入情况

高技术产业是资本密集型、知识密集型的产业，科技投入是高技术产业发展的重要保障。科技投入主要包括物质资本投入和人力资本投入两类，在统计上，主要又是通过科技经费与人员投入两项指标来考量的。

我国科技经费投入从总量上来看，一直保持着快速增长势头，特别是国家财政对于科技拨款的增长比较快。例如，2003 年国家财政科技拨款 944.6 亿元，2008 年增加到 2 581.8 亿元，财政科技拨款占国家财政总支出的比值由 2003 年的 3.83%增长到 2008 年的 4.12%。

1. R&D 经费支出

R&D 经费支出是反映一个国家或地区科技投入最主要的指标，也是最直接的指标，它能够有效衡量一个国家或地区的高技术实力。2003 年，我国 R&D 经费支出额为 1 539.6 亿元，2008 年则增加到 4 616 亿元，R&D 经费支出占国内生产总值的比重由 1.13%增长到 1.47%，每年的增幅均超过 0.1 个百分点（表 6-8）。

表 6-8　我国 R&D 经费支出及 R&D/GDP 比重

指标	2003 年	2004 年	2005 年	2006 年	2007 年	2008 年
R&D 经费支出/亿元	1 539.6	1 966.3	2 450.0	3 003.1	3 710.2	4 616.0
R&D 经费支出/国内生产总值（G&D/GDP）/%	1.13	1.23	1.34	1.42	1.44	1.47

资料来源：中国科技统计. 中国主要科技指标数据库，http://www.sts.org.cn/

2. R&D 人员投入

21 世纪，人力资源越来越成为一个国家或地区经济与社会发展最重要的资源之一。人力资源作为知识与技术创新的载体，是高技术创新活动的驱动力。我国 R&D 人员投入主要是通过两项指标来反映，一是科技活动人员总量（R&D 人员），二是科学家工程师总量。

近年来，我国科技活动人员总量增加较快。2003~2008 年，我国科技活动人员由 328.4 万人增加到 496.7 万人，增幅 51.2%，其中 R&D 人员由 109.5 万人增加到 196.5 万人，增幅达 79.5%，而科学家工程师 86.2 万人增加到 159.2 万人，增幅最大，达到 84.7%（图 6-1）。

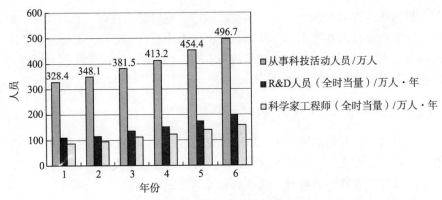

图 6-1　我国科技人员总量及科学家工程师总量

资料来源：中国科技统计. 中国主要科技指标数据库，http://www.sts.org.cn/

3. 我国与部分国家 R&D 经费支出比较

近年来，随着我国的 R&D 经费支出总量逐年增加，从 R&D 经费支出总量、R&D 经费支出与 GDP 比值两项指标来看，我国都高于意大利、巴西、俄罗斯、印度等国。但是截至 2008 年，无论是从 R&D 经费支出总量还是从 R&D 经费支出与 GDP 比值来看，我国仍然落后于作为科技强国的美国、日本和德国。另外，我国 R&D 经费支出总量虽然超过了法国、英国、韩国和加拿大，但是 R&D 经费支出与 GDP 比值却低于上述四国，特别是远远低于韩国（图 6-2）。

4. 我国与部分国家 R&D 人员投入比较

虽然我国拥有 190 多万的 R&D 人员，R&D 人员总量在世界各国中排在前列。但是从每万个劳动力中 R&D 人数来看，2008 年我国每万个劳动力中 R&D 人员为 25 人，日本、法国、加拿大、俄罗斯、德国分别为 141 人、132 人、123 人、121 人、119 人，我国远远落后于各主要科技强国（图 6-3）。

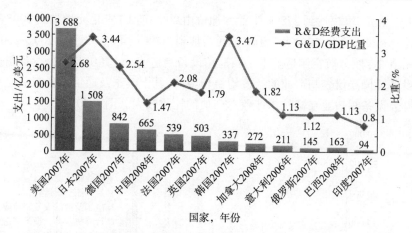

图 6-2　2008 年部分国家 R&D 经费支出及 R&D/GDP 比重
资料来源：中国科学技术部；OECD《主要科学技术指标 2009/1》；
巴西科技部；联合国教育、科学及文化组织

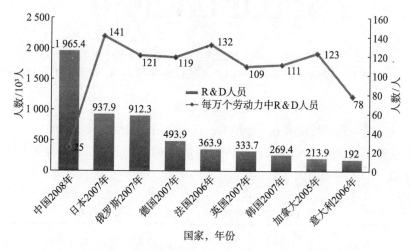

图 6-3　2008 年部分国家 R&D 人员与每万个劳动力中 R&D 人数
资料来源：中国科学技术部；OECD《主要科学技术指标 2009/1》；
巴西科技部；联合国教育、科学及文化组织

6.2.2　我国高技术产业产出情况

高技术产业产出分为直接经济产出与非经济产出，反映直接经济产出最直接的指标是总产值，而非经济产出可以通过发明专利授权量、科技论文数等指标来反映。

1. 总产值基本情况

近年来，我国高技术产业发展迅速，总产值由 2002 年的 15 099 亿元增加到

57 087 亿元,增幅达到 278%;工业增加值由 2002 年 3 769 亿元增加到 2008 年 14 001 亿元;利税总额由 2002 年 1 166 亿元增加到 2008 年 4 024 亿元。2002~2008 年,医药制造业、航天航空制造业电子及通信设备制造业、计算机及办公设备制造业和医疗设备及仪器仪表制造业的产值均稳步增加,其中电子及通信设备制造业和计算机及办公设备制造业在高技术产业总产值的比重较大（图 6-4）。

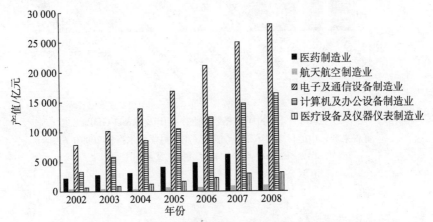

图 6-4　2002~2008 年我国五类高技术产业产值

资料来源：国家统计局等. 中国高技术产业统计年鉴 2009. 中国统计出版社, 2009

2. 我国发明专利授权量与科技论文数

从发明专利授权量来看,近年来,我国发明专利授权量不断增加。2005 年,我国发明专利授权量为 53 305 件, 2008 年达到 67 948 件, 稳居世界排名第 4 位, 仅次于日本、美国和韩国（表 6-9）。

表 6-9　2008 年我国与部分国家发明专利授权量　　　　　　　单位：件

国别	中国	日本	美国	韩国	欧洲专利局	俄罗斯	加拿大	德国	法国	墨西哥
国内	31 945	145 040	79 527	91 645	—	18 431	1 809	12 977	9 748	201
国外	36 003	19 914	77 756	32 060	54 699	4 597	16 741	4 762	2 364	9 756
合计	67 948	164 954	157 283	123 705	54 699	23 028	18 550	17 739	12 112	9 957
位次	4	1	2	3	5	6	7	8	8	10

资料来源：中国科技统计. 中国主要科技指标数据库, www.sts.org.cn

从科技论文数来看, 2008 年我国被"科学引文索引"、"工程索引"、"科学技术索引"三系统收录的科学论文分别为 11.7 万篇、8.9 万篇和 6.5 万篇,分居世界排名第 2 位、第 1 位和第 2 位,分别占三系统收录文章总量的 8.1%、22.4% 和 12.6%

（表 6-10）。2008 年科技论文总数 27.1 万篇比 2003 年的 9.3 万篇增加到 17.8 万篇，占三大系统总收录论文数的比重由 2003 年的 5.09%增加到 11.53%。

表 6-10　2008 年我国与部分国家科技论文数

国别	科学引文索引		工程索引		科学技术会议录索引	
	数量/万篇	位次/位	数量/万篇	位次/位	数量/万篇	位次/位
中国	11.7	2	8.9	1	6.5	2
美国	40.6	1	6.8	2	15.1	1
日本	9.2	5	2.8	3	3.5	3
英国	11.3	3	2.2	5	2.9	5
德国	10.6	4	2.4	4	3.1	4
法国	7.4	6	2.1	6	2.1	7
意大利	6.3	7	1.4	10	2.2	6
加拿大	6.0	8	1.5	7	1.8	8
韩国	4.0	11	1.4	9	1.7	9
俄罗斯	3.0	15	1.1	13	0.7	17
印度	4.3	10	1.5	8	0.8	15
巴西	3.4	13	0.6	16	0.7	16
世界合计	143.7		39.7		51.7	

资料来源：中国科技统计. 中国主要科技指标数据库，www.sts.org.cn

6.3　我国各地区高技术产业竞争优势评价

我国各地区高技术产业竞争优势，可以从国家统计数据上直观的观察，也可以通过建立高技术产业竞争力指标体系来反映。本节首先将通过对高技术产业总产值以及高技术产品进出口额情况来观察各地区高技术产业的竞争优势，然后通过我们构建的包含实力竞争力、创新竞争力、产业发展环境竞争力和产业成长竞争力四个方面的高技术产业竞争力评价指标体系来评价各地区的高技术产业竞争优势。

6.3.1　我国高技术产业地区分布总体状况

我国各地区高技术产业发展状况可以从高技术产业总产值以及高技术产品进出口两个主要方面来评价。

从高技术产业总产值情况来看，2008 年我国高技术产业总产值达到 57 087 亿元，各地区高技术产业总产值发展不平衡，竞争优势差异较大。广东、江苏、上海三个地区的高技术产业总产值优势明显，高技术产业总产值分别为 16 750 亿元、11 910 亿元、5 901 亿元，占全国高技术产业总产值的 29.34%、20.86%、10.33%，广东、江苏、上海三个地区总的高技术产业总产值超过全国高技术产业总产值的60%。高技术产业总产值排名前10位的地区（广东、江苏、上海、山东、北京、浙江、福建、天津、四川、辽宁）总的高技术产业总产值50 645亿元，占全国高技术产业总产值的88.7%；高技术产业总产值排名后10位的地区（贵州、山西、内蒙古、云南、甘肃、海南、宁夏、新疆、青海、西藏）总的高技术产业总产值894亿元，仅占全国高技术产业总产值的1.57%（表6-11）。

表6-11　我国高技术产业总产值按地区分布（2006~2008年）　　　单位：亿元

地区	2006年	2007年	2008年	地区	2006年	2007年	2008年
北京	2 660	3 187	2 953	上海	4 473	5 631	5901
天津	2 259	2 211	1 944	江苏	7 557	9 661	11 910
河北	338	437	557	浙江	2 435	2 848	2701
山西	110	155	188	安徽	220	282	340
内蒙古	138	171	188	福建	1 655	1 798	1 981
辽宁	753	1019	1 177	江西	332	446	586
吉林	231	314	426	山东	2 372	3 135	3 924
黑龙江	212	246	285	河南	462	642	809
湖北	585	696	847	云南	79	101	124
湖南	255	328	523	西藏	5	6	6
广东	12 975	14 702	16 750	陕西	505	591	650
广西	139	174	243	甘肃	52	55	60
海南	38	39	48	青海	10	14	15
重庆	168	219	283	宁夏	16	23	25
四川	771	1107	1404	新疆	14	20	20
贵州	175	204	220				

资料来源：国家统计局等. 中国高技术产业统计年鉴2010. 中国统计出版社，2010

从表6-11可以看出，2008年国内高技术产业总产值在10 000亿元以上的地区，包括广东（第1位）和江苏（第2位）；总产值在1 000亿~10 000亿元的地区，包括上海、山东、北京（第5位）、浙江、福建、天津（第8位）、四川（第9位）和辽宁（第10位）；总产值在500亿~1000亿元的地区，包括湖北、河南、陕西（第13位）、江西、河北、湖南；总产值在100亿~500亿元的地区，包括吉林、安徽、黑龙江、重庆、广西、贵州、山西、内蒙古、云南；总产值在100亿元以下的地区，包括甘肃、海南（第27位）、宁夏、新疆、青海、西藏。同时，根据表6-11可以看出，广东（第1位）、江苏（第2位）、北京和天津（第3位和第8位）、四川（第9位）、辽宁（第10位）、陕西（第13位）分别是华南区域、华东区域、华北区域、西南区域、东北区域、西北区域高技术产业总产值排名居前的地区。

　　从高技术产品进出口额情况来看，2009 年我国高技术产品出口额为 3 769.29 亿美元，高技术产品出口额为 3 104.57 亿美元，顺差 670.79 亿美元，各地区高技术产品进出口结构不平衡，竞争优势差异较大。广东、江苏、上海三地区高技术产品出口优势明显，高技术产品出口额分别为 1 420.69 亿美元、939.6 亿美元、633.17 亿美元，占全国高技术产品出口额的 37.69%、24.93%、16.80%，三个地区总的高技术产品出口额超过全国高技术产品出口额的 79%。高技术产品出口额排名前 10 位的地区（广东、江苏、上海、北京、山东、天津、福建、浙江、辽宁、四川）总的高技术产品出口额为 3 671.79 亿美元，占全国高技术产品出口额的 97.41%；高技术产品出口额排名后 10 位的地区（黑龙江、贵州、云南、新疆、海南、内蒙古、甘肃、宁夏、西藏、青海）总的高技术产品出口额为 7.2 亿美元，仅占全国高技术产品出口额的 0.19%（表 6-12）。

表 6-12　我国高技术产品进出口的地区分布（2009 年）　　单位：10^2 万美元

地区	出口	进口	差额	地区	出口	进口	差额
北京	14 103	20 358	−6 255	上海	63 317	51 941	11 376
天津	11 916	10 567	1 348	江苏	93 960	61 140	32 820
河北	2 123	1 873	856	浙江	10 206	6 047	4 159
山西	416	326	90	安徽	502	545	−43
内蒙古	51	256	−205	福建	10 344	8 383	1 961
辽宁	3 767	3 670	97	江西	1 541	825	717
吉林	195	940	−746	山东	13 790	13 038	752
黑龙江	178	380	−201	河南	458	685	−227
湖北	2 042	1 873	169	云南	115	256	−141
湖南	444	490	−46	西藏	4	3	1
广东	142 069	115 948	26 121	陕西	825	1 823	−998
广西	272	336	−64	甘肃	49	138	−89
海南	58	1 966	−1 908	青海	1	39	−38
重庆	212	445	−233	宁夏	38	77	−39
四川	3 707	5 705	−1 998	新疆	76	292	−215
贵州	150	92	58				

　　资料来源：国家统计局等. 中国高技术产业统计年鉴 2010. 中国统计出版社, 2010.

　　广东、江苏、上海三地区高技术产品进口优势明显，高技术产品进口额分别为 1 159.48 亿美元、611.4 亿美元、519.41 亿美元，占全国高技术产品出口额的 37.35%、19.69%、16.73%，三个地区总的高技术产品进口额超过全国高技术产品出口额的 73%。高技术产品进口额排名前 10 位的地区（广东、江苏、上海、北京、山东、天津、福建、浙江、四川、辽宁）总的高技术产品进口额为 2 967.97 亿美元，占全国高技术产品进口额的 95.6%；高技术产品进口额排名后 10 位的地区（广西、山西、新疆、云南、内蒙古、甘肃、贵州、宁夏、青海、西藏）总的高技术产品进口额为 7.2 亿美元，仅占全国高技术产品进口额的 0.58%。

6.3.2　高技术产业竞争力评价体系的设计

虽然关于高技术产业竞争力的指标体系不尽统一，但从现有文献研究可以看出，学者们在构建高技术产业竞争力评价指标体系时，基本都从投入、产出、创新能力、政策环境以及成长性等五方面进行考虑。此外，在进行高技术产业竞争力综合评价时，一般采用德尔菲法、层次分析法、模糊综合评判法、因子分析法、主成分分析法和均方差法等方法。我们在李桂春和佟春杰（2009）等学者的基础上，根据产业竞争力的含义，遵循科学性、系统性、动态性、可操作性等原则，构建一个包括实力竞争力、创新竞争力、产业发展环境竞争力和产业成长竞争力 4 个方面，市场化能力、资源转化能力、产业规模、技术创新能力、技术投入、地区经济实力、相关产业发展、政策与市场需求、竞争态势 9 个二级指标，33 个三级指标构成的反映地区高技术产业竞争力的评价指标体系（表 6-13）。

表 6-13　地区高技术产业竞争力评价指标体系

一级指标	二级指标	三级指标
实力竞争力	市场化能力	市场占有率、出口份额
	资源转化能力	销售利润率、增加值率、劳动生产率、利润份额
	产业规模	总产值占同行业份额、就业人员占同行业份额、资产占同行业的份额、产业相对专业化系数（区位熵）
创新竞争力	技术创新能力	新产品率*、新产品出口份额、新产品占销售收入的比重、新产品占出口比重、新产品销售率、专利申请数、专利拥有数、消化吸收经费与技术引进的比例
	技术投入	企业 R&D 经费支出占销售收入比重、企业 R&D 经费支出占增加值比重、新产品开发经费支出占销售收入比重、R&D 人员占从业人员比重、工程技术人员占从业人员比重、微电子设备占固定资产比重、科技经费中企业资金所占比重
产业发展环境竞争力	地区经济实力	人均 GDP
	相关产业发展	制造业总产值占同行业份额
	政策与市场需求	科技活动经费中政府资金比重、固定资产投资额
产业成长竞争力	竞争态势	资产增长率、利润增长率、产值增长率、就业人员增长率

*由于该指标的相关统计数据未能够获得，所以我们暂不考虑该指标

6.3.3　我国高技术产业整体竞争力的分析

1. 整体竞争力评价方法

基于地区高技术产业竞争力评价指标体系,本研究采用主成分分析法来对全国 31 个省（自治区、直辖市）高技术产业竞争力进行评估考察。主成分分析法是通过协方差或相关系数矩阵的特征值与特征根的方法,按指定的贡献率从 n 个原始指标中集中抽取 m 个互不相关的主成分,来达到简化降维的目的。计算主因子得分,并根据主因子的方差贡献率为权数计算综合得分。

2. 变量设计

根据本书的高技术产业竞争力评价体系的设计,我们所采用的地区高技术产业竞争力评价指标变量如表 6-14 所示。

表 6-14　地区高技术产业竞争力评价指标变量汇总

一级指标		二级指标		三级指标	
A1	实力竞争力	B1	市场化能力	C1	市场占有率
				C2	出口份额
		B2	资源转化能力	C3	销售利润率
				C4	增加值率
				C5	劳动生产率
				C6	利润份额
		B3	产业规模	C7	总产值占同行业份额
				C8	就业人员占同行业份额
				C9	资产占同行业的份额
				C10	产业相对专业化系数（区位熵）
A2	创新竞争力	B4	技术创新能力	C11	新产品出口份额
				C12	新产品占销售收入的比重
				C13	新产品占出口比重
				C14	新产品销售率
				C15	专利申请数
				C16	专利拥有数
				C17	消化吸收经费与技术引进的比例
		B5	技术投入	C18	企业 R&D 经费占销售收入比重
				C19	企业 R&D 经费占增加值比重
				C20	新产品开发经费占销售收入比重
				C21	R&D 人员占从业人员比重
				C22	工程技术人员占从业人员比重
				C23	微电子设备占固定资产比重
				C24	科技经费中企业资金所占比重

续表

一级指标		二级指标		三级指标	
A3	产业发展	B6	经济实力	C25	人均 GDP
A4	环境竞争力	B7	相关产业发展	C26	制造业总产值占同行业份额
		B8	政策与市场需求	C27	科技活动经费中政府资金比重
				C28	固定资产投资额
A5	产业竞争	B9	竞争态势	C29	资产增长率
				C30	利润增长率
				C31	产值增长率
				C32	就业人员增长率

3. 数据来源

根据《中国高技术产业统计年鉴》（2006~2008 年）以及中华人民共和国国家统计局公布的统计数据，获得了我国 30 个省级区域（除西藏、香港、澳门、台湾）2005~2007 年高技术产业竞争力评估指标的原始数据矩阵，并对其进行三年的算术平均，以消除个别年份偶然因素的影响。整理得到的原始数据，标准化后，数据见附录 1、附录 2。

4. 全国各地区整体竞争力计算过程

运用 SPSS 13.0 对地区高技术产业竞争力的指标进行逐层的主成分分析，为了能够 100%保留原指标所代表的信息，本书在进行主成分分析时抽取与原始指标的数目相同的主成分个数，并以每个主成分所对应的特征值占所提取主成分总的特征值之和的比例作为权重计算各上层指标的综合模型。根据软件输出的相关方差分解主成分提取分析表和初始因子载荷矩阵，我们得到了各二级指标的综合模型和各一级指标的综合模型。进而，计算出实力竞争力、创新竞争力、产业发展、环境竞争力以及产业竞争的综合得分。基于这五个指标的综合得分，本书采用 SPSS 13.0 进行进一步处理，进而得出整体竞争力的综合得分模型。运用 SPSS 13.0 对整体竞争力的一级指标进行主成分分析，得到方差分解主成分提取分析表和初始因子载荷矩阵，分别如表 6-15 和表 6-16 所示。

表 6-15　解释总变量

成分	初始特征值			平方和负荷萃取		
	总和	方差的百分比/%	累积百分比/%	总和	方差的百分比/%	累积百分比/%
1	2.577	51.532	51.532	2.577	51.532	51.532
2	1.238	24.752	76.284	1.238	24.752	76.284
3	0.740	14.795	91.078	0.740	14.795	91.078
4	0.369	7.384	98.462	0.369	7.384	98.462
5	0.077	1.538	100.000	0.077	1.538	100.000

注：萃取方法为主成分分析

表 6-16　得分系数矩阵

一级指标	成分				
	1	2	3	4	5
实力竞争力（F₁）	0.972	0.067	−0.037	−0.031	−0.219
创新竞争力（F₂）	0.726	−0.464	−0.327	0.380	0.082
产业发展（F₃）	0.656	−0.038	0.748	0.054	0.072
环境竞争力（F₄）	0.821	0.343	−0.265	−0.348	0.130
产业竞争（F₅）	0.016	0.948	−0.032	0.316	0.011

注：萃取方法为主成分分析，共萃取了 5 个成分

根据以上输出结果，本书得到了整体竞争力综合模型

$$整体竞争力 = 0.515\,318\,392 \times F1 + 0.247\,517\,501 \times F2 + 0.147\,947\,053 \times F3$$
$$+ 0.073\,840\,272 \times F4 + 0.015\,376\,783 \times F5$$

其中，F1⋯F5 的因子得分函数为

$$F1 = 0.377\,307\,95 \times ZA1 + 0.281\,740\,204 \times ZA2 + 0.254\,582\,065 \times ZA3$$
$$+ 0.318\,624\,987 \times ZA4 + 0.006\,068\,691 \times ZA5$$

$$F2 = 0.054\,381\,801 \times ZA1 - 0.375\,044\,047 \times ZA2 - 0.030\,499\,922 \times ZA3$$
$$+ 0.277\,010\,501 \times ZA4 + 0.765\,991\,639 \times ZA5$$

$$F3 = -0.049\,391\,568 \times ZA1 - 0.441\,965\,693 \times ZA2 + 1.011\,830\,56 \times ZA3$$
$$- 0.358\,344\,68 \times ZA4 - 0.043\,009\,096 \times ZA5$$

$$F4 = -0.083\,994\,781 \times ZA1 + 1.027\,929\,633 \times ZA2 + 0.147\,190\,722 \times ZA3$$
$$-0.943\,384\,339 \times ZA4 + 0.856\,280\,04 \times ZA5$$

$$F5 = -2.851\,446\,506 \times ZA1 + 1.062\,482\,974 \times ZA2 + 0.930\,119\,871 \times ZA3$$
$$+ 1.691\,137\,292 \times ZA4 + 0.148\,109\,328 \times ZA5$$

需要说明的是：变量符号前的 Z 代表该变量为经过标准化处理后的值。

5. 全国各地区一级指标竞争力分析

运用 SPSS13.0 进行分析，得出全国 30 个省级区域（除西藏、香港、澳门、台湾）的高技术产业竞争力排名情况，如表 6-17 所示。模型运算得到的二级指标综合得分、二级指标综合得分标准化数值、一级指标综合得分，见附录 3、附录 4、附录 5。

1）实力竞争力分析

实力竞争力排名前五位分别是广东、江苏、上海、天津、北京，排名最后五位分别是新疆、云南、甘肃、海南、青海。结合前述分析，实力竞争力排名靠前的地区在市场化能力和产业规模方面都处于全国前列，这主要是因为这些地区处于珠江

三角洲、长江三角洲以及环渤海地区，均为我国经济快速发展的地区；但是，排名靠前的地区却在资源转化能力方面处于劣势，这主要是这些地区产业规模发展成熟所导致的。与排名前五位的地区相反，排名在后五位的地区市场转化能力和产业规模比较弱，而资源转化能力比较强。

表 6-17　地区高技术产业竞争力排名情况

地区		实力竞争力	创新竞争力	产业发展	环境竞争力	产业竞争	综合竞争力
华东区域	山东	8	14	7	3	2	6
	江苏	2	15	5	1	3	1
	安徽	19	11	23	16	13	17
	浙江	6	13	11	4	8	8
	福建	7	2	6	10	17	9
	上海	3	7	3	5	23	4
华南区域	广东	1	1	8	2	15	2
	广西	24	22	24	20	27	28
	海南	29	27	9	28	21	21
华中区域	湖北	13	20	12	13	4	10
	湖南	18	26	15	17	29	27
	河南	16	17	22	6	11	13
	江西	12	18	26	15	9	16
华北区域	北京	5	8	1	12	7	3
	天津	4	10	2	11	25	5
	河北	17	23	19	7	28	26
	山西	21	28	30	18	1	7
	内蒙古	22	30	4	21	6	11
西北区域	宁夏	23	3	20	29	30	30
	新疆	26	4	21	25	26	25
	青海	30	29	28	30	20	29
	陕西	10	12	27	23	16	20
	甘肃	28	25	29	26	5	24
西南区域	四川	11	5	14	9	22	14
	云南	27	19	17	24	12	19
	贵州	15	6	25	27	19	23
	西藏	—	—	—	—	—	—
	重庆	20	9	18	19	24	22
东北区域	辽宁	9	21	10	8	14	12
	吉林	25	24	13	14	18	18
	黑龙江	14	16	16	22	10	15

2）创新竞争力分析

创新竞争力排名前五位分别是广东、福建、宁夏、新疆、四川，排名最后五位分别是湖南、海南、山西、青海、内蒙古。

3）产业发展分析

产业发展，即经济实力（人均 GDP）排名前五位分别是北京、天津、上海、内蒙古、江苏，排名最后五位分别是江西、陕西、青海、甘肃、山西。由于这一指标的计算除了取决于总体经济规模，还取决于高技术产业企业从业人员年平均数，故内蒙古的经济实力能够排到前五名。

4）环境竞争力分析

环境竞争力排名前五位分别是江苏、广东、山东、浙江、上海，排名最后五位分别是甘肃、贵州、海南、宁夏、青海。环境竞争力排名靠前的地区无论是在相关产业发展还是政策与市场需求方面都显示出其他省份所不具备的优势。

5）产业竞争分析

产业竞争排名前五位分别是山西、山东、江苏、湖北、甘肃，排名最后五位分别是新疆、广西、河北、湖南、宁夏。

6. 全国各地区综合竞争力分析

从表 6-17 可以看出，全国各地区高技术产业综合竞争力排名前五位分别是江苏、广东、北京、上海和天津，排名最后五位分别是河北、湖南、广西、青海、宁夏。不同地区的综合竞争力差异明显，综合竞争力最强的地区集中在京津（华北）和东南沿海（华东和华南）区域，综合竞争力最弱的地区广泛分布华北、华中、西北和华南等各区域，这在一定程度上反映了我国存在较为明显的区域内高技术产业综合竞争力高度不平衡问题。

（1）华北区域的 5 个地区中，高技术产业综合竞争力排名居前的是北京（全国第 3 位）、天津（全国第 5 位）。

（2）华东区域的 6 个地区中，高技术产业综合竞争力排名居前的是江苏（全国第 1 位）、上海（全国第 4 位）。

（3）华南区域的 3 个地区中，高技术产业综合竞争力排名居前的是广东（全国第 2 位）。

（4）华中区域的 4 个地区中，高技术产业综合竞争力排名居前的是湖北（全国第 10 位）。

（5）西北区域的 5 个地区中，高技术产业综合竞争力排名居前的是陕西（全国第 20 位）、甘肃（全国第 24 位）。

（6）西南区域的 5 个地区中，高技术产业综合竞争力排名居前的是四川（全国第 14 位）、云南（全国第 22 位）。

　　由于我国各区域经济发展水平不同,各地的高技术产业发展的基础和条件差异明显,因此,同一区域内高技术产业竞争力的比较往往更能说明这一地区高技术产业政策的有效性。为此,在选择地区高技术产业政策分析时,我们采取了分别抽取华北、华东、华南、华中、西北和西南各区域高技术产业领先的地区展开分析。同时,为了更为具体的分析高技术产业政策条例,而减少对宏观指导性政策的分析,我们重点分析了这些地区最重要的高技术产业园区的高技术产业政策。此外,需要说明的是,由于江苏省和上海市我们所能收集到的高技术产业政策资料的公开资料非常有限,故我们在后续的研究中没有将其纳入。本书最终选择了北京、天津、西安、成都和深圳五个高技术产业竞争优势明显的地区作为政策分析的重点。

第三篇　各地区高技术产业政策主要做法

第 7 章　北京市高技术产业政策主要做法

（北京）中关村科技园区在 1988 年经国务院批准成为我国第一家高科技园区，到 2005 年年底，已发展成为包括海淀园、丰台园、昌平园、电子城科技园、亦庄科技园、德胜园和健翔园在内的一区多园的国家级高技术产业开发区，现在总面积达 232 平方千米。作为我国第一个国家级高技术产业开发区，中关村科技园区覆盖了北京市科技、智力、人才和信息资源最密集的区域，初步形成以软件、集成电路、计算机、网络、通信等为代表的重点产业集群。2010 年 11 月，由科学技术部火炬中心组织的全国高区评价结果显示，（北京）中关村国家自主创新示范区位列综合排名第一。在知识创造与孕育创新能力、产业化与规模经济能力、国际化与参与全球竞争能力、可持续发展能力等四个一级指标中也全部排名第一。园区承担的国家"863 项目"占全国的 25%，"973 项目"占全国的 36%。

北京市政府为促进高技术产业发展，制定了一系列高技术产业优惠政策（表 7-1）。下文将针对北京市高技术产业政策的具体条例，从投融资政策、财税政策、人才政策、产学研合作政策、知识产权政策和产业促进政策六个方面进行详细阐述。

表 7-1　北京市主要高技术产业政策文件

年份	政策文件
1999	《北京市关于进一步促进高技术产业发展的若干政策》
2007	《北京市鼓励企业与高校、科研院所进行产学研合作的若干意见》
2009	《关于促进中关村高技术企业发展的若干意见》
2010	《中关村高端领军人才聚集工程实施细则》
2010	《中关村国家资助创新示范区条例》
2010	《关于印发中关村国家自主创新示范区"十百千工程"工作方案通知》

7.1　北京市高技术产业投融资政策

（1）通过放宽条件、资金补贴等方式，鼓励高技术企业充分利用证券市场的筹资与再筹资功能，突破融资瓶颈。《北京市关于进一步促进高新技术产业发展的若干政策》规定了北京市高技术企业（包括国有、集体、私营等所有制形式）在完成规范化的股份有限公司改制工作后，可以不受原有额度或规模限制，直接按程序申请发行股票和债券。《关于促进中关村高新技术企业发展的若干意见》规定，对于改制、代办系统挂牌和境内外上市的中关村高技术企业分别一次性给予 20 万元、50 万元和 200 万元的资金补贴。《关于印发中关村国家自主创新示范区"十百千工程"工作方案通知》明确了支持企业改制、进入代办试点和境内外上市，给予境内外上市企业最高 200 万元的资助。

（2）采取研发费用计入成本，抵扣纳税所得额等方式，鼓励高技术企业增加研发投入，提高技术创新水平。《北京市关于进一步促进高新技术产业发展的若干政策》规定了经财税部门批准，高技术企业研制开发新产品、新技术、新工艺当年所发生的各项费用和为此所购置的关键设备、测试仪器的费用，可全额在成本户列支；其当年实际发生额比上年增长 10%（含 10%）以上的，可再按其实际发生额的 50% 直接抵扣当年应纳税所得额。高技术企业购买国内外先进技术、发明和专利所发生的费用，可一次或分次在成本中列支。

（3）采取发展专项资金支持、创新基金支持以及经费补贴等方式，支持高技术高技术企业发展。《关于促进中关村高新技术企业发展的若干意见》明确了对于纳入统计范围的中关村高技术企业，2008 年企业总收入 5 000 万元以上、2009 年总收入达到一定增长比例并获得区县财政补贴的，中关村发展专项资金给予一定的配套资金支持；支持百家创新型试点企业开展技术平台建设、技术改造、研发和产业化、应用示范工程，专利标准创制、品牌管理、国际化经营、投融资等试点工作，对完成试点任务的企业给予最高不超过 200 万元的经费补贴。《北京市关于进一步促进高新技术产业发展的若干政策》明确了通过市财政局、市科委、市试验区管委会等部门以及政府出资引导设立的投资机构，多渠道筹资，3 年内每年筹资额不低于 2 亿元人民币。技术创新资金以市场调研投入、项目开发、风险投资、贷款贴息、贷款担保等方式，支持高技术企业发展。

（4）采取贷款贴息、资金补贴等方式支持高技术企业进行技术改造、产业整合、并购重组。《关于印发中关村国家自主创新示范区"十百千工程"工作方案通知》明确了支持企业进行产业整合，采取贷款贴息等方式支持企业实施跨地区、跨国并购和联合重组。优先核准企业技术改造及结构调整，对于并购重组并在京产业化的企业，从北京市工业发展资金中对其固定资产投资给予 10% 的补贴。同时还明确了企业研究开发新产品、新技术、新工艺所发生的技术开发费，按规定予以税前加计扣除；市财政 5 年统筹安排 300 亿元，通过政府股权投资等方式，支持企业承担国家科技重大专项和重大科技成果产业化项目。

7.2　北京市高技术产业财税政策

（1）采取返还企业所得税的方式，专款用于企业研发，尤其鼓励基金推出新技术新产品的高技术企业。《北京市关于进一步促进高新技术产业发展的若干政策》

规定，自 1999 年起，经认定的高技术成果产业化项目，从第一次销售之日起 3 年内，企业所得税地方收入部分由市、区县财政返还项目所在企业；新技术产业开发试验区内经营期满 10 年的高技术企业，自 1999 年起，4 年内所缴纳的企业所得税，以上一年为基数，属地方收入的新增部分由市、区县财政返还企业；经审定的高技术骨干企业和新产品销售收入当年达到产品销售收入 40%以上的高技术企业，所缴纳的企业所得税，以上一年为基数，属地方收入的新增部分由市、区县财政返还企业；经认定的软件和系统集成企业，自 1999 年起，3 年内所缴纳的企业所得税，以上一年为基数，属地方收入的新增部分由市、区县财政返还企业，专项用于企业的研究与开发。

（2）通过免征进口关税、环节税以及返还房产税等多种措施支持高技术企业、高等院校以及科研院所的科研基础设施建设。《北京市关于进一步促进高新技术产业发展的若干政策》规定，对高等学校、科研院所进口的直接用于科研教学的仪器仪表等符合国家对科教用品免税规定的物品，免征进口关税和进口环节税；对高等学校、科研院所以及高技术企业承担的符合国家鼓励类产业项目的进口自用设备，经政府有关部门批准，除国家规定不可免税的商品外，免征进口关税和进口环节税。同时规定，用于科研和生产的固定资产投资项目，经主管税务机关批准，可按零税率计征固定资产投资方向调节税；自 1999 年起 5 年内，对经审定的高技术骨干企业当年缴纳的自建或购置的生产经营场地的房产税，予以先征后返。

（3）通过信息发布、项目对接会以及政府采购等措施推动高技术企业自主创新产品的应用与推广。《北京市关于进一步促进高新技术产业发展的若干政策》中明确了市有关部门定期发布本市高技术及其产品目录和最新发展动态，引导消费和生产；通过预算控制、招投标等形式，鼓励政府部门优先购买高技术企业的产品；同时，该政策还明确支持更多有条件的企业进入北京市自主创新产品目录，定期组织召开项目对接会，推动中关村高技术企业自主创新产品在市政、交通、公共安全、教育、医疗等重点民生行业、政府采购及投资项目中的示范、应用与推广。

（4）通过减征土地使用权出让金和各类市政费，降低高技术企业用地成本，解决高技术企业新增用地问题。《北京市关于进一步促进高新技术产业发展的若干政策》规定，对在国家、市政府批准建立的开发区内直接以出让方式取得土地并用于高技术项目的高技术企业，其土地使用权出让金按 75%征收；需要缴纳的城市基础设施"四源费"和大市政费，减半征收。经审定的高技术骨干企业用于高技术项目的新增用地，免收应向地方财政缴纳的土地使用权出让金及该项目的"四源费"，减半征收大市政费。

7.3　北京市高技术产业人才政策

（1）给予高技术人才在享受市民待遇、办理北京户口、专业职务评定等方面的便利和激励。《北京市关于进一步促进高新技术产业发展的若干政策》对经市政府有关部门认定的高技术企业和高技术成果产业化项目所需的外省市专业技术和管理人才，经人事部门批准，给予工作寄住证，享受本市市民待遇。工作满 3 年者，经用人单位推荐、有关部门审核批准，办理户口进京手续。《北京市关于进一步促进高新技术产业发展的若干政策》规定了在中关村地区建立社会化的专业技术职务评审制度。高技术企业中的科技开发、经营管理人员，由个人申报，经评审机构评审合格后，授予专业技术职务；对在高技术成果产业化中做出重大贡献的专业技术人员和管理人员，由市政府授予荣誉称号。

（2）采取高技术成果入股、项目股权收益和个人所得税减免等措施，鼓励科技人员从事高技术成果研发和产业化实施。《北京市关于进一步促进高新技术产业发展的若干政策》规定了以高技术成果向有限责任公司或非公司制企业出资入股的，高技术成果作价总金额最高可达公司或企业注册资本的 35%，合作方可凭合同到工商部门办理企业注册手续。属于职务发明的高技术成果作价入股项目，从项目实施起，成果完成人可享有不高于 50% 的该成果股权收益，成果转让时，成果完成人可享有不低于 20% 的转让收益；对高技术成果完成人和从事成果产业化实施的科技人员、管理人员的奖励和股权收益，用于再投入高技术成果产业化项目的，免征个人所得税。

（3）采取外商投资优惠、市民待遇、政府资金投入等多种措施，吸引留学人员携带科技成果来京注册公司，从事高技术产品开发和生产。《北京市关于进一步促进高新技术产业发展的若干政策》规定，凡获得国外长期（永久）居留权或已在国外开办公司（企业）的，经市科技干部局进行身份认定并经市外经贸委批准，按外商投资企业登记注册，注册资金额不低于 10 万元人民币，注册后可享受本市外商投资企业的优惠政策；其他留学人员经市科技干部局进行身份认定，按内资企业登记注册后，可享受本市鼓励发展高技术产业的各项优惠政策。留学人员开发、生产的高技术项目和产品，经认定，可以申请市政府有关部门对科技产业投入资金的支持。对以上留学人员，经人事部门批准，给予工作寄住证并享受本市市民待遇。

（4）采取股权激励、专项奖励、一次性奖励，以及简化户籍程序等多种激励措施强化高端领军人才的引进和激励。《关于印发中关村国家自主创新示范区"十百千工程"工作方案通知》明确了激励高端领军人才的各项措施：①股权激励。受聘于企业并做出突出贡献的高端领军人才，可以按照有关政策规定获得股权奖励、股权出售、股票期权、分红等多种形式的激励。②参照《北京市外商投资企业高级人才购房购车专项奖励暂行办法》，企业高级人才购置本市商品房（一套）、汽车（一辆）时，可申报企业高级人才购房购车专项奖励，奖励总额不超过 30 万。③对企业聘用的符合北京市人才引进条件的高级管理人员和专业技术人员，可向人力社保部门申请办理人才引进。进京户口指标与企业纳税挂钩，对纳税较多的企业给予应届生户口指标倾斜。④对经认定为中关村高端领军人才和北京市海外高层次人才的，享受北京市吸引人才的相关政策并给予 100 万元的一次性奖励。⑤在居留和出入境、医疗、住房、子女入学等方面为高端领军人才提供良好服务。对持有外籍护照的高端领军人才，根据需要，可办理 2~5 年期多次入境签证；符合《外国人在中国永久居留审批管理办法》相关规定的外国人，根据个人意愿，可申请办理《外国人永久居留证》。持中国护照的海外高端领军人才（含配偶及未成年子女）要求取得北京市常住户口的，可不受出国前户籍所在地的限制，按照有关规定，简化程序，优先办理落户手续。⑥企业主要研发人员的薪酬和培训费用可按国家有关规定在企业所得税税前扣除。

（5）有计划的委托高等学校或组织机构对高技术企业高管和技术骨干进行培训。《北京市关于进一步促进高新技术产业发展的若干政策》明确了市有关部门每年制定高技术企业高级经营管理人员和技术骨干的培训计划，并委托有关高等学校或机构组织实施。

（6）制定"高端领军人才聚集工程"专项政策，从科研经费、创业扶持等多个方面聚集和培育一大批海内外高端领军人才，并制定了风险投资和科技中介人才的激励措施。《中关村高端领军人才聚集工程实施细则》明确了支持战略科学家创办科学研究所，设立服务绿色通道，为战略科学家在机构注册、规划建设项目申报审批等方面提供便捷高效服务；对研究所聘用的外埠技术研发和管理骨干，按照北京市有关规定，对于符合引进人才条件的予以优先办理相关手续；分别给予研究所所长、研究所副所长 100 万元人民币的一次性奖励；战略科学家持有外籍护照的，根据需要，提供必要申请材料可办理 1~5 年期相关签证和居留许可；符合《外国人在中国永久居留审批管理办法》相关规定的外国人，根据个人意愿，可申请办理《外国人永久居留证》；战略科学家可按规定参加北京市社会保险。其子女入托或中小学入学，由教育行政部门协助办理相关手续。《中关村高端领军人才聚集工程实施细则》还明确了科技创新人才可享受中关村园区关于股权激励改革试点、国家科技重大专项项目（课题）列支间接费用等相关政策；给予科技创新人才 100 万元人民币的一次性奖励；对于创业未来之星创办的企业，可优先享受北京市政府各类创业投资引导基金支持，推荐承担国家部委和北京市重大产业化项目，中关村股权投资、担保费补助和担保贷款贴息、境内外资本市场上市补助、申请专利和创制技术标准补助等政策。

《中关村高端领军人才聚集工程实施细则》明确了设立服务绿色通道，为风险投资家和科技中介人才在企业注册、项目申报审批等方面提供便捷高效服务；对企业聘用的外埠技术研发和管理骨干，按照北京市有关规定，对于符合引进人才条件的予以优先办理相关手续；给予风险投资家和科技中介人才 100 万元人民币的一次性奖励；风险投资家和科技中介人才持有外籍护照的，根据需要，提供必要申请材料可办理 1~5 年期相关签证和居留许可；符合《外国人在中国永久居留审批管理办法》相关规定的外国人，根据个人意愿，可申请办理《外国人永久居留证》；风险投资家和科技中介人才可按规定参加北京市社会保险。其子女入托或中小学入学，由教育行政部门协助办理相关手续。

（7）依托各类建设项目培养定向人才，同时依托高等学校、科研院所与企业间的人才流动机制，为企业提供充足的智力支持。《北京市鼓励企业与高校、科研院所进行产学研合作的若干意见》明确了把利用大学科技资源，为企业创新创业提供深层次服务作为认定和考核市级和国家级大学科技园的重要指标之一，并在北京市市科委、市教委、市工促局、中关村科技园区管委会等市有关部门的专项资金中予以重点支持；依托重大科研项目、重点学科和科研基地的建设项目、国际学术交流与合作项目，加大学科带头人的培养力度，为企业培养定向人才。《北京市关于进一步促进高新技术产业发展的若干政策》明确了鼓励高等学校、科研院所的教授、研究员通过专职、兼职形式创办或受聘于高技术企业，进行高技术及其产品的研究和开发，在企业任职期间，教授、研究员资格予以保留；鼓励高等学校、科研院所聘请企业高级管理人员和技术人员做兼职教授、研究员。高等学校、科研院所可与高技术企业联合培养研究生，共同建立实验室；允许在校研究生创办高技术企业并保留其一定时期的学籍。

7.4　北京市高技术产业产学研合作政策

（1）通过政府采购、政府计划企业招标或委托研发等方式鼓励企业与高等学校、科研机构联合开展技术创新、自主创新。《北京市鼓励企业与高校、科研院所进行产学研合作的若干意见》明确了北京市市科委会同有关部门制定政府采购自主创新产品认定办法并认定自主创新产品、市财政局制定政府采购自主创新产品政策时，对纳入政府采购自主创新产品目录的企业牵头的产学研合作创新所获得的产品和服务，给予优先考虑。同时还规定，市级科技计划重点支持企业牵头，联合科研院所和高等学校共同承担竞争前技术与共性关键技术创新。市科技计划每年安排不少于50%的科技项目经费用于支持企业牵头开展产学研联合创新，并鼓励企业通过招标、委托研发等形式，将承担的计划任务与高等学校、科研院所进行产学研合作创新。

（2）通过科技奖、荣誉称号表彰等政策倾斜，鼓励企业牵头，联合高等学校、科研院所合作开展科研项目。《北京市鼓励企业与高校、科研院所进行产学研合作的若干意见》明确了对于企业牵头，联合高等学校、科研院所合作承担的科研项目，在申请市级科学技术进步奖和评奖过程中给予重点倾斜。对获得北京市科学技术奖或国家科技成果奖的此类项目，由北京市市科委"北京市科技奖企业创新"专项优先予以支持，用于产学研的继续合作。同时还明确了对在北京市产学研联合创新工作中做出突出贡献的单位和个人，优先推荐参加北京市"劳动模范"、"先进工作者"、

"首都劳动奖章"和"首都劳动奖状"等荣誉称号的评选。《关于印发中关村国家自主创新示范区"十百千工程"工作方案通知》明确鼓励企业与高等学校、科研院所、国外研发机构等组成战略联盟。对企业与联盟单位共同确定的研发项目，予以重点支持；鼓励企业申报《北京科学技术进步奖》，并积极推荐参与《国家科学技术进步奖》评奖。

（3）设立创业投资专项基金、科技资源招商专项、自主创新专项基金等对产学研合作科研项目给予资金支持。《北京市鼓励企业与高校、科研院所进行产学研合作的若干意见》明确了设立市级中小企业创业投资引导基金，优先支持创业投资机构对产学研联合创新项目进行投资，创业投资引导资金以一定的比例和风险投资机构联合投资，与创业投资机构共担风险，政府投资基金部分所获投资收益的部分比例，可以让利给联合投资的创业投资机构；对市属及中央在京转制科研院所与企业进行合作，实现招商引资 3 000 万元以上，并且能够在京实现产业化的科研项目，北京市市科委"科技资源招商"专项给予重点支持。同时该意见还明确了对企业引入高等学校、科研院所科技资源，建立的企业技术研发机构，经市科委认定为"科技研究开发机构"的，可享受相关优惠政策，经市工促局、市发展改革委、市科委、市财政局、市国税局和市地税局联合认定为"北京市企业技术中心"的，可优先获得自主创新专项等资金资助，并优先推荐参与"国家认定企业技术中心"的认定。

（4）设立专项基金支持企业与高等学校、科研院所合作共建各类创新服务平台，参与基础研究和前沿技术研究。《北京市鼓励企业与高校、科研院所进行产学研合作的若干意见》明确了北京市科委设立专项资金，重点支持企业牵头联合高等学校、科研院所共建的科技条件平台，使之为中小企业技术创新提供高效率、低成本的服务；经市科委认定的孵化基地和在孵企业，可享受北京市关于孵化基地和在孵企业的相关优惠政策；市教委、市工促局支持在京高等学校与企业联合，共同建立电子信息、车辆、新材料、化工与环保、城市交通、先进制造、新医药等领域的技术转移中心，支持中国科学院建立国家技术转移中心（北京），为企业进行科研开发提供技术服务和智力支持。同时该意见还明确了北京市自然科学基金和市科委"基础研究"专项资金以不低于 20%的比例重点支持企业联合高等学校、科研院所在农业、环境与资源、能源、人口与健康等领域开展基础研究，在电子信息、生物医药、新材料、航天航空等领域开展前瞻性、先导性和探索性的前沿技术研究。

（5）通过免征营业税、企业所得税等方式鼓励企业与高等学校、科研院所在技术开发、技术咨询、技术服务等方面加强合作。《北京市鼓励企业与高校、科研院所进行产学研合作的若干意见》明确了对企业与高等学校、科研院所合作产生的技术转让、技术开发以及相关的技术咨询、技术服务合同，经认定登记，所获得的收入可享受免征营业税的优惠。技术转让以及在技术转让过程中发生的技术咨询、技术服务、技术培训的所得，年净收入在 30 万元以下的，按规定暂免征企业所得税。

7.5　北京市高技术产业知识产权政策

（1）通过补贴、奖励等措施，对科技人员获得专利权、商标注册和著作权登记给予支持。《中关村国家自主创新示范区条例》规定了市和区、县人民政府对专利、商标、著作权等行政管理部门通过补贴、奖励等措施，支持示范区内的企业、高等学校、科研院所及相关人员获得专利权、商标注册和著作权登记；工商行政管理部门应当指导和帮助示范区内的企业制定和实施商标战略，加强商标管理，培育驰名商标、著名商标；鼓励示范区内的企业成立专利联盟，构建专利池，提高专利创造、运用、保护和管理的能力；《关于促进中关村高新技术企业发展的若干意见》明确了对中关村高技术企业申请国内外专利并取得授权、主导制定国内外技术标准、承担标准化工作，继续给予资金支持。

（2）通过强化工商行政管理部门、专利行政管理部门等的知识产权管理，并建立专利预警制度、专利海外应急援助机制等加强对企业知识产权的法律保护。《中关村国家自主创新示范区条例》规定了工商行政管理部门依据企业申请，对企业的驰名商标、著名商标，在本市企业名称登记中予以保护；专利、商标、著作权等行政管理部门应当建立健全示范区知识产权保护的举报、投诉、维权、援助平台以及有关案件行政处理的快速通道，完善行政机关之间以及行政机关与司法机关之间的案件移送和线索通报制度；专利行政管理部门应当鼓励、引导示范区内的企业建立专利预警制度，支持协会、知识产权中介机构为企业提供目标市场的知识产权预警和战略分析服务；专利行政管理部门应当建立企业专利海外应急援助机制，指导企业、协会制定海外重大突发知识产权案件应对预案，支持协会、知识产权中介机构为企业提供海外知识产权纠纷、争端和突发事件的应急援助。

（3）设立高额奖励支持企业推进知识产权工程。《关于印发中关村国家自主创新示范区"十百千工程"工作方案通知》明确了支持企业制订知识产权战略，获得核心专利，提升知识产权创造、运用、保护和管理能力，给予最高 200 万元的支持；引导优质专利代理机构为企业提供高质量的专利管理服务。

7.6　北京市高技术产业促进政策

（1）采取财政全额返还方式催化科研机构向企业整体转制。《北京市关于进一步促进高新技术产业发展的若干政策》规定，自 1999 年起，转制为企业法人并在本市注册的科研机构，在 2003 年以前缴纳的营业税和所得税的地方收入部分由市、区县财政全额返还企业。

（2）鼓励高技术企业与其他各类企业进行优势互补的合并与资产重组。《北京市关于进一步促进高新技术产业发展的若干政策》规定，鼓励高技术企业与其他各类企业进行人员、技术、厂房、设备、产品销售及互相参股等多种形式优势互补的合作与资产重组。企业合并重组后，符合条件的，可认定为高技术企业；高技术企业兼并本市困难国有企业，可比照国家关于在优化资本结构试点城市的有关政策执行。

（3）采取所得税返还形式加快技术交易市场和高技术产业孵化基地建设。《北京市关于进一步促进高新技术产业发展的若干政策》规定了经认定的技术交易市场，自 1999 年起，3 年内缴纳的所得税地方收入部分，由市、区县财政全部返还；经市有关部门批准的孵化基地，3 年内所缴纳的各项税收的地方收入部分，由市、区县财政予以先征后返。

（4）采取资金支持的方式鼓励企业开拓国际市场、开展国际创新合作和实施跨国并购。《关于促进中关村高新技术企业发展的若干意见》明确了协助中关村企业参与政府间科技合作项目和国际组织科技计划，支持企业、技术、产品和服务进入国际市场，对企业参与国际技术合作计划并开展跨国协同创新，到海外设立分支机构和跨国并购，参加国际展会以及购买出口信用保险等给予一定资金支持。

（5）中关村实施"十百千工程"支持企业建设研发和产业化基地。《关于印发中关村国家自主创新示范区"十百千工程"工作方案通知》有以下规定：①企业建立研发和产业化基地，项目所在园区根据项目研发生产需求，代建实验室、生产厂房等基础设施，以租赁方式供企业使用，并给予一定租金补贴，企业可适时适价回购实验室、生产厂房等；②协调海关和税务部门对企业进口所需的自用设备、试剂、耗材、样品等按照国家有关规定给予进口税收优惠政策；③跨国公司在北京设立地区总部、研发中心、培训机构、技术支持中心，给予提供土地、补贴等优惠政策；④加快引进企业有关手续的审批流程，对在京投资的企业根据其对北京的贡献程度给予适当补助。

（6）采取奖励突出贡献企业的办法，支持企业塑造北京形象与企业形象。《关于印发中关村国家自主创新示范区"十百千工程"工作方案通知》规定：①支持企业参与多种媒体渠道的宣传，塑造企业和企业家的形象；②支持企业和产品进行品牌和商标的申请和注册，提升企业产品质量和商业信誉；③支持企业作为北京自主创新的形象代表参加国内外重要活动、会议和展览，对宣传北京产业形象贡献突出的企业给予一定奖励。

（7）采取高额奖励方式支持企业参与国际、国家的相关技术标准创制工作。《关于印发中关村国家自主创新示范区"十百千工程"工作方案通知》明确了支持企业牵头创制国际、国家技术标准，参与国际、国家标准专委会及工作组的工作，积极承办具有国际影响力的大型标准化会议和活动，给予最高 200 万元的支持。

　　（8）实施"十百千工程"对大规模企业予以重点支持，包括加大政府采购力度，提供重大项目担保补贴，设立融资绿色通道等。《关于印发中关村国家自主创新示范区"十百千工程"工作方案通知》明确了市委、市政府决定在中关村国家自主创新示范区实施"十百千工程"，集中政策资源给予重点支持，培育形成一批具有全球影响力的千亿元规模企业、产业带动力大的百亿元规模企业和高成长的十亿元规模企业。将企业符合条件的自主创新产品和服务纳入国家及北京市自主创新产品目录，采用首购、订购、首台（套）重大技术装备试验示范项目、推广应用等政府采购方式，加大政府投资类项目采购自主创新产品的力度，建设政府采购信息网站和自主创新产品展示交易中心。该通知还明确了担保机构根据企业签订的重大建设工程项目合同给予担保，市相关部门对企业给予 20%的保函综合成本补贴，50%的资信调查费用补贴，50%的保费补贴，并按照基准利率给予贷款企业 40%的利息补贴。建立信用贷款、信用保险及贸易融资绿色通道，引导金融机构加大对企业的支持力度，给予企业 40%的流动资金贷款贴息支持和 50%的保费补贴。加大企业贷款风险补偿资金支持力度。

第 8 章 天津市高技术产业政策主要做法

1988 年，天津新技术产业园区经天津市委、市政府批准而建立，在 1991 年被首批为国家级高技术产业开发区，总体规划面积 97.96 平方千米。2009 年此园区改名为天津滨海高技术产业开发区，主要由华苑产业区、滨海高新区、南开科技园、武清开发区、北辰科技工业园、塘沽海洋科技工业园六部分组成。园区发展环境不断优化，创新能力不断增强，产业规模不断提升，涌现出一大批拥有自主知识产权的高技术企业，形成了绿色能源、软件及高端信息制造、生物技术与现代医药、先进制造业和现代服务业五个具有较强竞争力的优势主导产业。2001 年，天津滨海高技术产业开发区被科学技术部评为"国家先进高技术产业开发区"；2005 年，被国家知识产权局批准为全国首家"国家知识产权试点园区"；2009 年，天津滨海高技术产业开发区成为首批四家科学技术部创新型科技园区建设试点单位之一，并逐步成为引领全球科技及新技术产业发展的龙头，成为支撑我国第三增长极的重要创新极。

为加快高技术产业发展速度，天津市政府制定了一系列高技术产业政策（表 8-1）。下文将针对天津市高技术产业政策的具体条例，从投融资政策、财税政策、人才政策、产学研合作政策、知识产权政策和产业促进政策进行详细阐述。

表 8-1 天津市主要高技术产业政策文件

年份	政策文件
2004	《天津经济技术开发区促进高技术产业发展的税收优惠政策》
2006	《关于加强自主创新，加快华苑产业区经济发展的若干意见》
2007	《天津经济技术开发区人才引进、培养与奖励的规定实施细则》
2008	《天津新技术产业园区技术创新奖奖励办法》
2008	《天津高新区孵化器管理办法（试行）》
2008	《天津新技术产业园区加快软件和服务外包产业发展的鼓励办法》
2008	《天津高新区鼓励企业争创驰名、著名商标及"守合同、重信用"单位的奖励办法》
2008	《天津高新区关于落实〈京津冀生物医药产业化示范区优惠政策〉的意见》
2008	《天津经济技术开发区促进高技术产业发展的规定》
2008	《天津高新区鼓励科技领军人才创新创业暂行办法》
2008	《天津高新区加快动漫产业发展的鼓励办法》
2008	《天津新技术产业园区加快绿色能源产业发展的鼓励办法》

续表

年份	政策文件
2008	《天津高新区扶强政策》
2009	《〈天津高新区扶优扶强政策〉的实施办法》
2009	《天津新技术产业园区鼓励投融资发展暂行办法》
2009	《天津新技术产业园区支持产业技术创新鼓励办法》
2009	《天津新技术产业园区鼓励海外高层次留学人员创新创业暂行办法》
2009	《天津新技术产业园区鼓励企业创造和发展知识产权资助办法》
2009	《天津高新区企业实施节能减排鼓励办法（试行）》
2011	《天津高新区支持科技型中小企业发展的鼓励政策》
2011	《天津滨海高新技术产业开发区科技型企业股权激励先行先试工作暂行办法》

8.1　天津市高技术产业投融资政策

（1）设立"泰达科技发展金"、"火炬发展金"等各类发展金、专项资金支持高技术企业技术创新，孵化和培育高技术产业化项目。《天津经济技术开发区促进高新技术产业发展的规定》明确要求天津经济技术开发区管理委员会每年拨出可支配财政收入的 5%，在预算支出中设立"泰达科技发展金"，用于对高技术企业的政策扶持和资助；设立 1 000 万元孵化资金，采取无偿支持方式，专门用于支持处于创业期的高技术企业；设立额度为 5 000 万元的创业投资发展金，专门用于鼓励和扶持天津经济技术开发区创业投资的发展；每年设立 300 万元的软件产业专项资金，用于支持软件技术公共服务平台的建设和软件企业的发展；每年设立 1 000 万元集成电路设计产业专项资金，重点支持集成电路设计公共服务平台的建设和集成电路设计企业的发展。《关于加强自主创新，加快华苑产业区经济发展的若干意见》明确要求华苑产业区每年安排可支配财政收入的 15%，在预算支出中设立"火炬发展金"专项资金，用于鼓励高技术企业技术创新，孵化和培育高技术产业化项目，吸引各类人才，促进重点高技术成果转化，发展优势高技术产业；在火炬发展金中设置"软件产业专项资金"，以促进华苑产业区软件产业的快速发展。《天津新技术产业园区加快动漫产业发展的鼓励办法》规定天津新技术产业园区管理委员会在自主创新资金中设立"动漫产业发展专项资金"，自 2008 年起 5 年内，每年安排 5 000 万元资金，重点支持对动漫创意产业的投资；经专家评审委员会审定的具有一定社会和经济效益的原创动漫游戏精品项目，可申报动漫产业发展资金立项，予以最高不超过 200 万元的项目启动资金；

（2）采取贷款贴息、高额资金奖励等方式支持高技术企业股改上市，打通资本市场筹资通道。《天津新技术产业园区鼓励投融资发展暂行办法》规定，天津新技术产业园区在自主创新资金中设立"投融资发展专项资金"，每年安排 5 000 万元，用于支持投融资工作。天津新技术产业园区企业为上市改制设立股份有限公司的，给予 20 万~50 万元的奖励。对完成股份制改造的企业，因资产评估增值而需缴纳的企业所得税，按照天津新技术产业园区留成部分的 50%予以奖励；对已经完成股份制改造，并向中国证券监督管理委员会提交首次公开发行、上市申请并取得《中国证监会行政许可申请受理通知书》的企业，可申请流动资金贷款贴息支持，贴息比例为贷款利息的 30%，最高贴息额为 100 万元，贴息时间不超过 1 年（含 1 年）；在国内证券交易所挂牌上市、融资额 1 亿元以上的，给予 100 万元奖励；融资额 1 亿元以下的、5 000 万元以上的，给予 50 万元奖励；在国外证券交易所挂牌上市，融资额 1 500 万美元以上的，给予 100 万元鼓励；融资额 1 500 万美元以下、500 万美元以上的，给予 50 万元奖励；对实现买"壳"上市或将上市公司注册地迁至天津新技术产业园区的企业，给予 100 万元一次性奖励；对经认定的软件和服务外包企业和机构在海内外成功上市后予以奖励，最高不超过 200 万元；《天津经济技术开发区促进高新技术产业发展的规定》规定，天津经济技术开发区设立企业改制上市资助资金，对计划上市融资的总部设在天津经济技术开发区的高技术企业成功改制的，最高支持 25 万元；对进入代办股份报价转让系统挂牌的，最高支持 60 万元；对在境内外成功上市的，最高支持 200 万元；《天津新技术产业园区加快绿色能源产业发展的鼓励办法》明确提出设立"绿色能源专项资金"，该专项资金主要用于支持绿色能源企业上市、并购、实施重大科技产业化项目，开拓国际市场，引进和发展配套企业等，同时该办法还明确了支持绿色能源企业在海内外上市，企业成功上市后，给予企业相当于上市前期费用 50%的奖励，最多不超过 200 万元。

（3）采取资金奖励、资金补贴和税收减免等方式，鼓励担保机构、融资租赁公司、保险公司、风险投资等各类金融机构为高技术企业提供投融资服务，拓宽企业融资渠道。《天津新技术产业园区鼓励投融资发展暂行办法》规定，担保机构为天津新技术产业区内企业提供融资担保，年担保日均余额 5 000 万元以上、1 亿元以下的部分给予 0.3%的补贴；1 亿元以上、3 亿元以下的部分给予 0.5%的补贴；3 亿元以上的部分给予 0.8%的补贴；最高补贴额为 500 万元。对为区内企业提供担保发生的代偿损失，给予担保公司代偿损失补贴，补贴金额为代偿金额的 15%，最高补贴额为 100 万元。对为列入天津新技术产业园区重点计划企业提供担保发生的代偿损失，给予担保公司代偿损失补贴，补贴金额为代偿金额的 30%，最高补贴额为 100 万元。对为列入天津新技术产业园区重点计划企业提供的担保，按担保额的 0.5%给予担保机构专项补贴，最高补贴额为 50 万元。年担保额不足 1 亿元的担保公司担保区内企业数量不少于 5 家、年担保额在 1 亿元以上的担保公司担保区内企业数量不少于 10 家才能享受以上政策。在天津新技术产业园区内工商注册、税务登记的投融资机构，注册资金 5 000 万元以上的，自盈利年度起，连续 3 年按照其交纳的所得税天津新技术产业园区留成部分的 50%予以奖励；当年总投资额不低于 400 万元且投资企业不少于 3 家，给予 20 万元一次性奖励；当年总投资额不低于 2 000 万元且投资企业不少于 2 家，给予 50 万元一次性奖励；当年总投资额不低于 5 000 万元且投资企业不少于 2 家，给予 100 万元一次性奖励。融资租赁公司、保险公司、小额贷款公司等金融机构为区内企业提供融资服务，当年融资额 2 000 万元以上、5 000 万元以下的部分给予 0.5%的补贴；当年融资额 5 000 万元以上、1 亿元以下的部分给予 0.8%的补贴；当年融资额 1 亿元以上的部分给予 1.0%的补贴；最高补贴额为 300 万元。申请补贴的机构当年累计支持天津新技术产业园区内企业应不少于 4 家；信用评级机构当年评级天津新技术产业园区企业数量超过 20 家，且所评企业当年融资额超过 1 亿元，对评级机构奖励 10 万元；评级企业数量超过 50 家，且所评企业当年融资额超过 2 亿元，对评级机构奖励 20 万元。《天津经济技术开发区促进高新技术产业发展的税收优惠政策》规定，凡对天津经济技术开发区科技主管部门认定的高技术企业和高技术成果产业化项目的投资额占被投资企业资本金 20%以上的风险投资机构，对其股权分利免征企业所得税，并按该分利额 50%抵扣风险投资机构自身的计税利润，减征企业所得税 3 年。凡在天津经济技术开发区注册，对天津经济技术开发区高技术产业领域的投资额占其总投资额的比重不低于 70%的，可比照高技术企业享受税收及其他优惠政策。并可按当年业务总收入的 3%~5%提取风险补偿金，用于补偿以前年度和当年投资性亏损。风险补偿金余额可按年度结转，但其金额不得超过该企业当年年末净资产的 10%。《天津经济技术开发区促进高新技术产业发展的规定》明确了天津经济技术开发区设立 2 000 万元贷款担保特别风险专项资金，通过泰达小企业信用担保中心，为中小型高技术企业提供流动资金融资担保等服务。《关于加强自主创新，加快华苑产业区经济发展的若干意见》规定，在逐年提高财政投入比例的同时，发挥财政投入的引导作用，与国家开发银行共同投资建设由担保平台、贷款平台、投资平台和群众性信用组织组成的投融资服务平台体系；设立风险代偿金，对风险投资和担保机构向重点高技术产业化项目、科技型中小企业提供风险投资和担保所发生的损失，经认定，给予不高于 20%的补偿。

（4）采取租房补贴、贷款贴息、配套经费支持等方式引导支持软件与服务外包产业发展。《天津新技术产业园区加快软件与服务外包产业发展的鼓励办法》规定，在天津新技术产业园区内租赁办公用房的软件与服务外包企业和机构，按照认定标准，租用面积 1 000 平方米以下的部分按 20 元/平方米每月的标准予以租赁资金资助，租用面积超出 1 000 平方米的部分按 10 元/平方米每月的标准予以租赁资金资助，以上房屋租赁资助期限为 3 年；在软件园 3 年内购置自用办公用房的软件与服务外包企业和机构，按照认定标准，予以最高 1 000 元/平方米的购房资金资助，享受资助的面积不超过 2 000 平方米；经认定的软件和服务外包企业和机构，通过

CMM 系列认证、BS7799 信息安全认证和 ISO27001 信息安全认证等国际认证的，根据认证费用实际发生额，予以一定比例的补贴；通过天津新技术产业园区贷款担保平台争取金融机构的流动资金贷款，经审核予以贴息支持，单个项目贴息金额不超过 100 万元；获得国家级重大科技产业化项目和专项发展资金的予以等额配套资金支持，对获得市级重大科技产业化项目的予以 50%配套资金支持；支持企业和机构开展产业发展研究和创新推动工作、搭建公共服务平台和技术支撑平台、联合攻关、技术联盟等活动，经审核予以一定的经费支持；软件和服务外包企业和机构用于保护知识产权和打击专利侵权行为的费用支出，经审核予以一定比例的资金支持；经认定的软件和服务外包企业和机构，对其所发生的国际专线费用予以一定比例的补贴，每年补贴金额不超过 50 万元；对于世界 500 强企业、国内外软件 100强企业所设立的企业和机构，按照认定标准予 300 万~500 万元的鼓励资金。

（5）采取经费支持、资金补贴的方式，支持设立企业技术中心、产业技术平台、工程中心、重点实验室等科研机构和平台建设，提高技术研发水平。《天津新技术产业园区支持产业技术创新鼓励办法》规定，对世界 500 强企业在天津新技术产业园区设立研发机构并通过高技术企业认定，对国内外高技术领军企业设立总部及研发机构、国家重点科研院所设立研发机构，从事研发与转化工作并承担市级以上科技立项的，经认定，给予 500 万元的研发及产业化经费补贴；对认定为国家（重点）实验室、国家工程实验室、国家工程（技术）研究中心、国家级企业技术中心的企业和机构，并承担市级以上科技立项的，给予最高 100 万元的一次性资金支持；对认定为天津市重点实验室、工程中心、企业技术中心的企业和机构，并承担市级以上科技立项的，给予 30 万~50 万元的一次性资金支持；围绕主导产业、重点企业发展需求，管理委员会支持建立天津新技术产业园区企业技术中心。对认定为天津新技术产业园区企业技术中心的企业和机构，给予 10 万~20 万元的一次性资金支持，并优先推荐申报市级企业技术中心；经天津新技术产业园区认定的以行业应用为导向，以服务企业为目标，对天津新技术产业园区高技术企业实现开放、资源共享的实验室，给予 30 万~50 万元的一次性资金支持，并根据开展服务的实际需要，定期给予适当补贴，每个实验室每年补贴金额不超过 20 万元；对经认定的为天津新技术产业园区企业提供技术支持、检测、培训、文献资源等各类专业化服务的产业技术平台，给予 30 万~100 万元的运行经费支持。

（6）采取资金资助、配套资金、匹配资金等方式，支持高技术企业和研发机构承担的科技项目产业化。《天津新技术产业园区支持产业技术创新鼓励办法》规定，对承担国家重点科技计划和产业化项目的企业和机构，按照 100%比例给予最高 200 万元的资金匹配；对承担天津市重点科技计划和产业化项目的企业和机构，按照 50%比例给予最高 100 万元的资金匹配；对获得天津市科技型中小企业技术创新资金无偿资助的项目，每个项目给予 10 万元的资助；对当年又获得科学技术部科技型中小企业技术创新基金无偿资助的项目，每个项目再给予 5 万元的资助；对于未获得天津市立项、但获得科学技术部科技型中小企业技术创新基金无偿资助的项目，给予 10 万元的资助；对国家级重大科技成果进入天津新技术产业园区实施产业化的，给予重点支持。根据产业化项目的技术水平、经济效益及实际需求情况，每个项目给予不超过 1 000 万元的一次性资金支持。《天津新技术产业园区加快绿色能源产业发展的鼓励办法》明确支持绿色能源企业申报国家和天津市重大科技产业化项目，对国家级重大科技产业化项目提供与国家支持资金等额的配套资金，市级重大科技产业化项目提供市级支持资金 50%的配套资金；对申报国家中小企业国际市场开拓资金的绿色能源企业，按商务部支持资金提供等额配套资金。《天津经济技术开发区促进高新技术产业发展的规定》规定，设立科技项目匹配资金，对列入国家重点科技计划的科技产业化项目，按照 100%比例给予最高 200 万元的匹配资金；对列入天津市重点科技计划的科技产业化项目，按照 50%比例给予最高100 万元的匹配资金。

　　（7）采取研发费用计入费用、成本列支、纳税抵扣和专项资金等方式鼓励高技术企业增加研发投入，提高技术创新水平。《天津经济技术开发区促进高新技术产业发展的税收优惠政策》规定，高技术企业可按当年销售额的 3%~5%提取技术开发费用；对从事软件、生物技术、新材料等产品生产的企业，可按 5%~10%的比例提取，所提取的技术开发费当年未使用完的，余额可结转下一年度实行差额补提。高技术企业和高技术成果产业化项目的生产和科研设备，凡符合财政部行业财务制度规定的，可从年数总和法和双倍余额递减法中任选一种实行加速折旧，以促进企业设备更新和技术改造；经认定的高技术成果产业化项目组建的新企业，所发生的工资总额可按规定据实列支，不受计税工资的限制。 经认定的高技术企业购买国内外先进技术、发明和专利所发生的费用，可列入当期费用；经认定的高技术企业研制开发新产品、新技术、新工艺当年所发生的各项费用，可一次或分次在成本中列支。《天津经济技术开发区促进高新技术产业发展的规定》规定，天津经济技术开发区每年设立 1 亿元的自主研发扶持资金，对经过认定审核，具有一定规模的专门从事天津经济技术开发区重点鼓励的高技术产业领域内的产品和技术研发的企业研发机构，从事自主创新研发活动，3 年内给予不超过 300 万元的资金扶持，用于引导和促进企业的自主研发；每年安排资金 1 亿元，用于支持新药研发与转化。对药物发现和药效试验阶段的项目，给予 30 万~50 万元科研经费资助；对临床前试验阶段的项目，给予 100 万~200 万元科研经费资助；对Ⅰ期临床试验阶段的项目，给予 50 万~100 万元科研经费资助；对Ⅱ期、Ⅲ期临床试验以及生产性试验阶段的项目，给予 500 万元以上的科研经费资助；对获得国家Ⅰ类新药证书的项目给予 500 万元产业化资助；获得国家重点科技项目资助的，给予资助经费 50%（最高 1 000 万元）的补贴。《关于加强自主创新，加快华苑产业区经济发展的若干意见》规定，在华苑产业区"火炬发展金"中安排 50%的资金设立"技术创新专项资金"，"十一五"期间，"技术创新专项资金"占火炬发展金的比例每年增加 2 个百分点，对获得天津市"科技型中小企业技术创新资金"和"科技创新专项资金"资助的项目给予匹配性资金支持。

（8）采取贷款贴息、资金补贴和财政扶持等方式支持高技术企业进行产业整合、并购重组和发展循环经济。《天津新技术产业园区加快绿色能源产业发展的鼓励办法》明确支持绿色能源企业通过行业内并购（包括纵向并购和横向并购）方式提高经营规模和盘活区内其他绿色能源企业的闲置生产能力，对并购所用的贷款资金给予 1 年的贴息支持，最多不超过 500 万元；绿色能源企业实施生产过程中废弃物和余热的综合利用技术改造项目，开展报废产品回收、报废产品中有用材料和零部件的再利用的研发，投资或联合投资建立报废产品中可再生资源利用企业，对废弃物和余热的综合利用技术改造项目和可再生资源利用企业固定资产投资中的贷款部分给予 3 年的贴息，最多累计不超过 500 万元；列入市级循环经济项目的，对市级支持资金提供 50%的配套资金；引入、投资配套企业和上下游企业的绿色能源企业，可以任选连续 3 年得到其引入、投资新注册配套企业和上下游企业上缴税收园区实际留成部分（园区税收留成部分减去园区因兑现优惠政策给予配套企业和上下游企业的财政支持）30%的财政支持。《天津新技术产业园区加快软件与服务外包产业发展的鼓励办法》规定，对经认定的软件和服务外包企业和机构通过行业内并购方式，扩大了经营规模，整合了天津新技术产业园区内外其他软件和服务外包企业的资源，对其予以鼓励。

8.2　天津市高技术产业财税政策

（1）通过实施所得税、增值税、营业税减免等税收优惠政策，对新创高技术企业在一定年限内给予财政支持。《关于加强自主创新，加快华苑产业区经济发展的若干意见》规定，属于优势产业的新建企业，自投产年度起，第一年至第三年中，年上缴属于华苑产业园区区级财政收入的增值税和所得税合计超过 30 万元的年份，给予其金额相当于超出部分的财政支持，第四年至第六年中，其年上缴属于园区区级财政收入的增值税和所得税合计超过 30 万元的年份，给予其金额相当于超出部分 50%的财政支持。《南开区–国际创业中心（天津新技术产业园区海外留学生创业园）的暂行办法 》明确了天津新技术产业园区国际创业中心的高技术企业减按 15%的税率征收所得税；内资高技术企业，自投产年度起，第一年和第二年免征所得税；第三年由园区管理委员会给予相当于企业上缴所得税园区留成部分的财政支持，第四年至第六年，给予相当于该企业上缴所得税园区留成部分 50%的财政支持；外商投资高技术企业，自获利年度起，第一年和第二年免征所得税，第三年至第五年减半征收所得税;园区管理委员会第三年给予相当于该企业上缴所得税园区留成部分的财政支持,第六年给予相当于该企业上缴所得税园区留成部分50%的财政支持。《天津新技术产业园区加快绿色能源产业发展的鼓励办法》规定,对于绿色能源产业的新建企业,自投产年度起,第一年至第三年中,其年上缴属于园区区级财政收入的增值税和所得税合计超过 30 万元的年份,给予其金额相当于超出部分的财政支持,第四年至第六年中,其年上缴属于园区区级财政收入的增值税和所得税合计超过 30 万元的年份,给予其金额相当于超出部分 50%的财政支持。

（2）采取对营业税、企业所得税、增值税等给予财政支持的方式,扶持区内通过认定的高技术企业发展。《天津经济技术开发区促进高新技术产业发展的税收优惠政策》规定,经天津经济技术开发区认定的高技术企业,减按 15%税率征收企业所得税,并从获利年度起,天津经济技术开发区"泰达科技发展金"给予相当于3 年免征企业所得税、7 年减半征收企业所得税的财政扶持,但享受企业所得税优惠和财政扶持期限合计一般不超过 10 年。经认定的高技术企业,按规定享受上述优惠政策期满后,当年出口产品产值达到当年产品产值 70%以上的,天津经济技术开发区"泰达科技发展金"对其所缴企业所得税超过 10%税率以上部分给予财政扶持;经认定的高技术成果产业化项目,从认定之日起 5 年内,天津经济技术开发区"泰达科技发展金"给予相当于该项目每年缴纳的营业税、企业所得税、增值税天津经济技术开发区留成部分的财政扶持;之后 5 年,天津经济技术开发区"泰达科技发展金"给予相当于该项目每年缴纳的营业税、企业所得税、增值税天津经济技术开发区留成部分 50%的财政扶持;计算机软件开发企业,从认定之日起 5 年内,天津经济技术开发区"泰达科技发展金"给予相当于实际缴纳房产税、增值税天津经济技术开发区留成部分、营业税、城建税的财政扶持;之后 5 年,天津经济技术开发区"泰达科技发展金"给予相当于实际缴纳房产税、增值税天津经济技术开发区留成部分、营业税、城建税的 50%的财政扶持。在天津经济技术开发区注册经营的计算机软件开发企业,从认定之日起 10 年内,天津经济技术开发区"泰达科技发展金"给予相当于免征企业所得税的财政扶持;高技术企业和高技术成果产业化项目新建或新购置的生产经营场所,自建成或购置之日起 5 年内免征房产税。高技术企业和高技术成果产业化项目的科研、生产用地,可减半征收土地使用权转让金,免收购置生产经营用房的契税、交易手续费和产权登记费以及相关收费。《天津经济技术开发区促进高新技术产业发展的规定》明确了对 2008 年 1 月 1 日后在天津经济技术开发区注册并经有关部门认定的高技术企业在天津经济技术开发区内取得的所得缴纳的企业所得税的全额,自企业享受企业所得税 15%优惠税率的年度起,前 2 年给予 100%的扶持,后 3 年给予 50%的财政扶持;由引进的海外创业领军人才在区内创办的企业,视为境内企业,经认定后享受高技术企业的各项优惠,自纳税之日起 5 年内,比照其缴纳的所得税对天津经济技术开发区的贡献,给予100%的财政扶持;比照其缴纳的营业税对天津经济技术开发区的贡献,给予50%的财政扶持。

（3）通过采取减免技术性服务收入相关税费的方式,鼓励科研机构、高等学校及高技术企业从事技术转让、技术咨询、技术培训等服务。《天津经济技术开发区促进高新技术产业发展的税收优惠政策》规定,对科研机构、高等学校进行技术转让、技术咨询、技术培训、技术服务、技术承包所取得的技术性服务收入,免征企业所得税;对从事高技术产品开发企业自行研制的技术成果转让及其转让过程中所发生的技术咨询、技术服务和技术培训所得,天津经济技术开发区"泰达科技发展金"给予相当于免征企业所得税的财政扶持。对天津经济技术开发区企事业单位和个人从事技术转让、技术开发业务和与之相关的技术咨询、技术服务业务取得的收入,免征营业税。高技术企业和高技术成果产业化项目所签订的技术合同免征印花税。

（4）市政府采取优先采购高技术企业产品的方式扶持高技术企业发展。《天津经济技术开发区促进高新技术产业发展的规定》规定,天津经济技术开发区的政府投资项目以及政府采购,在同等条件下应优先采购区内高技术企业的产品。

8.3　天津市高技术产业人才政策

（1）通过采取给予高层次科技人才项目经费支持、购（租）房补贴、无息借款等方式,吸引高技术人才开展技术创新、创业活动。《关于加强自主创新,加快华苑产业区经济发展的若干意见》规定,在"火炬发展金"中安排5%的资金作为专项资金,用于高级人才引进、资助和奖励:院士、长江学者、学科带头人等高层次科技人才及其团队带项目进入华苑产业区创业,或与区内企业合作开发转化科技成果,项目可行性方案通过论证后,给予不少于200万元的项目开发费,在土地使用费和房租等方面给予优惠;两院院士在华苑产业区创办的高技术企业可获得100万元5年期无息借款;满5年时,院士所创办的企业累计上缴的各项税收达100万元的,免还借款;少于100万元的,归还借款与累计税收的差额部分。海外留学人员来华苑产业区工作的,其出国前的工龄和回国后的养老保险缴费年限合并计算;由国内外博士后流动站、工作站出站后到华苑产业区工作并签订2年以上劳动合同的博士后,一次性给予安家费补贴5万元;博士后在站期间每月给予500元的房租补贴;各博士后设站单位每招收一名博士后进站,在站期间,给予设站单位每年1万元的科研经费补贴;对进入华苑产业园区高技术企业工作的高级人才（含按规定随迁的配偶、子女）,优先协助其办理天津市常住户口调动手续,并配合解决其配偶的就业问题和子女入托或就学问题。《天津高新区鼓励科技领军人才创新创业暂行办法》明确予以科技领军人才项目300万~500万元的一次性项目启动资金资助;根据创业项目实际需要,为科技领军人才项目提供100~500平方米的研发办公场所，并免收 3 年租金；获得国家、天津市科技和产业计划资助的项目，予以50%的配套资金；项目研发过程中需要使用国内公共技术服务平台大型仪器设备的，予以实际使用费用 50%的资助；根据项目投资需求，由高新区创业投资平台予以 500 万~1 000 万元的风险投资支持，或者按照项目已获得国内外创投企业投资额的一定比例匹配创业投资资金；在项目投产初期两年内，根据项目流动资金需求，以贴息、拨付担保风险补偿金等方式安排 100 万~500 万元的专项资金，予以项目融资支持；予以科技领军人才 100 平方米左右公寓住房，并免收 3 年租金；科技领军人才在高新区工作满 3 年后，在本市购买自用住宅的，在项目税收高新区留成部分的额度内，予以最高 100 万元的购房补贴；技领军人才配偶、子女户口可随迁至天津市，对未满 18 周岁在学子女每年每人发放教育津贴 5 000 元。《天津经济技术开发区促进高新技术产业发展的规定》规定，对引进海外的拥有自主知识产权及产业化前景项目的生物医药领域创业领军人才给予 300 万元经费资助（含 200万元项目资助和 100 万元安家补贴）。

（2）通过采取给予高技术人才资金及所得税奖励、股权收益、荣誉称号等方式，激发高技术人才创新潜力。《天津经济技术开发区促进高新技术产业发展的规定》规定，在"泰达科技发展金"中设立专项资金，支持和引导区内企业共同发起设立泰达生物医药奖，激励在生物医药研发和产业化领域做出杰出贡献的科技人员。《关于加强自主创新，加快华苑产业区经济发展的若干意见》规定，具有专利项目、技术特长、管理才能的个人以无形资产作为股权入股，对无形资产评估费用给予补助，对无形资产股权收益从获利年度起，5 年内给予相当于其股权收益缴纳的个人所得税园区留成部分 100%的财政支持；对在高技术企业发展中取得显著成绩的高级人才，优先向国家有关部门推荐授予荣誉称号，推荐享受政府特殊津贴。《天津高新区鼓励科技领军人才创新创业暂行办法》明确了对科技领军人才（在项目启动实施5 年内）因工资薪金所得而缴纳的个人所得税，在项目税收高新区留成部分的额度内，以返还项目实施企业的方式予以全额奖励。《天津新技术产业园区加快软件与服务外包产业发展的鼓励办法》规定了经认定的软件和服务外包企业和机构中，年薪达到一定标准且连续任职满 1 年以上的高级人才，予以其在任职期间已缴纳的个人所得税天津新技术产业园区留成部分一定比例的奖励，最高为 30 万元。《天津经济技术开发区促进高新技术产业发展的税收优惠政策》规定，以高技术成果作为股权投资的，其成果完成人可获得与之相当的股权收益。凡属政府全额资助的项目，从项目实施之日起 3 年内，根据成果价值占注册资本的比例，可享有不低于该比例60%的股权收益；之后 3 年，可享有不低于该比例 40%的股权收益。实施高技术成果转让时，其成果完成人可享有不低于 20%的转让收益；对高技术成果完成人和从事成果产业化实施的科技人员、管理人员的奖励和股权收益，用于再投入高技术成果产业化项目的，免征个人所得税；从事高技术成果产业化的留学人员的工薪收入，可视同境外收入，在计算个人应纳税所得额时，除减除规定费用外，还可适用附加减除费用的规定。

（3）采取大学生实习补贴、新员工录用资助等方式，鼓励高技术企业建立大学生实习基地，对新晋大学生开展技术培训。《天津新技术产业园区加快软件与服务外包产业发展的鼓励办法》规定，企业和机构建立大学生实训基地，对经认定的实训基地按核准的实训人数予以每人每月 500 元的实习补贴，最长不超过 6 个月；对经认定的企业和机构，每新录用 1 名大专以上学历员工，从事软件与服务外包工作并签订《劳动合同》的，予以不超过 4 500 元培训费资助，定向用于上述人员的培训；为天津新技术产业园区企业和机构培训软件与服务外包人才（大专以上学历）的培训机构，按核准的培训人数予以每人不超过 500 元的培训资助。

8.4　天津市高技术产业产学研合作政策

采取贴息贷款、资金支持以及研发补贴等方式，鼓励高技术企业、高等学校和科研机构开展产学研合作项目，建立产业技术联盟。《关于加强自主创新，加快华苑产业区经济发展的若干意见》规定，重点对国家级和市级企业技术中心与大学和科研机构合作开发的产业化项目给予贴息、贷款担保或投资支持。《天津新技术产业园区支持产业技术创新鼓励办法》明确对列入天津新技术产业园区"重点企业发展计划"和"小巨人企业成长计划"企业实施的重点产学研合作项目每个给予 10万~30 万元的一次性资助，每年每个产学研合作载体资助 1 个项目，资助对象为天津新技术产业园区内企业；支持天津新技术产业园区企业和机构主导建立各类产业技术联盟，围绕国家战略性产业的关键共性技术进行协同创新。根据产业技术联盟研发活动开展情况以及研发成果情况，给予 20 万~50 万元研发补贴，补贴对象为天津新技术产业园区内企业。

8.5　天津市高技术产业知识产权政策

（1）采取费用资助、资金奖励等方式，加大对高技术企业申请国内外专利的支持力度。《天津经济技术开发区促进高新技术产业发展的规定》规定，对国内发明、实用新型专利申请每件分别给予 2 000 元和 1 000 元的资助，对获得授权的国内发明专利，每件资助 2 000 元，对获得授权的、与主营业务相关的、重点领域的外观设计专利每件资助 500 元，向香港、澳门、台湾地区提出的发明专利申请授权后每件最高资助 1 万元，对天津经济技术开发区集成电路设计企业的集成电路布图设计登记费每件资助 1 000 元；对通过专利合作条约（PCT）或巴黎公约途径向国外提交的发明专利申请，进入国家阶段并被受理，每件最高资助 1 万元，最多资助两个国家，每获得一个国家的授权最高资助 1 万元，最多资助两个国家；对高技术企业将已授权或获得 5 年以上独占许可的发明专利和实用新型专利在天津经济技术开发区进行产业化的给予最高 50 万元的专利实施资助；对经天津经济技术开发区管理委员会认定为专利培育示范单位的企业，给予 10 万元的经费资助；对天津经济技术开发区软件企业获得软件产品登记证书，且年销售额超过 20 万元的软件产品，每项资助 1 万元；对参与研制技术标准，并作为主要起草单位的天津经济技术开发区企业，给予技术标准研制项目资助。对国际标准化组织的标准研制项目的资助最高为 100 万元，对国家标准研制项目的资助最高为 50 万元，对行业标准研制项目的资助最高为 20 万元；对参加国家知识产权局组织的全国专利代理人资格考试并取得专利代理人资格证书的天津经济技术开发区企业员工，予以最高 3 000 元的资助；对获得中国专利金奖和优秀奖的天津经济技术开发区企业分别给予 50 万元和 10 万元的资助。对获得天津市专利金奖和优秀奖的分别给予 10 万元和 2 万元的资助。《关于加强自主创新，加快华苑产业区经济发展的若干意见》规定对华苑区区内企业申请专利、软件著作权给予资助；对参与制定国际、国家技术标准的企业给予资助；对重大自主知识产权成果转化项目给予资助。

（2）通过奖励优秀原创作品等方式，鼓励动漫企业开发具有资助知识产权的原创性游戏作品和动画片。《天津新技术产业园区加快动漫产业发展的鼓励办法》规定，对获国际性重大奖项的动漫游戏原创作品，一次性奖励 100 万元；获国家级、市级重大奖项的动漫游戏原创作品，分别一次性予以奖励 50 万元、10 万元；被国家广播电影电视总局推荐为优先播出的优秀动画片，一次性奖励 10 万元；对经文化部或工业和信息化部批准、正式上线运营的原创游戏，每款奖励 5 万元；获文化部或工业和信息化部认定并推广的益智类游戏，每款奖励 10 万元。获多次奖项的按从高不重复原则给予奖励。对漫画作品的创作机构，根据其作品影响力和市场销售情况，予以一定的奖励；对经认定的动漫企业和机构生产的具有自主知识产权的原创性动画片的播出予以奖励，奖励标准为：在中央电视台首播的二维动画片，每分钟奖励 1 500 元；在天津市或其他省级电视台首播的二维动画片，每分钟奖励 800 元；在境外有影响的电视台首播的二维动画片，每分钟奖励 1 000 元；三维动画片在二维基础上予以加倍奖励；在多个电视台首播的，按从高不重复的原则予以奖励。国内外大型知名动漫企业在天津新技术产业园区设立总部或区域总部、研发机构，实际资金到位额超过 2 000 万元的，按照总投资额 6%的比例奖励给其在天津所设立的公司（机构），最高奖励额度不超过 200 万元。

8.6　天津市高技术产业促进政策

（1）采取评选优秀企业、配套奖励等方式，鼓励企业开展自主知识产权开发和科技成果转化。《天津经济技术开发区促进高新技术产业发展的规定》规定，天津经济技术开发区设立"泰达科技企业成长奖"，评选出天津经济技术开发区自主创新和高技术产业发展突出的高技术企业，分别奖励在自主知识产权开发、科技成果转化、经济效益和社会效益创造等方面表现突出的优秀科技企业；对获得国家和天津市科学技术奖的天津经济技术开发区高技术企业和研发机构，由"泰达科技发展金"给予 50%的配套奖励，以表彰其为国家和天津市科学技术发展所做的贡献。《关于加强自主创新，加快华苑产业区经济发展的若干意见》规定了华苑产业园区在"技术创新专项资金"中设立"技术创新奖"，每年评选 1 次。"技术创新奖"主要奖励为园区技术创新和科技成果产业化做出突出贡献、创造显著经济效益的集体和个人："重大技术创新奖"，重点奖励园区企业自主创新达到行业领先水平，并取得显著经济效益的项目；"产学研合作突出贡献奖"，重点奖励在园区转化科技成果取得突出成效的高等学校、研究院所及主要工作人员；"知识产权创造贡献奖"，重点奖励通过实施知识产权战略，在知识产权申请量及知识产权成果产业化方面业绩突出的企业；"优秀科技型中小企业奖"，重点奖励成长性好，持续创新能力强的中小企业；"技术创新优秀人才奖"，重点奖励在技术创新方面做出突出贡献，创造经济效益的优秀企业家、企业优秀科技人员。

（2）采取经费资助、资金奖励等方式，鼓励高技术企业及其他社会力量建设科技企业孵化器和科普基地，优化高技术企业经营环境。《关于加强自主创新，加快华苑产业区经济发展的若干意见》明确支持火炬创业园内各类科技企业孵化器的建设、运营和发展；支持国际创业中心创建全国著名品牌孵化器；运用好"火炬创业园孵化事业发展金"，引导、支持孵化器运营主体提高招商质量，提高创业、创新服务水平。《天津经济技术开发区促进高新技术产业发展的规定》规定，对国家级科普教育基地给予累计最高 50 万元的资助，市级科普教育基地给予累计最高 20 万元的资助，区级科普教育基地给予 5 万元的资助；市级以上科普基地在上述政策全部兑现后，每年再给予 2 万元的运营费用补贴。

第9章 西安市高技术产业政策主要做法

西安高技术产业开发区是1991年3月经国务院首批批准的国家级高新区。2006年 6 月，成为国家确定要建设世界一流科技园区的六个高新区之一；现已成为关中–天水经济区中最大的经济增长率、中西部地区投资环境好、市场化程度高、经济发展最为活跃的区域之一。开发区依托西安电子科技大学、西安交通大学、西北工业大学、771 所等一批国内知名的研究院，形成了以电子信息、先进制造、生物医药和现代服务为主导的产业集群。开发区一直把自主创新放到前所未有的高度，取得了很多优异成绩：2008 年 12 月，率先成为全国首批"海外高层次人才创新创业基地"；2010 年 7 月，被国家标准化管理委员会评为"国家高技术产业标准化示范区"；截止到 2010 年，全区累计转化科技成果近 10 000 项，其中 90%以上拥有自主知识产权。

为促进西安市高技术产业发展，西安市政府制定了一系列高技术产业政策（表9-1）。下文将详细阐述投融资政策、财税政策、人才政策和产业促进政策的具体内容。

表 9-1 西安市主要高技术产业政策文件

年份	政策文件
2005	《西安高新区留学人员创业扶持基金管理办法实施细则》
2006	《西安市鼓励支持高新技术产业发展政策措施》
2007	《西安高新区管委会关于促进企业发展知识产权的暂行办法》
2007	《西安高新区管委会关于对研发机构实行房租补贴的暂行办法》
2007	《西安高新区管委会关于扶持企业标准化和争创名牌产品的暂行办法》
2007	《西安高新区科技保险补贴资金管理暂行办法》
2007	《西安高新区关于鼓励区内企业建立 ISO14000 环境管理体系的暂行办法》
2008	《西安高新技术产业开发区优惠政策》
2008	《西安高新区中小企业信用贷款担保补贴的暂行办法》
2008	《西安高新区管委会鼓励科技型中小企业利用证券市场发展的暂行办法》
2008	《西安高新区管委会关于加强高新区投融资服务体系建设的若干意见》
2008	《西安高新区管委会关于促进创业风险投资发展的若干政策》
2008	《西安高新区创业园发展中心支持大学生创业的优惠政策》
2009	《西安高新区管委会关于促进软件及服务外包产业发展的扶持政策》
2009	《关于支持高技术产业骨干企业加快发展的若干措施》
2009	《西安高新区管委会关于促进创意产业发展的扶持政策》

9.1　西安市高技术产业投融资政策

（1）通过鼓励风险投资、多层次市场融资等方式，为高技术企业的投融资营造了良好的环境。《西安高新技术产业开发区优惠政策》规定了设立在高新区内的创业（风险）投资机构，如其投资收入的 50%以上来源于对区内高技术企业的风险投资，由企业申请，经高新区管理委员会审核认定，按照高技术企业的税收优惠政策执行；创业（风险）投资机构可以按其投资额提取不超过 3%的风险准备金，用于补偿投资性亏损。《西安市人民政府办公厅转发市科技局关于支持高新技术产业骨干企业加快发展的若干措施的通知》明确了对股权融资及具有上市潜力的骨干企业项目，市高技术产业发展专项资金给予重点支持;积极完善科技投融资服务体系，重点组织推动 50 家骨干企业与西安创业投资联盟成员单位对接活动。

（2）通过对骨干企业的资金扶持、房租补贴、贷款利息补贴等形式，引导高技术企业加快产品开发和产业化的步伐。《西安市人民政府办公厅转发市科技局关于支持高新技术产业骨干企业加快发展的若干措施的通知》实施了对骨干企业承担2008 年以前市级科技计划且执行较好的项目，提前拨付项目"节点"管理资金；在市级科技计划和高技术产业发展专项中，增加 3 000 万元重点用于扶持骨干企业技术创新。《西安高新区管委会关于促进软件及服务外包产业发展的扶持政策》中规定国内外知名企业在高新区设立新的软件或服务外包公司，1 年内软件企业员工总数达到 30 人（服务外包企业达到 100 人），经管理委员会认定，入驻软件园的给予 3 年全额租房补贴，入驻其他物业的给予 3 年最高 35 元/平方米每月的租房补贴。政策中对于其他新办软件和服务外包企业，在西安高新区建立的软件及服务外包人才培训机构，也有相应的租房补贴。除此之外，该政策也规定对年营业收入和员工人数增速均在 30%以上的中小软件和服务外包企业，给予其贷款利息全额补贴，最高不超过 50 万元。《西安高新区管委会关于对研发机构实行房租补贴的暂行办法》决定在 2007~2010 年，实行对研发机构的房租给予补贴的鼓励政策：①世界500 强企业研发机构一次性补贴 50 万元；②国际行业排前 10 名的知名企业，国内上市公司的研发机构、国家级研发机构，包括技术开发中心、工程中心、技术检测中心，一次性补贴 30 万元。

除此之外,《西安高新区管委会关于促进软件及服务外包产业发展的扶持政策》对于获得开发能力成熟度模型集成（CMMI）和提供商电子外包能力模型（ESCM-SP）三级、四级、五级认证的，分别给予 30 万元、40 万元、50 万元的补贴;对于获得人力资源成熟度模型（PCMM）认证、信息安全管理标准（ISO27001/BS7799）认证、IT 服务管理（ISO20000）认证、服务提供商环境安全性（SAS70）认证、COPC-2000 认证的企业，一次性奖励 10 万元;对进入国内软件企业百强或 IAOP 服务外包百强的企业，给予一次性 50 万元的奖励；对纳入高新区软件与服务外包产业公共服务体系的平台项目，根据平台运营企业所服务的园区企业数量和效果，给予其每年不超过 10 万元的运营服务补贴。

（3）通过费用抵税、孵化器集群建设等方式，加大加强高技术产品的研发创新，促成引进技术的消化—吸收—再创新模式。《西安市鼓励支持高新技术产业发展政策措施》允许对从事高技术产业、产品领域的生产企业按当年实际发生的技术开发费用的 150%抵扣当年应纳所得税。实际发生的技术开发费用当年抵扣不足部分，可按税法规定在 5 年内结转抵扣。同时，也明确了在高新区建成 150 万平方米的孵化空间，形成软件、集成电路、光电子、生物医药等领域的 20 个专业孵化器，大力提升核心技术的原始创新能力。通过产学研联合，重点加强高技术产业和高技术产品的集成创新和对引进技术的消化吸收再创新。

9.2　西安市高技术产业财税政策

（1）采取减免所得税、营业税、增值税等形式，鼓励内外资高技术企业的进入与发展。

第一，《西安高新技术产业开发区优惠政策》对内资高技术企业的税收优惠主要有：

——高新区内经认定的内资高技术，减按 15%的税率征收企业所得税。新办的高技术企业，从投产年度起，免征所得税 2 年。

——对设在高新区内的国家鼓励类产业的内资企业，在 2010 年前减按 15%的税率征收企业所得税。

——新创办软件企业经认定后，自获利年度起，享受企业所得税"两免三减半"的优惠政策。

——对增值税一般纳税人将进口的软件进行转换等本地化改造后对外销售，其销售的软件可按照自行开发生产的软件产品的有关规定享受即征即退的优惠政策。

第二，《西安高新技术产业开发区优惠政策》对外商投资企业的税收优惠主要有：

——外商投资高技术产业的生产性企业，经营期在 10 年以上的，减按 15%的税率征收企业所得税。新办的生产性外商投资高技术产业的企业，其生产经营期在 10 年以上的，可从开始获利年度起，第一年至第二年免征所得税，第三年至第五年减按 7.5%的税率征收企业所得税；减免期满后，仍为先进技术的，报有关部门批准，可延长 3 年减按 10%的税率征收企业所得税。

——外商投资的产品出口企业，免税期满后，出口达到当年总产值 70%以上的，当年减按 10%的税率征收企业所得税。

——外商投资企业发生年度亏损的,可以用下一年度所得弥补,下一年度的所得不足弥补的,可以逐年弥补,但最长不得超过5年。

——中国沿海地区的外商投资企业在西安高新区投资兴办企业,外商投资占25%以上的,视同外商投资企业,享受外商投资企业的税收优惠政策。

——对设在西安高新区内的国家鼓励类外商投资企业,在现行税收优惠政策执行期满后,2010年前减按15%税率征收企业所得税。

——外商从投资企业所得利润直接再投资于该企业,增加注册资金,或作为再投资开办其他企业,经营期不少于5年的,经税务机关批准,退还再投资部分已缴纳40%的所得税。外商投资者从企业获得的利润再投资举办、扩建产品出口企业或先进技术企业的,可全部退还其再投资部分已缴纳所得税税款。

——外商投资企业技术开发费用比上年增长10%以上的(含10%),经税务机关批准,允许再按技术开发费用实际发生额的50%抵扣当年度的应纳税所得额。

(2)通过施行设备投资、特定产品、技术性服务等方面的税收优惠政策,增强高技术企业的扩大再生产能力。《西安市鼓励支持高新技术产业发展政策措施》明确了凡属国家鼓励类高技术产业的企业投资项目,进口的自用设备,除国家规定不予免税的商品外,免征关税和进口环节增值税;符合国家产业政策的技术改造项目,所需国产设备投资的40%可抵免企业新增所得税;对科研单位和大专院校服务于高技术产业的技术成果转让、技术培训、技术咨询、技术服务、技术承包所取得的技术性服务收入免征所得税。《西安高新技术产业开发区优惠政策》规定了对外商投资高技术产业的企业,在投资总额内采购国产设备,如该类设备属国家免税目录范围,可全额退还国产设备增值税,并按规定抵免企业所得税;对增值税一般纳税人销售其自行开发生产的软件产品和自行生产的集成电路产品(含单晶硅片),2010年前按17%的法定税率征收增值税,对其增值税实际税负分别超过3%和6%的部分即征即退。所退税款由企业用于研究开发软件产品和扩大再生产,不作为企业所得税应税收入,不予征收企业所得税。对单位和个人(包括外商投资企业,外商投资设立的研究开发中心,外国企业和外籍个人)从事技术转让、技术开发业务和与之相关的技术咨询、技术服务业务取得的收入,免征营业税;外国企业向我境内转让技术,属技术先进或条件优惠的,经国务院税务主管部门批准,可免征营业税和企业所得税。

(3)采取土地使用费和市政配套费减免政策,降低高技术产业进入西安的壁垒,提高高技术企业的竞争力。《西安高新技术产业开发区优惠政策》规定了外商在高新区内兴办能源、交通、市政设施建设、教育、科研卫生、体育事业和兴办产品出口创汇企业的,可免收土地使用费;进入高新区新建实施的项目产业用地免交市政公用设施配套费(其他用地按建筑面积50元/平方米交纳);以出让方式取得土地使用权的外商投资企业,不再缴纳场地使用费。

9.3　西安市高技术产业人才政策

（1）采取人才优惠、吸引留学人员创业、鼓励企业吸引高端人才等形式，扶持高新技术企业引进优秀人才。《西安高新技术产业开发区优惠政策》鼓励软件人才到软件园创办软件企业，3 年内软件园给予一定的房租补贴；明确了外地软件人才进入西安软件园工作的，解决西安市户口，优先安排子女入学。同时明确了留学人员可持外国护照或国外长期居留证直接注册登记外商投资企业，其注册资本首期出资额可由 1 万美元起；可凭中国护照或中国身份证直接注册内资企业，注册资本首期出资额可由 3 万元人民币起。高新区内留学人员的子女入托及义务教育阶段入学，由高新区优先安排入托、入学，并按高新区管理委员会员工对待，免交建校费等一系列优惠政策。《西安高新区留学人员创业扶持基金管理办法实施细则》鼓励留学人员回国创业，为国服务。基金资助方式有无偿资助、市场拓展补贴、贷款贴息、有偿资金投入和企业租房补贴。首先，留学人员出资超过 10 万元（含 10 万元）但低于 50 万元的留学人员，给予 5 万元的无偿资助；留学人员出资超过 50 万元但低于 100 万元的留学人员，按其出资的 10%的比例金额，给予无偿资助；留学人员出资超过 100 万元的留学人员，给予 10 万元的无偿资助；对以团队形式（两个或两个以上留学人员）回国创业的留学人员，根据每位留学人员投资额，按照本条款前三项规定标准，给予每人相应的"无偿资助"，资助每家企业的总额不超过 20 万元。其次，贷款利息总额低于 10 万元的，全部给予贴息；利息总额超过 10 万元的，则最多给予 10 万元的贴息。最后，有偿资金以入股方式投入留学人员创办的企业。《西安高新区管委会关于促进软件及服务外包产业发展的扶持政策》对通过人才中介机构寻访到岗的年薪 15 万元人民币以上（本地）的高级技术或管理人才，签订 2 年以上劳动合同，正式入职半年后，企业可申请高端人才寻访费用补贴，标准为每个聘用高端人才实际寻访费用的 50%，最高为 5 万；每家企业每年补贴不超过 30 万元。

（2）采取个人所得税奖励等形式支持高技术企业激励高薪人才，激发员工的工作热情。《西安高新区管委会关于促进软件及服务外包产业发展的扶持政策》规定了国内外知名企业在高新区设立新的软件或服务外包公司从外地或当地非软件和服务外包企业聘用的年薪 7 万元（工资性收入）以下的员工，按照其应缴且已缴个人所得税 100%的标准给予 3 年奖励；软件与服务外包企业员工年薪 7 万~15 万元（工资性收入）的，按照其应缴且已缴的个人所得税 40%的标准给予奖励；年薪 15 万元（工资性收入）以上的，按照其应缴且已缴的个人所得税 30%的标准给予奖励。

（3）鼓励企业建立高等学校学生实训基地，开展内部培训、职业培训等，提升高技术企业员工的工作学习能力。《西安高新区管委会关于促进软件及服务外包产业发展的扶持政策》规定，对接纳实习大学生的企业，按每人每月 500 元的标准给予补贴，本科生补贴期限不超过 3 个月，研究生补贴期限不超过 6 个月，补贴人数不超过本企业员工总数的 20%。按照企业当年新增员工数，对签订 2 年以上劳动合同的，正式录用 3 个月后，给予企业内部培训补贴，本科及以上学历每人补贴 1 000 元，大专学历每人补贴 500 元。对于高新区签约的培训机构培训的人员，被高新区软件及服务外包企业聘用并签订 2 年以上劳动合同的，正式录用 3 个月后，给予培训机构奖励，本科及以上学历每人奖励 1000 元，大专学历每人奖励 500 元。

（4）支持骨干企业创新人才队伍建设，推进高技术企业的科技进步与创新。《西安市人民政府办公厅转发市科技局关于支持高新技术产业骨干企业加快发展的若干措施的通知》要求以"青年科技人才创业计划"为引导，每年投入 700 万元，采取团队整体引进、核心人才带动引进、高技术项目开发引进等多种方式引进各类创新人才，增强骨干企业以自主研发为核心的综合创新能力。整合相关部门资源，实施"海外高层次人才引进计划"。支持 50 名海外留学人才和高端科技人才进入骨干企业。加强对骨干企业科技进步与创新的奖励，市科技进步奖对创新业绩突出的骨干企业及经营者进行表彰和奖励。

9.4 西安市高技术产业促进政策

1. 促进高技术骨干和龙头企业加快发展

（1）争取国家和省上对骨干企业的支持，加强对中介机构服务与骨干企业的支持，营造有利于骨干企业快速发展的环境。《西安市人民政府办公厅转发市科技局关于支持高新技术产业骨干企业加快发展的若干措施的通知》明确了开展"西安市创新型企业试点"工作，将在技术创新、品牌创新、体制机制创新等方面具有良好基础的骨干企业，列入"西安市创新型企业试点"；积极推荐骨干企业申报陕西省"13115"科技创新工程及国家 863 计划、支撑计划、创新基金和国家创新型企业试点，争取中央、省支持科技企业资金每年不低于 1 亿元。同时创新中介机构服务机制，提高服务水平，进一步加强西安创业投资联盟、西安科技企业孵化器协会、国际工业分包与合作交流西安中心等中介机构在推进骨干企业在产品研发、技术转移和融资等方面的作用。

（2）建立支持骨干企业的集成联动工作机制，促进高技术骨干企业组建产业联盟化。《西安市人民政府办公厅转发市科技局关于支持高新技术产业骨干企业加快发展的若干措施的通知》明确了协调政府相关部门，帮助骨干企业申报高技术企业数量达到 500 家，协助落实高技术企业税收减免政策落实工作；联合政府相关部门落实国家、省、市支持企业技术创新方面税收和自主创新产品政府采购等政策。加强与科技产业"两区两基地"及各区县工作的集成联动,建立重大科技项目联合共扶机制,落实高技术产业配套资金(高新区 1:2,经开区、航空基地、航天基地 1:1,区县 1:0.5)。通过发挥以骨干企业为核心的产业联盟的作用,带动产业增量提速,增强核心竞争力;重点支持石油服务、生物医药、电力电子等产业联盟内核心企业以及为其配套的产业集团项目,推进创新链上、中、下游的对接与整合,提升产业集群规模化水平,到 2010 年培育 3~5 个有影响力和凝聚力的产业联盟。

(3)促进高等学校、科研院所重大技术向骨干企业转移,加大高技术产业产学研合作的力度。《西安市人民政府办公厅转发市科技局关于支持高新技术产业骨干企业加快发展的若干措施的通知》实施了《西安技术转移行动方案》,推动百项共性技术成果和关键技术的扩散和转移,每年至少组织一次高等学校和科研院所科技项目与骨干企业技术需求对接会;引导国防科技工业骨干企业产品向民用领域转化,加快"军转民"及"民进军"进程;落实国家鼓励支持技术贸易的政策,简化技术交易减免税审批程序,保障骨干企业在促进科技成果转化和技术转移活动中享受优惠政策。

(4)加强骨干企业技术标准及知识产权创造和保护工作,推动高技术骨干企业核心竞争力的提升。《西安市人民政府办公厅转发市科技局关于支持高新技术产业骨干企业加快发展的若干措施的通知》明确了支持和鼓励骨干企业参与行业技术标准的制定,并在企业标准试点工作中给予优先支持;推动骨干企业建立健全知识产权管理制度,重点支持 30 家骨干企业进入知识产权优势企业并给予专利申请资助。

(5)建立和完善企业技术创新平台,着力推进高技术产业信息化和工业化的融合。《西安市人民政府办公厅转发市科技局关于支持高新技术产业骨干企业加快发展的若干措施的通知》支持以骨干企业为核心的工程技术研究中心等 30 家研发机构。围绕优势产业,加强企业公共技术平台建设,建立航天航空、石油测井装备、电力电子产业技术服务平台,新材料、生物医药产业研发与服务平台,数字旅游、农业果蔬产供销一体化等现代服务业技术支撑与服务平台,着力推进信息化与工业化融合。

(6)通过财政扶持、实现企业聚集和产业链延伸等方式,抓好高技术产业的重大项目建设和龙头企业的培育。《西安市鼓励支持高新技术产业发展政策措施》规定了对从事高技术产业、产品领域的生产企业,其列入国家装备制造业重大项目、高技术产业化示范项目、企业技术创新项目计划以及省级工业扶持项目计划的项目,市级财政给予一定数额的补助,项目所在地的开发区和区县给予适当的补助。同时明确了高新区要加快实施"515 龙头企业扶持行动计划",以行业骨干企业为核心,带动相关企业集聚和配套,实现上下游企业的集聚和产业链的延伸。经开区和航空产业基地要鼓励企业采取联合、兼并、资产重组等多种发展模式,促进企业规模扩张。要把引进国际知名企业作为重中之重,要积极引进跨国公司在西安设立研发中心，吸引海外留学人员创办企业。要确保美光科技、应用材料等重大招商项目的开工建设和快速发展。

2. 强化公共环境建设

（1）促进政府服务平台和公共支撑平台的建设，推进高技术产业的集聚化和服务业的国际化。《西安市鼓励支持高新技术产业发展政策措施》强调了建立高技术产业发展领导联系制度和部门责任制，完善政府与高等学校、科研院所的联系协调制度；积极协调解决重点产业发展中的规划、土地、税收、人才、投入等方面的问题；加强高技术企业认定和政策扶持，到 2010 年，全市高技术企业总数居全国副省级城市前 5 位。设立高技术产业发展突出贡献奖，激励人才、技术、成果向重点产业领域集聚。同时强调了依托国家集成电路设计西安产业化基地、国家 863 软件专业孵化器西安基地，完善公共研发平台和技术支撑平台，为企业提供设计、生产、测试、质量保障服务；并且要积极扶持科技中介服务机构，引进国际著名科技中介机构，推进高技术服务业的国际化。

（2）建立招商引资体系，促进高技术企业招商队伍的网络化和专业化。《西安市鼓励支持高新技术产业发展政策措施》明确了根据产业竞争优势和配套需求，建立高素质的招商队伍、专业化的谈判小组和全方位的招商网络，把龙头企业和重大项目作为招商引资的标志性工程，组织重点招商。"十一五"期间，全市高技术产业累计实际引进国内外资金要达到 800 亿元，实际利用外资不低于 10 亿美元。同时设立"西安市高技术产业发展专项资金"，市政府每年拿出 1 亿元专项资金，高新区配套 2 亿元资金，支持高技术产业领域国内外招商引资重大项目和西安市自主创新重点产业化项目建设。

3. 促进高技术企业拓展国内外市场

鼓励高技术企业采取兼并、离岸服务外包等方式，拓展国内外市场。《西安高新区管委会关于促进软件及服务外包产业发展的扶持政策》明确了对成功兼并行业企业，且实现收入增长的企业，3 年内按其新增的营业税、增值税、所得税高新区留成部分的 50%，给予奖励。同时，规定了对参加由高新区管理委员会及软件园组织或确认的国内外行业知名活动，给予往返交通费全额资助或活动费用 50% 的资助；对具有出口业务的企业，以其上年度出口额（包括海关出口和网上出口）数据为基准，新增出口额部分按每 1 美元奖励人民币 0.20 元；对当年出口 30 万美元以上的企业，给予当年租用国际数据专线费用 30% 的补贴，每家企业每年补贴金额不超过 30 万元。

4. 促进创意产业发展扶持政策

（1）采取资助企业或行业协会形式扩大高技术创意企业的知名度和影响力。《西安高新区管委会关于促进创意产业发展的扶持政策》规定了创意企业参加西安高新区管理委员会及创意产业发展与促进办公室组织或确认的国内外行业知名会展活动，给予往返交通费用全额资助或活动费用 50%资助，每家企业每年资助总额不超过 5 万元；支持行业协会开展行业的合作、联系和交流，扩大西安高新区的行业知名度和产业影响力。每年通过考核对成绩突出的行业协会进行资助，资助总额不超过行业协会每年总费用的 50%，每个协会每年资助总额不超过 50 万元。

（2）通过对创意产业原创及优秀作品给予奖励，促进高技术企业加大创意的力度。《西安高新区管委会关于促进创意产业发展的扶持政策》强调凡在西安高新区备案、经国家广播电影电视总局批准的原创动画片，在各省级电视台首播的，按二维动画片每分钟 1 000 元、三维动画片每分钟 1 500 元标准奖励企业，最高不超过 100 万元；在中央电视台播出的，按照二维动画片每分钟 2 000 元、三维动画片每分钟 3 000 元标准奖励企业，最高不超过 200 万元。在多个台播出的，按从高不重复原则给予奖励；企业出口产品和服务符合商务部、外交部、文化部、国家广播电影电视总局、新闻出版总署、国务院新闻办公室《文化产品和服务出口指导目录》，按照出口 1 美元奖励 0.2 元人民币标准资助。

同时，对获国际、国内重大奖项（含提名奖）的原创作品，一次性奖励 5 万元；对经文化部或工业和信息化部批准、正式上线运营的原创游戏，每款奖励 5 万元；获文化部或工业和信息化部认定并推广的益智类游戏，每款奖励 5 万元。获多种奖项的按从高不重复原则给予奖励，西安高新区每年评选区内 10 项优秀原创作品，每项作品给予奖励 5 万元；每年评选 10 家优秀创意企业，每家企业奖励 5 万元；每年评选出区内"创意先锋"优秀人才 10 名，每人给予 2 万元奖励。

第10章　成都市高技术产业政策主要做法

成都高新区筹建于1988年,在1991年批准为首批国家高技术产业开发区。2006年,成为全国首批"创建世界一流园区"试点单位。2010年9月在科学技术部最新公布的国家高新区评价结果中,成都高新区综合排名列全国55个国家高新区(含苏州工业园)中的第四位,其中可持续发展能力仅次于中关村,快速爬升到全国第二,知识创造与孕育创新能力、产业化与规模经济能力居全国第四位。成都高新区已形成电子信息、生物医药和精密机械制造三大主导产业,集成电路、软件及服务外包、生物医药、精密机械、通信、光电显示六大产业集群。

为促进成都市高技术产业发展,成都市政府制定了一系列高技术产业政策(表10-1)。下文将针对成都市高技术产业政策的具体条例,分别从投融资政策、财税政策、人才政策、知识产权政策和产业促进政策五个方面进行详细阐述。

表 10-1　成都市主要高技术产业政策文件

年份	政策文件
1991	《成都高新技术产业开发区若干政策的暂行规定》
2000	《成都高新区产业开发区鼓励高级人才进区工作的暂行规定》
2003	《成都高新区企业博士后科研工作站管理办法》
2005	《成都高新区科技型中小企业和技术创新基金管理暂行办法》
2005	《成都高新区管委会关于完善进站博士后补助经费发放办法的通知》
2005	《成都高新区科技型中小企业技术创新基金实施细则》
2005	《成都高新区科技型中小企业技术创新基金管理暂行办法》
2006	《成都高新区促进中小型产业化项目加快建设、投产管理暂行办法》
2006	《成都市教育局关于对引进高层次人才的子女就读中小学实行特殊优惠》
2007	《成都高新区促进中小型产业化项目加快建设、投产管理暂行办法实施细则》
2007	《成都高新技术产业开发区加快软件产业发展的优惠政策（试行）》
2007	《成都高新区促进知识产权工作暂行办法》
2007	《成都高新区管委会关于企事业单位知识产权试点示范工作意见》
2007	《成都高新区管委会关于进一步加强知识产权工作暨创建国家知识产权试点园区的实施意见》
2007	《成都高新区高级人才专项奖励管理暂行办法》
2007	《成都市鼓励企业引进急需高层次人才暂行办法》

年份	政策文件
2007	《成都市人民政府办公厅关于进一步完善吸引留学人员来蓉创业服务政策的实施意见》
2009	《成都高新区政府投资重点建设项目管理办法》
2009	《成都高新区知识产权战略纲要》
2009	《成都高新区关于鼓励和扶持大学生创业的促进措施（试行）》
2009	《四川省引进海外高层次人才"百人计划"实施办法》
2009	《四川省"百人计划"引进人才享受特定生活及工作待遇的若干政策规定》
2010	《成都高新区鼓励和扶持企业利用多层次资本市场加快发展的暂行办法》

10.1 成都市高技术产业投融资政策

（1）采取设立专项发展资金、经费补贴和财政扶持等方式，支持软件高技术企业发展。《成都高新技术产业开发区加快软件产业发展的优惠政策（试行）》规定，设立软件发展和奖励专项资金，对重点软件企业的产业化项目和规模化扩张给予扶持，对为软件产业发展做出突出贡献的企业和人员给予奖励；凡在高新区新设立软件企业，且从业人员达到一定规模，给予一定期限的房租补贴；对国内外知名软件企业，在高新区规划的软件自建园区内自建办公用房，可以不低于 70 万元/亩（1亩 = 666.67 平方米）的优惠价格通过协议方式出让所需土地；企业贷款用于软件开发、生产和销售的，按 1 年期贷款利息的 40%给予补贴；担保机构为软件企业提供贷款担保的，按 1 年期担保费的 40%给予补贴软件企业；申请 CMM/CMMI2、CMM/CMMI3、CMM/CMMI4 和 CMM/CMMI5 级认证的，经相关部门审查后，按进度给予总额不超过认证费 70%的补贴；对软件产品出口、软件加工出口、技术服务出口和从事 BPO（业务流程外包）业务的企业，按其年出口总额（海关统计数）给予 1%的资金扶持，主要用于软件出口渠道的建立与扩展，最高扶持金额不超过 50 万元人民币，期限 3 年。

（2）通过经费资助的方式，鼓励高技术企业改制为股份公司，充分利用多层次资本市场融资功能，突破融资瓶颈。《成都高新区鼓励和扶持企业利用多层次资本市场加快发展的暂行办法》规定，对进入上市后备队伍的企业，经中介机构辅导从有限公司改制为股份有限公司的，对申请主板、中小企业板、创业板、境外上市以及股份报价转让系统挂牌的企业可给予 20 万元资助；进入上市后备队伍的企业，已聘请中介机构进行上市辅导，并且支付了上市辅导、保荐及审计、法律服务、资产评估、工商登记变更手续等规定范围内的必要费用，对申请主板、中小企业板、创业板、境外上市的企业可给予 50 万元资助；对申请股份报价转让系统挂牌的企业，可给予 20 万元资助；对完成主板、中小企业板、创业板上市的企业可给予 30 万元资助；对完成境外上市的企业给予 130 万元资助；对在股份报价转让系统成功挂牌的企业，可给予 10 万元资助；在企业成功转板后，可按照补差的方式享受本办法相应的政策支持。《成都高新技术产业开发区加快软件产业发展的优惠政策（试行）》规定了软件或服务外包企业进入非上市股份转让系统的一次性奖励 30 万元；在国内上市一次性奖励 100 万元；在境外上市一次性奖励 200 万元。

（3）通过放宽申请银行贷款条件、设立风险投资基金和投资担保机构等方式，拓宽高技术企业融资渠道。《成都高新技术产业开发区若干政策的暂行规定》明确市级各银行根据开发区需要，要优先保证后贷资金投入，支持开发区内企业的发展和建设；对出口创汇的企业，优先提供外汇贷款；市人民银行积极支持审批开发区内企业发行债券，向社会集资；开发区内企业申请贷款，自有资金应有比例不足的，银行可根据实际情况放贷；使用自筹资金进行基建的，不受规定存足时间的限制。《成都高新技术产业开发区加快软件产业发展的优惠政策（试行）》规定了建立规模为 5 000 万元的高新区软件产业风险投资基金，对风险投资机构投资的企业，按其投资额的 15%跟进投资，单笔跟进投资额不超过 300 万元；该部分股权委托风险投资机构代理行使（股份处置权、收益权除外），并将分红收益的 30%作为股权代管费，股权转让或企业上市前，风险投资机构可按事先协议约定的价位，购买高新区软件产业风险投资基金持有的股权；为软件企业融资担保的投资担保机构，担保期 1 年以上的，按照担保总额的 1%给予担保机构奖励；积极推进软件企业信用体系建设，搭建企业与金融机构的互动平台。

（4）采取设立创新专项基金、财政扶持等方式，支持科技型企业技术研发创新和科技成果转化。《成都高新区科技型中小企业技术创新基金管理暂行办法》规定成都高新区管理委员会设立用于支持科技型中小企业技术创新项目的专项基金，创新基金的资金来源为每年管理委员会在财政预算中安排的专项资金，2005 年额度为 1 600 万元，以后逐年递增。创新基金以有偿使用、无偿资助两种方式给予支持：①有偿使用。对已具有一定水平、规模和效益的创新项目，原则上采取无息借款使用方式支持其扩大生产规模。有偿使用数额一般不超过 50 万元，个别重大项目最高不超过 100 万元，且企业须有等额以上的自有匹配资金。②无偿资助。主要用于企业技术创新中产品研究开发及中试阶段的必要补助、科研人员携带科技成果创办企业进行成果转化的补助；资助数额一般不超过 30 万元，个别重大项目最高不超过 50 万元，且企业须有等额以上的自有匹配资金。《成都高新技术产业开发区加快软件产业发展的优惠政策（试行）》规定，对当年缴纳的营业税、增值税、企业所得税之和高新区地方留成部分达到 20 万元的企业，按高新区地方留成的 50%给予企业扶持，企业缴纳三税之和高新区地方留成部分达到 50 万元的企业，按高新区地方留成的 70%给予企业扶持，扶持资金用于企业的技术研发或成果转化。

10.2 成都市高技术产业财税政策

（1）通过实施所得税、增值税、营业税减免等税收优惠政策，给予高技术企业财政支持。《成都高新技术产业开发区加快软件产业发展的优惠政策（试行）》规定了属于一般纳税人为软件企业销售其自行开发生产的软件产品，2010 年前按 17% 的法定税率征收增值税，对实际税负超过 3% 的部分即征即退，由企业用于研究开发软件产品和扩大再生产；新创办经认定为软件企业的，自获利年度起，享受企业所得税"两免三减半"的优惠政策；对国家规划布局内的重点软件企业，当年未享受免税优惠的减按 10% 的税率征收企业所得税；软件企业进口所需的自用设备，以及按照合同随设备进口的技术（含软件）及配套件、备件，除列入《外商投资项目不予免税的进口商品目录》和《国内投资项目不予免税的进口商品目录》的商品外，均可免征关税和进口环节增值税；软件企业从事技术开发、技术转让业务和与之相关的技术咨询、技术服务业务取得的收入，经相关机构合同登记认证并报税务机关审批和备案的，可免征营业税。《成都高新技术产业开发区若干政策的暂行规定》规定，高技术企业从被认定并取得法人资格之日起，减按 15% 率征收所得税；高技术企业出口产品创汇额或按规定批准为替代进口产品的产值达到当年总产值 70% 以上的，经税务机关审定，减按 10% 的税率征收所得税；新办的高技术企业，经企业申请，税务机关批准，从销售之日起，免征所得税 2 年。免税期满后。纳税确有困难的，经批准在一定期限内给予适当减免税照顾；凡从事生产高技术目录内的产品，可优先纳入成都市新产品减免税名单，经税务机关批准，可减免 1~2 年产品税或增值税；高技术企业进行技术转让和在技术转让过程中发生的与技术转让有关的技术咨询、技术服务、技术培训的所得，年净收入在 30 万元以下的，暂免征所得税。超过 30 万元的部分，按适用税率征收所得税。对属于火炬计划开发范围的高技术产品，凡符合新产品减免税条件并按规定减免产品税、增值税的税款，可专项用于技术开发，不计征所得税；高技术企业以自筹资金新建技术开发和生产经营用房按国家产业政策和税收管理体制确定征免建筑税（或投资方向调节税）；开发区内企业用于高技术开发的仪器设备折旧年限可缩短为 4~7 年。用于高技术产品生产的仪器设备，第一年折旧允许达到 30%。

（2）采取减免进出口关税的方式，支持高技术企业进口仪器设备、原材料以及开展产品出口业务。《成都高新技术产业开发区若干政策的暂行规定》规定，开发区内的高技术企业，为生产出口产品而进口的原材料和零部件，免领进口许可证，海关凭出口合同以及开发区管理委员会的批准文件验收；经海关批准，高技术企业可以在开发区内设立保税仓库、保税工厂。海关按照进料加工的有关规定，以实际加工出口数量，免征进口关税和进口环节产品税、增值税；保税货物转为内销，必须经原审批部门批准或海关许可，并照章纳税；其中属于国家实行配额和进口许可证管理的产品，需按国家有关规定报批补办进口手续和申领进口许可证；高技术企业用于高技术开发而国内不能生产的仪器和设备，凭审批部门的批准文件，经海关审核后，免征进口关税；高技术企业生产的出口产品，除国家限制出口或者另有规定的产品以外，都免征出口关税。

10.3　成都市高技术产业人才政策

（1）通过便利办理户口、提供经费资助和放宽职称评定限制条件等方式，吸引高技术人才开展创新、创业活动。《成都高新技术产业开发区产业开发区鼓励高级人才进区工作的暂行规定》规定了成都高技术产业开发区有关部门优先为进区工作的高级人才（含随迁的配偶、子女）办理成都市常住户口，进区工作的高级人才在落户之前，子女入托或就学享受成都高技术产业开发区户籍人口待遇；进入成都高技术产业开发区区域性企业博士后科研工作站工作的博士，成都高技术产业开发区管理委员会在两年内给予每人每年补助经费 5 万元，由其个人自行支配使用；设立高级人才创立基金，每年由成都高技术产业开发区财政出资 100 万元，作为高级人才来成都高技术产业开发区创办企业的启动经费；户口、人事行政关系和人事档案不在成都市的高级人才，在成都高技术产业开发区工作满 1 年，即可申报专业技术职称评定，不受工作时间、出国前职称和任期时间的限制；正式调入成都高技术产业开发区的高级人才，取得突出成绩的，可破格申报高一级的专业技术职称，不受学历、资力、任职时间等条件的限制；进入成都高技术产业开发区区域企业博士后工作站工作的博士，以及带项目到成都高技术产业开发区投资办企业的留学人员和博士，成都高技术产业开发区管理委员会可为其提供建筑面积不少于 120 平方米的廉租公寓。《成都高新技术产业开发区加快软件产业发展的优惠政策（试行）》对在海外从事 5 年以上的软件开发和管理工作的归国人员在高新区创业设立企业，1 年内公司固定人员在 10 人以上的，给予 20 万元的资助。《成都高新区印发高级人才专项奖励管理暂行办法》规定，高技术企业、软件企业以及部分骨干企业中的高级管理人员和技术人员，管理委员会依据年薪档次安排奖励资金：10 万元以上（含 10 万元）、20 万元以下奖励 1 500 元；20 万元以上（含 20 万元）、30 万元以下 5 000 元；30 万元以上（含 30 万元）、40 万元以下 9 000 元；40 万元以上（含 40 万元）、50 万元以下 14 000 元；50 万元以上（含 50 万元）、60 万元以下 18 000 元；60 万元以上（含 60 万元）、70 万元以下 24 000 元；70 万元以上（含 70 万元）、80 万元以下 29 000 元；80 万元以上（含 80 万元）、90 万元以下 35 000 元；90 万元以上（含 90 万元）、100 万元以下 41 000 元；100 万元以上（含 100 万元）48 000 元。

（2）通过设立创新奖励基金、所得税奖励和授予荣誉称号等方式，激励取得突出贡献的高技术人才创新潜能。《成都高新技术产业开发区鼓励高级人才进区工作的暂行规定》规定，设立高级人才创新奖励基金，每年由成都高技术产业开发区出资 300 万元，奖励在成都高技术产业开发区高技术产业发展中做出突出贡献，创造较大经济效益、社会效益的高级人才；高级人才所得奖励和股权收益，用于再投入高技术成果产业化项目或投资新办企业的，免征个人所得税；海外留学人员在成都高技术产业开发区工作期间所取得的工薪收入，可视同境外人员计算个人应纳所得税额。留学人员来成都高技术产业开发区工作并定居的，其出国前的工龄和回国后的养老保险缴费年限合并计算；在成都高技术产业开发区高技术产业发展中取得显著成绩的科技人员，成都高技术产业开发区人事劳动主管部门优先向国家有关部门推荐授予相应称号和享受政府特殊津贴。《成都高新技术产业开发区加快软件产业发展的优惠政策（试行）》明确了对企业从事管理、技术工作的人员给予个人所得税奖励，期限 5 年。奖励标准如下：连续工作期满 1 年，年工资性收入 100 万元以上的人员，按其缴纳的个人所得税全额给予奖励；年工资性收入 50 万~100 万元的人员，按其缴纳的个人所得税的 60% 给予奖励；年工资性收入 30 万~50 万元的人员，按其缴纳的个人所得税的 40% 给予奖励；年工资性收入 10 万~30 万元的人员，按其缴纳的个人所得税的 20% 给予奖励。《成都高新区高级人才专项奖励管理暂行办法》明确了对于个人取得的技术成果转让、企业利润分配股份或现金股利再投入生产或对高新区经济发展做出显著贡献的，由高新区管理委员会另行研究奖励金额；专项奖励主要用于高级管理人员和技术人员购买商品房、购买汽车，以及在区内投资新办高技术企业或再投入企业增加资本金。

（3）通过给予高技术企业培训补贴的方式，支持高技术企业开展人才培训，提升员工素质。《成都高新技术产业开发区加快软件产业发展的优惠政策（试行）》规定，对软件和软件实训企业开展实用型人才培训，可根据培训规模和技术标准，给予适当的培训补贴。

10.4　成都市高技术产业知识产权政策

（1）通过健全知识产权政策体系和知识产权管理机构等途径，强化知识产权的保护力度。《成都高新区知识产权战略纲要》规定，针对不同产业发展特点，完善知识产权扶持政策，培育特色经济，促进区域经济协调发展。贯彻落实国家促进创新和产业发展的各项税收优惠政策，科技创新资金、产业发展资金等专项资金向拥有自主知识产权的项目倾斜。健全与对外贸易有关的知识产权政策，建立和完善对外贸易领域知识产权管理体制、预警应急机制、海外维权机制和争端解决机制。加强知识产权政策与文化、教育、科研、卫生等政策与知识产权政策的协调衔接，保障公众在文化、教育、科研、卫生等活动中依法合理使用创新成果和信息的权利。

促进创新成果知识产权利益的合理分享，保障政府应对公共危机的能力；加强知识产权管理机构建设，充实知识产权工作人员和管理执法队伍，探索对知识产权行政管理职能进行整合，进一步健全知识产权统筹协调机制。建立政府知识产权工作目标考核和统计指标体系，把知识产权获取数量、转化效益、对经济增长贡献率等纳入国民经济和社会化发展统计范畴。发挥企业主体作用，推动企业加强知识产权工作领导、设立机构、配备人员、建立制度、落实经费，提高企业知识产权创造、运用、保护和管理能力。

（2）通过建立知识产权宣传工作机制、集中宣传与经常性宣传相结合的创新性方式，强化知识产权宣传，营造保护知识产权氛围。《成都高新区知识产权战略纲要》规定，建立政府主导、部门推动、新闻媒体支持、社会公众广泛参与的知识产权宣传工作机制，推动知识产权的宣传普及和知识产权文化建设。开展知识产权进学校、进社区、进商场等活动，将知识产权法制宣传纳入普法教育、科普宣传计划，作为每年法制宣传的重要内容。召开保护知识产权新闻发布会，及时发布成都高新区知识产权保护状况、知识产权典型案例等情况，树立成都高新区保护知识产权的良好形象。通过"专利宣传月"、"保护知识产权宣传周"、"4·26 世界知识产权日"、"6·1 著作权法颁布实施纪念日"、"全民读书活动"等集中宣传活动，组织编发知识产权宣传刊物和资料，组织媒体开展知识产权专题宣传和典型案例、重点事例的宣传，大力营造成都高新区尊重知识产权、保护知识产权的文化氛围。

（3）对知识产权工作取得突出贡献的企业、个人和知识产权中介服务机构给予资金奖励和荣誉称号等，鼓励知识产权的创造、运用和保护。《成都高新区知识产权战略纲要》规定，对于设有知识产权工作机构、知识产权管理制度和规章比较完备、制定了知识产权发展战略、拥有自主知识产权产品、知识产权年新增申请量30 件（发明、实用新型不低于 15 件）以上的企业，授予"高新区知识产权优势企业"称号，一次性给予 3 万元奖励；超过 30 件的，每增加 10 件发明或实用新型专利，奖励增加 1 万元（每家企业奖励最多不超过 6 万元）；新增申请量 20 件（发明、实用新型不低于 10 件）以上的企业，一次性给予 2 万元奖励；新增申请量 15 件（发明、实用新型不低于 8 件）以上的企业，一次性给予 1 万元奖励。每年安排 100万元专项经费，用于支持知识产权产业化项目；对在 2007~2010 年，列入高新区知识产权试点示范企业，经年终考核，在自主知识产权拥有量、年新增申请量、产业化程度上等方面达到要求的，试点企业一次性给予 2 万元奖励，示范企业一次性给予 3 万元奖励；国外发达国家发明专利每件资助 30 000 元（同一专利最多资助两个国家或地区）；申请 PCT 专利进入国家阶段资助 20 000 元；国内发明专利属职务发明的每件资助 5 000 元，非职务发明的每件资助 3 000 元；集成电路布图设计每件资助 2 000 元；实用新型专利每件资助 2 000 元；外观设计专利每件资助 300元；国外商标每件资助 5 000 元；国内商标每件资助 1 200 元；软件著作权每件资助 300 元；对获得中国驰名商标的企业，给予企业 3 万元奖励；获得省著名商标的企业，给予企业 1 万元奖励；对成都高新区知识产权年新增量有突出贡献的个人授予"知识产权优秀工作者"称号；在 2007~2010 年，年代理成都高新区内 250 件以上知识产权的中介服务机构，并积极参与高新区创建活动，经高新区知识产权局评选，确定不超过 3 家授予"年度知识产权优秀服务机构"称号，当年一次性给予 3 万元奖励。

（4）通过强化行政与司法并行运作的知识产权保护机制、打击侵犯知识产权违法犯罪行为等方式，加强知识产权保护。《成都高新区知识产权战略纲要》规定，发挥行政执法简便、快捷的特点，加强知识产权行政执法保护体系建设，统一案件受理标准、办案程序，规范行政执法行为，完善知识产权行政执法沟通协调机制，建立举报投诉网络，提高行政执法能力和水平。加强知识产权案件审判体系建设，建立和完善知识产权人民陪审员、司法鉴定与调查等制度，提高案件审理质量和效率。加强行政与司法知识产权保护协调运作，建立重大案件会商通报、纠纷快速解决机制，强化涉嫌知识产权犯罪案件移送和监督工作；依法打击侵犯专利、商标、著作权、商业秘密等知识产权违法犯罪行为。围绕热点领域和重点环节，开展联合执法和专项整治行动，严厉打击反复侵权、群体性侵权行为。公开办案程序，完善重大案件披露制度，接受社会监督；加强行业协会知识产权工作，推动建立行业知识产权保护联盟等维权组织、行业知识产权保护自律机制和重大知识产权纠纷应对机制。支持行业协会组织企业开展集体维权工作，共同应对涉外知识产权纠纷。指导和帮助企业掌握运用国际规则，加强优势特色产业及其重点进出口企业的知识产权保护。推动企业切实加强知识产权海关备案工作。加快重点产业专利文献信息数据库开发建设，研究、制定和实施产业知识产权战略，引导产业相关企业建立知识产权联盟，构建知识产权保护网，推动高技术产业快速发展。

（5）通过构建知识产权服务系统，建立产业专利数据库，搭建知识产权交易平台，建立维权援助工作机制和知识产权决策咨询服务机制等途径，完善知识产权服务体系，提高知识产权公共服务能力。《成都高新区知识产权战略纲要》规定，围绕知识产权获权、用权、维权、信息、交易等服务，加强知识产权公共服务平台建设，构建知识产权公共服务系统。加强专利文献数据库等知识产权信息资源的运用，建立电子信息、生物医药、精密机械产业专利数据库，支持重点企业建立专利专题数据库。搭建知识产权交易平台，健全知识产权交易规则和监管制度。建立维权援助工作机制，加强维权志愿者队伍建设，提供知识产权维权援助服务，支持企业知识产权维权；支持知识产权中介服务组织向专业化、规范化、规模化方向发展，逐步建立覆盖专利、商标、版权以及从知识产权的申请、授权、运用、保护、管理等综合服务能力强的知识产权中介服务体系。建立知识产权中介服务执业培训制度，加强中介服务职业培训，大力提升中介组织涉外知识产权申请和纠纷处置服务能力及国际知识产权事务参与能力；加强知识产权理论、公共政策和实务研究。扶持符合经济社会发展需要的自主知识产权创造与产业化项目。建立重大经济活动知识产权审议制度、知识产权重大涉外案件报告制度。建立政府、行业和企业共同参与的知识产权预警应急机制，对可能发生的涉及面广、影响大的知识产权纠纷、争端和突发事件，制定预案，妥善应对，控制和减轻损害；加快专利工作交流站组织、制度、业务建设，制订科学合理的交流计划，全面开展专利交流活动，联系国家知识产权局每年安排有关光电子信息、生物医药、精密机械制造和新材料资深专利审查员深入示范创建园区咨询指导。努力将成都高新区专利工作交流站建设成为实现互动、对接、多赢，具有辐射、示范作用的区域性中心平台，有效推动园区技术创新及知识产权管理能力和水平的快速提升。

（6）通过对突出贡献的单位和个人表彰奖励、广泛开展学习培训、建立知识产权人才培养基地等方式，加强知识产权人才队伍建设。《成都高新区知识产权战略纲要》规定，优化人才结构，促进人才合理流动，对在知识产权领域做出突出贡献的单位或个人给予表彰奖励。鼓励企业建立知识产权人才激励机制，加强企业知识产权人才培养和队伍建设；把知识产权人才队伍建设纳入人才培养规划，把知识产权知识的学习纳入继续教育计划。广泛开展对党政领导干部、公务员、企事业单位管理人员、专业技术人员等的知识产权学习培训。建设知识产权人才培养基地、知识产权人才库和知识产权人才信息平台。培养多层次知识产权专业人才，重点培养企业急需的知识产权管理和中介服务人才。

（7）通过加强知识产权区域合作和知识产权对外交流合作等方式，探索知识产权工作与国际接轨的途径。《成都高新区知识产权战略纲要》规定，加强知识产权交流与合作，建立和完善区域性知识产权合作机制，开展知识产权协作执法保护，推进知识产权转移与产业化等交流与合作，促进技术转移，实现优势互补、资源共享，共同促进区域知识产权事业发展；探索成都高新区知识产权工作与国际接轨的有效途径，积极参与国际知识产权领域的交流与合作。鼓励企业运用知识产权制度实施"走出去"战略，提升重点企业、行业参与国际市场竞争的能力。

10.5　成都市高技术产业促进政策

给予不同类别的高技术产品一定的定价自主权。《成都高新技术产业开发区若干政策的暂行规定》规定了高技术企业开发的属于国家、省管理价格（包括国家、省定的指导价）的新产品，除特定品种须报物价部门定价外，在规定的试销期内，企业可以根据试制成本，参照同类产品价格自行制定试销价格，并报物价部门和业务主管部门备案，不属于国家、省管理价格的高技术产品，企业可以自行定价。

第 11 章 深圳市高技术产业政策主要做法

深圳高新区——深圳湾园区始建于 1996 年 9 月,规划面积 11.5 平方千米。高新区坚持营造产业生态、人文生态、环境生态"三态合一"的综合环境。在 2005 年深圳市高新区被授予"国家知识产权试点园区",2006 年被授予"国家高技术产业标准化示范区",也是国家"建设世界一流高科技园区"的六家试点园区之一,是"国家海外高层次人才创新创业基地"和"国家新型工业化产业示范基地"。2009 年,高新区深圳湾园区实现工业总产值 2 550.7 亿元,实现税收 138.38 亿元。高新区每平方千米工业总产值 221 亿元、工业增加值 52 亿元,综合评价排名在 55 个国家级高新区的第二位。更为重要的是深圳高新区建立了"官产学研"相结合的区域创新体系,形成了以电子信息、生物医药与医疗器械、光机电一体化为主导的高技术产业。

为促进高技术产业发展,深圳市政府制定了一系列高技术产业政策(表 11-1)。下文将针对深圳市高技术产业政策所涉及的具体条例,从投融资政策、财税政策和人才政策三个方面进行详细论述。

表 11-1 深圳市主要高技术产业政策文件

年份	政策文件
1996	《深圳市新产品税收优惠政策实施暂行办法》
1998	《深圳市政府关于进一步扶持高新技术产业发展的若干规定》(1999 年修订)
1998	《深圳市关于加快高新技术产业人才队伍建设和人才引进工作的若干规定》
2000	《关于鼓励出国留学人员来深创业的若干规定》
2001	《深圳经济特区高新技术产业园区条例》(2006 年修订)
2003	《深圳市鼓励科技企业孵化器发展的若干规定》
2009	《深圳市高新区非上市股份有限公司进入代办股份转让系统改制和挂牌资助资金管理办法》

11.1 深圳市高技术产业投融资政策

(1)通过政府出资资助大学园、孵化器等形式,鼓励高技术企业的项目和产品研发。《深圳经济特区高新技术产业园区条例》明确了市政府出资设立留学归国人员创业资助资金,并在市财政科技经费中安排资金资助留学归国人员实施高新技术成果、项目转化和从事高新技术项目的研究开发；高新区设立深圳虚拟大学园，市政府安排资金支持其发展，为各入园大学提供办公设施及优惠的科研、教学、生活条件；鼓励企业、高等学校、科研机构在高新区创办从事技术创新的企业和机构，或者从事技术创新的研究开发活动，并可对其创新活动给予资金支持；鼓励企业、高等学校、科研机构和其他组织或者个人在高新区设立为培养初创阶段的小企业或者合伙成长的创业服务机构（孵化器）；创业服务机构（孵化器）可以享受本市扶持高新技术产业的优惠政策；市政府设立的信用担保机构应当为高新区中小企业提供以融资担保为主的信用担保。《深圳市鼓励科技企业孵化器发展的若干规定》强调了市政府从科技三项费用中安排一定金额作为科技企业孵化器建设专项资金，一次性无偿资助通过认定的科技企业孵化器，每个科技企业孵化器的资助额为其总投资额的 20%，最高为 300 万元人民币；通过认定的科技企业孵化器，自认定之日起由市财政参照对高新技术企业的扶持政策给予补贴；根据实际情况，科技企业孵化器公用服务设施，按有关制度规定报税务机关批准后可实行加速折旧，以促进科技企业孵化器更新和改造；科技企业孵化器在为入孵企业办理调干调工、毕业生分配、入户、出国赴港澳等手续方面享受深圳市高新技术企业政策优惠。

（2）鼓励风险投资、资助高新区非上市公司改制，扩大高技术企业的投融资市场，提高企业的管理水平。《深圳经济特区高新技术产业园区条例》规定了风险投资机构在高新区对高新技术企业的投资额占总投资额的比重达到一定比例后，可享受市政府扶持高新技术产业的优惠政策；市政府鼓励风险投资机构重点投资处于初创阶段的有高科技含量和发展前景的企业或者项目；风险投资机构可以通过企业购并、股权回购、证券市场上市以及其他方式，回收其风险投资；《深圳高新区非上市股份有限公司进入代办股份转让系统改制和挂牌资助资金管理办法》明确了高新区非上市公司进入代办转让系统改制和挂牌资助资金资助范围：改制挂牌过程中实际发生的审计费用、法律服务费用、辅导费用、验资费用；主办券商推荐公司进入代办转让系统的推荐费用；必要的资产评估费用、财务顾问费用；办理相关工商登记变更费用；进入代办转让系统及正式挂牌所发生的相关费用。高新区非上市公司进入代办转让系统改制和挂牌资助资金资助标准：改制资助——每家企业按实际发生费用最高资助 30 万元人民币；代办转让系统挂牌资助——每家企业按实际发生费用最高资助 150 万元人民币。

11.2　深圳市高技术产业财税政策

（1）采取减免、返还高技术企业及产品的所得税、营业税等形式，鼓励高技术企业的全方面、多元化发展。

第一，对企业的优惠。《深圳市政府关于进一步扶持高新技术产业发展的若干规定》规定了对新认定的高新技术企业实行 2 年免征所得税、8 年减半征收所得税的优惠；对现有的高新技术企业，除享受原有的所得税优惠外，再增加 2 年减半征收所得税的优惠；企业按规定减免所得税期满后，当年出口产品产值达到当年产品产值 70%以上的，经税务部门核实可减按 10%的税率征收企业所得税；高新技术企业引进技术的消化、吸收项目投产后，不论该企业以前是否享受过所得税减免优惠，经市政府有关部门认定、税务部门批准，对该项目所获利润给予 3 年免征所得税的优惠；高新技术企业和高新技术项目的增值税，可以卜一年为基数，新增增值税的地方分成部分，从 1998 年起（新认定的高新技术企业和高新技术企业项目从被认定之年算起）3 年内由市财政部门按 50%的比例返还企业；属于深圳市注册企业自行开发并达到国内先进水平、具有重大广应用价值的计算机软件，年销售额达到 1 000 万元以上的，3 年内由市财政部门对该产品新增增值税的地方分成部分按80%的比例返还；对从事高新技术产品开发的科研机构和企业自行研制的技术成果，其技术转让以及技术转让过程中发生的技术咨询、技术服务和技术培训所得，年净收入在 30 万以下的部分免征所得税，超过的部分依法缴纳所得税。上述技术成果转让的收入免征营业税。除此之外，高新技术企业可按当年销售额的 3%~ 5%提取技术开发费用，其中对集成电路、程控交换机、软件和电子计算机四种产品提取比例可达到 10%，所提取的技术开发费当年未使用完的，余额可结转下一年度，实行差额补提，但须在下一年度当年使用完毕。《深圳市高新技术企业优惠政策》规定了创业投资企业采取股权投资方式投资于未上市的中小高新技术企业 2 年以上的，可以按照其投资额的 70%在股权持有满 2 年的当年抵扣该创业投资企业的应纳税所得额；当年不足抵扣的，可以在以后纳税年度结转抵扣。

第二，对产品的优惠。《深圳市新产品税收优惠政策实施暂行办法》明确了在深圳市首家生产的发明专利产品和国家级新产品在 3 年内、实用新型专利产品和省市级新产品在 2 年内，市财政局对生产企业新增利润部分的所得税实行全额返还；对新增增值税的地方分成部分（25%），由市财政局按不低于 50%的比例返还。《深圳市政府关于进一步扶持高新技术产业发展的若干规定》规定了属于国家级新产品试制鉴定计划或试产计划的产品，以及在深圳市首家生产的发明专利产品自产品销售之日起 3 年内，省市级新产品试制鉴定计划或试产计划的产品，以及在深圳市首家生产的实用新型专利产品自产销售之日起 2 年内，由市财政部门对该产品新增利润实际缴纳的所得税实行全额返还，对新增增值税的地方分成部分按 50%的比例返还。

第三，个人所得税优惠及其他税收优惠。《深圳市政府关于进一步扶持高新技术产业发展的若干规定》明确了高新技术企业和高新技术项目奖励和分配给员工的股份，凡再投入企业生产经营的，不征收个人所得税；已实际分红或者退股的，按分红或者退股的数额计征个人所得税。同时，还规定了高新技术企业和高新技术项目新建或新购置的生产经营场所，自建成或购置之日起 5 年内免征房产税；高新技术企业和高新技术项目所签订的技术合同免征印花税；高新技术企业和高新技术项目根据需要，按有关文件规定可以对生产和科研设备采取加速折旧的方法，促进企业设备更新和技术改造；对高新技术企业和高新技术项目用地，免收土地使用权出让金；有限责任公司股东作价出资的技术成果，经市科技主管部门认定属于最新技术的，其占注册资本的比例可扩大到 35%。《深圳市鼓励高新技术产业发展的主要税收优惠政策》明确了高新技术企业和高新技术项目新建或购置的新建房屋，自建成或购置次月起 3 年内免征房产税。

（2）通过加大财政投入、扩大经费规模等形式，加强对高新技术产业发展的支持力度。《深圳市政府关于进一步扶持高新技术产业发展的若干规定》中指出，1998年市本级科技三项经费达到当年预算内财政支出的 1.5%，以后逐年增长，到 2000年达到预算内财政支出的 2%；强化市高新技术产业投资服务公司的作用，增强其为高新技术产业发展提供担保和股权投资的功能。同时在建立专家咨询制度的基础上，从 1998 年起市财政分 3 年每年对公司注资 1 亿元，使公司注册资本到 2000年达到 4 亿元。

（3）鼓励高新技术企业开展对外合作及鼓励科技企业孵化器的发展，进一步推进高技术企业的可持续发展。《深圳经济特区高新技术产业园区条例》鼓励高新区的企业在境外进行投资、融资、经营、研发和国际经济、技术、人才的交流与合作。《深圳市关于加快高新技术产业人才队伍建设和人才引进工作的若干规定》明确了通过国家外国专家局和中国国际人才交流协会的驻外机构，大力协助深圳市高新技术企业聘请外国专家和申请国家引智专项经费，解决高新技术企业生产管理中的问题或开发新产品、拓展新项目的需要。

11.3　深圳市高技术产业人才政策

（1）通过解决户籍、人才子女困难等各方面问题，扶持高技术企业引进高质量、高素质的人才。《深圳经济特区高新技术产业园区条例》规定市政府有关行政管理部门应当为高新区引进的留学人员、外省市科技和管理人才办理《人才工作证》或者有关户籍手续；拥有《人才工作证》的人员可以在子女接受义务教育、购买住房等方面享受本市户籍人员的同等待遇。《深圳市公布关于鼓励出国留学人员来深创业的若干规定》规定留学人员配偶的工作，采取个人联系和组织安排相结合的办法解决。对确有困难，长时间找不到工作单位的，由市、区人事、劳动部门协助安排；属教师、医护人员的由市、区教育、卫生部门协助解决；配偶暂无工作单位的，其行政关系免费挂靠市、区人才交流服务机构；留学人员随归子女入托、入中小学，凭市引智办开具的证明，由市、区教育部门应根据就近入学原则优先安排；在国外出生或在国外生活 5 年以上的随归子女,应优先安排在市、区两级的外语学校就读,在 3 年语言适应期内初中毕业升入高中时,在全市统一文化考试中降低 10 分投档。《深圳市关于加快高新技术产业人才队伍建设和人才引进工作的若干规定》明确了对高新技术企业和高新技术项目从市外引进的具有本科以上学历的应届毕业生、专业技术人员和管理人员及配偶、副高级以上专业技术职称人员及配偶、留学取得学士学位以上的留学人员及配偶,所需指标给予优先安排,重点保证。

(2) 通过安排专项基金、科研经费等形式,鼓励留学人员投资、创业,扶持高技术企业引进高水平的人才。《深圳市公布关于鼓励出国留学人员来深创业的若干规定》强调了从 2000 年起市财政每年安排 1 000 万元、科技三项经费每年安排 2 000 万元,作为支持留学人员来深创业资金。该专项资金的主要用途:一是建立、完善市高新技术产业园区留学生创业园;二是对留学回国人员在科技开发、技术成果转化和产业化方面予以适当资金支持;三是对留学回国人员创办的高新技术企业给予贷款贴息。《深圳经济特区高新技术产业园区条例》规定留学人员受聘在高新区担任专业技术职务的,不受聘用单位指标的限制;留学人员在国外取得专业执业资格,其所在国与我国有互认协议的,可以在本市办理相应的执业资格证书。《深圳市公布关于鼓励出国留学人员来深创业的若干规定》规定留学回国人员凭市引智办出具的留学人员"资格审查证明"或"留学人员来深工作证明书"和本人护照可以成为公司的股东,可以注册外商投资企业或者内资企业;从事科研工作,其研究课题经市科技局认定属于高新技术项目的,可获一次性科研启动经费 10 万~15 万元人民币;兴办评估、咨询、顾问等中介服务机构或第三产业的,各有关主管部门应积极支持;以专利、非专利技术成果入股的形式投资的,其技术成果作价可占注册资本的 25%,经市科技局认定的高新技术成果的作价金额可达注册资本的 35%;高新技术产业园区设立"深圳市留学回国人员创业园",吸引留学回国人员进入园区内从事科学研究、产品开发和成果转化;对来深圳创业、工作,并愿意落户的留学人员,年龄一般应在 45 岁以下,留学人员可凭市引智办开具的证明直接到市公安机关办理入户手续;经市科技部门确认的持有重大的科技发明成果人员,年龄可适当放宽;留学回国人员配偶调动时不受调干、调工指标限制并免于调干、调工考试。同时还规定凡来深圳入户的留学人员及其配偶和未成年子女,免交城市基础设施增容费;留学回国人员出国前的工龄,按《深圳经济特区基本养老保险条例》有关规定应缴交的养老保险费,由用人单位负担,缴交后,按国家规定的连续工龄视为缴费年限;留学回国人员评聘专业技术职称和职务,不受评聘时限和岗位职数的限制;留学回国人员在办理完其本人、配偶的落户手续后,即可向市住宅局申请购买一套微利商品房。

第一,采取优先办理出国手续、建立高等学校博士后流动站信息库等方式,促进高技术企业人才的高效率。《深圳经济特区高新技术产业园区条例》规定了外事部门对因公临时出境的高新区的高新技术企事业人员,优先办理赴港长证和一次审批一年多次有效的出国任务批件。《深圳市公布关于鼓励出国留学人员来深创业的若干规定》明确了市公安、外事部门应进一步简化留学回国人员再出国(境)手续,优先为其办理一次审批一年内多次出国有效批件和多次往返港澳通行证,保证其来去自由;其创办的科技型企业员工的出入国(境)手续,由市科技局协助办理。《深圳市关于加快高新技术产业人才队伍建设和人才引进工作的若干规定》明确了要建立高等学校博士后流动站信息库,协调高新技术企业物色博士后研究人员;推荐选拔专家时,在同等条件下,优先推荐高新技术企业中的候选人。

第二,采取组织留学人员创业奖评选活动、保护知识产权等方式,激励高技术企业人才的高科技。《深圳市公布关于鼓励出国留学人员来深创业的若干规定》强调了对深圳科学技术、经济社会发展做出突出贡献的留学回国人员,由市引智办会同市科技局每年组织一次"深圳市留学回国人员创业奖"评选活动,获奖者以深圳市人民政府名义予以表彰,奖金免征个人所得税;获奖者同时可申报市科技进步奖、中银奖、市青年科技奖。《深圳经济特区高新技术产业园区条例》规定了高新区的组织和个人的知识产权受法律保护,任何组织和个人不得侵犯。同时鼓励高新区的企业、高等学校、科研机构及相关人员进行专利申请、商标注册、软件著作权登记,取得自主知识产权,并对自主知识产权采取保护措施。

第三,通过协助人员的出国培训,提高高技术企业人才的高能力。《深圳市关于加快高新技术产业人才队伍建设和人才引进工作的若干规定》大力协助高新技术企业派遣技术和管理人员出国(境)培训,学习国外先进的技术和管理方法,并在办理手续时给予优先照顾;鼓励高新技术企业和国内外高等学校、科研机构联手设立科研、培训基地;积极协助高新技术企业人员申请由中国国际人才交流协会和中国香港蒋氏基金合作承办的蒋氏基金培训,并协助办理有关手续。

第12章　各地区高技术产业政策比较分析

在我国高技术产业发展的过程中,各地区的条件、基础和发展需要不同,因此各地区在投融资政策、财税政策、人才政策、产学研政策、知识产权政策以及产业促进政策等方面都制定适合自己发展模式的高技术产业政策。这些政策有些非常相似,有些又截然不同。本章我们将对前述的北京、天津、西安、成都、深圳等地方政策的共性和差异性进行比较研究,总结经验,研究规律,为我国其他地区制定高技术产业政策提供借鉴。

12.1　投融资政策比较

本节内容大致描述了北京、天津、成都、西安和深圳五个城市高技术产业的投融资政策。通过比较发现,由于各城市在经济发展、资本市场等方面存在差异,各地区所采取的政策措施也有所不同(表12-1)。

表 12-1　各城市投融资政策内容

城市	投融资政策
北京	1. 鼓励高技术企业利用资本市场进行融资,对改制、代办系统挂牌和境内外上市的高技术企业分别予以资金补贴 2. 高技术企业各项研发费用可计入成本或抵扣纳税所得额 3. 鼓励外商和留学人员设立高技术企业和从事产品研发 4. 智力资本、知识产权和科技成果可作为企业注册资本
天津	1. 设立各项产业发展专项资金用于支持高技术企业 2. 高技术企业和科技化产业项目可获得配套资金和贷款贴息支持 3. 鼓励高技术企业利用资本市场进行融资,对完成股份制改造和在国内外成功上市的高技术企业予以奖励 4. 鼓励各类投融资服务机构为高技术企业提供投融资服务 5. 鼓励企业、高等院校和科研院所承担各级科技项目 6. 鼓励高技术企业加大科研投入 7. 新建高技术企业可获得资金支持和房租补贴
西安	1. 鼓励各类投融资服务机构为高技术企业提供投融资服务 2. 高技术企业和研发机构可获得房租补贴 3. 鼓励高技术企业加大研发创新投入 4. 鼓励软件与服务外包企业开展出口业务 5. 支持骨干企业利用多层次资本市场进行融资

城市	投融资政策
成都	1. 鼓励企业加大研发创新投入 2. 鼓励高技术企业利用资本市场进行融资，为申请上市和已成功上市的高技术企业提供资助和奖励 3. 鼓励各类投融资服务机构为高技术企业提供投融资服务 4. 银行为高技术企业提供资金支持 5. 支持软件企业开展出口业务
深圳	1. 支持高技术企业通过债券和股票市场进行融资 2. 银行为高技术企业提供资金支持 3. 鼓励高技术企业加大研发创新投入 4. 鼓励创办风险投资机构 5. 鼓励内地科技人员和出国留学人员创办科技型企业 6. 鼓励软件企业开展出口业务

1. 政府扮演角色各不相同

由于北京、天津和深圳属于经济发达地区，市财政收入较为宽裕，因此市财政对高技术产业的支持力度相对较大。其中，北京市和深圳市政府分别采取市财政出资的方式，引导设立科技创新有限公司或投资机构，通过多渠道筹资科技创新资金。科技创新资金以市场调研投入、项目开发、风险投资、贷款贴息、贷款担保等方式，支持高技术企业发展。而天津则是由高技术园区管理委员会设立"投融资发展专项资金"和"鼓励软件与服务外包产业发展专项资金"，用于支持高技术企业投融资工作。

2. 各类投融资服务机构所享受的优惠政策有所差异

1）风险投资机构

首先，天津、深圳和西安为鼓励风险投资机构向高技术产业提供资助，实行对高技术产业投资额达到总投资一定比重（天津和深圳规定的比重都是 70%，而西安为 50%）的风险投资机构，可比照执行高技术企业税收优惠政策；其次，天津、深圳和西安的风险投资机构每年可以按照投资额提取一定比例的风险补偿金（天津和深圳允许的比例都为 3%~5%，而西安则规定不超过 3%）。成都则建立软件产业风险投资基金，采取跟进的方式与风险投资机构共同支持高技术企业发展，风险投资基金跟进投资部分由风险投资机构代为管理，按股权收益收取一定的管理费用，并可按协商价格购买风险投资基金的股份。

2）担保贷款机构

天津、西安和成都采取对担保贷款机构进行补贴的方式，鼓励担保贷款机构为高技术企业提供贷款担保服务。天津根据担保机构的年日均担保额为担保机构提供担保补贴，并且当担保机构发生代偿损失时，担保机构也可获得一定比例的代偿损失补贴；而西安主要是针对为科技型中小企业提供担保贷款的担保机构进行担保补贴。特别地，天津为鼓励各类投融资服务机构支持高技术企业的投融资工作，对在高技术园区内开展投融资服务工作的信用评级机构和投融资机构，按照其业务开展情况给予奖励。成都为促进软件产业发展，对为软件企业提供融资担保 1 年以上的投资担保机构，按照其担保总额给予一定奖励。

3. 鼓励企业利用资本市场进行融资

为鼓励企业利用资本市场进行融资，深圳每年从债券发行总额中拨出 20%的额度给符合发行条件的高技术企业，优先批准符合上市条件的股份制高技术企业股票上市；北京则以放宽对高技术企业申请发行股票和债券的限制条件的方式，鼓励企业进入资本市场进行融资；天津和成都则以资金奖励的方式鼓励企业在国内外证券交易所挂牌上市。

4. 鼓励企业、高等学校和科研机构加大科研投入

为鼓励企业加大研发投入力度，北京、西安和深圳允许高技术企业研发费用可在计征所得税前予以扣除，企业设备购置费可直接计入成本，特别地，北京为鼓励高等学校和科研院所进行科研创新，对高等学校和科研院所的进口设备免征关税和进口环节税；成都则设立创新基金用于支持企业进行技术创新。

12.2　财税政策比较

本节内容大致描述了北京、天津、西安、成都和深圳五个城市与高技术产业发展相配套的财税政策，其相关财税政策基本都是围绕税收、土地和财政三个方面制定的（表 12-2）。

表 12-2　各城市财税政策内容

城市	财税政策
北京	1. 税收政策：①高技术企业可享受所得税优惠；②个人所得税优惠；③其他税收优惠：进口关税和进口环节税、固定资产方向调节税和房产税、高技术成果产业化项目可享受所得税优惠 2. 财政政策：①政府出资引导设立投资机构支持高技术企业发展；②发挥政府采购政策对高技术企业的扶持作用；③财政安排专项资金用于支持高技术企业的发展；④高技术企业可享受土地使用权出让金及市政配套费减免
天津	1. 税收政策：①高技术企业可享受所得税、营业税、增值税、房产税和印花税减免优惠，高技术企业可按销售费用提取开发费用；②个人所得税优惠；③其他税收优惠：技术性服务收入免征企业所得税和营业税、高技术成果产业化项目可享受营业税、所得税和增值税优惠 2. 财政政策：①政府优先采购高技术企业的产品；②高技术企业可获得财政扶持；③高技术企业生产经营用地、用房可减免相关费用

续表

城市	财税政策
西安	1. 税收政策：①外资高技术企业可享受所得税、营业税优惠、内资企业可享受所得税、营业税和增值税优惠；②个人所得税优惠；③其他税收优惠：技术性服务收入可享受所得税优惠、创业服务和中介服务机构可享受所得税优惠、进口设备可免征进口关税和进口环节税 2. 财政政策：①土地使用费和市政配套费减免优惠；②依据企业高技术项目类别和投资强度给予企业土地价格优惠；③政府采购；④政府为高技术企业提供资金支持和贷款利息补贴
成都	1. 税收政策：①高技术企业可享受所得税、增值税、产品税、营业税和进出口关税减免优惠；②个人所得税优惠；③其他税收优惠：高技术企业进口设备可免征关税和进口环节税 2. 财政政策：高区的软件企业可获得土地价格优惠和房租补贴
深圳	1. 税收政策：①高技术企业可享受所得税、印花税、增值税、房产税和契税减免优惠；②个人所得税优惠；③其他税收优惠：国家级和省市级新产品均可享受所得税和增值税减免、技术性服务收入可享受所得税减免、进口所需设备可免征关税和进口环节增值税、高技术成果化项目可享受所得税、营业税和增值税减免 2. 财政政策：①高技术企业科研和生产经营用地相关费用可享受减免优惠；②高技术企业可享受生产性用电、用水补贴

1. 税收优惠政策

1）企业所得税

西安按照企业性质给予企业不同的所得税优惠政策：规定经营期在 10 年以上的外商投资企业可从获利年度起，第一年至第二年可免征所得税，第三年至第五年按 7.5%的缴纳所得税，减税期满以后，仍属于高技术企业的，可递延三年按 10%的税率缴纳所得税，其余年按 15%缴纳，新办的内资高技术企业可免征两年所得税，内资高技术企业和国有大中型投资的高技术企业均按 15%征收企业所得税；深圳高技术企业可享受 2 年免征、8 年减半的所得税优惠政策；北京则规定经营期在 10 年以上的高技术企业可按照上一年所得税缴纳额享受所得税返还；成都高技术企业自成立之日起按 15%缴纳企业所得税；天津高技术企业享受 3 年免征、7 年减半的所得税减免优惠政策。特别地，深圳、成都和天津规定高技术企业在享受企业所得税减免优惠政策期满后，企业产品出口额达到当年总产值 70%以上的，仍可按 10%的税率征收企业所得税。

2）高技术成果化项目税收优惠政策

天津和深圳高技术成果产业化项目可享受企业所得税、增值税和营业税的减免或返还；而北京高技术成果产业化项目只享受所得税优惠。

3）提供技术转让、技术咨询和技术培训收入的税收优惠政策

天津、西安和深圳规定高技术企业、高等学校和科研机构进行技术转让以及与技术转让相关的技术咨询、技术培训所得收入，可免征所得税和营业税；而成都规

定只是高技术企业从事技术转让以及与技术转让相关的技术咨询和技术培训所得收入，才可部分免征企业所得税。

4）其他税收优惠政策

天津、深圳规定高技术企业可享受印花税、房产税的减免优惠；成都则规定高技术企业新建技术开发和生产经营用房可免征建筑税。

2. 土地优惠政策

北京、天津、成都和深圳主要从土地使用权出让金及市政配套费减免、免收契税和相关费用等方面给予高技术企业相关优惠政策，而西安则是根据高技术企业的投资项目类别和投资规模，给予高技术企业不同的土地价格。

3. 财政补贴政策

北京市政府市、区县两级财政从高技术企业纳税额新增部分中拿出50%安排预算，以及加大财政对科技的投入力度，支持高技术企业的发展；西安高区管理委员会给予科研机构房租补贴；深圳市政府对集成电路产业园区内企业免收土地使用权出让金、市政配套费和土地开发费，对高技术企业的生产性用电、用水给予补贴。

12.3　人才政策比较

本节内容大致从人才引进、人才培训和人才激励三个层面描述了北京、天津、西安、成都和深圳五个城市与高技术产业相配套的人才政策之间的差异（表 12-3）。

表 12-3　各城市人才政策内容

城市	人才政策
北京	1. 人才引进：高技术人才可办理北京市户口 2. 人才激励：①给高技术人才授予专业技术职务或荣誉称号；②高技术成果完成人可享有项目股权收益 3. 人才培训：鼓励企业、高等学校联合培养创新型人才
天津	1. 人才引进：①科技领军人才可获得项目启动和配套资金；②生活配套：科技领军人才和留学人员可享受住房补贴和子女教育津贴、博士后可获得科研经费和安家费补贴、优先解决高技术人才配偶就业和子女上学问题；③其他优惠政策：医疗保险 2. 人才激励：优先推进授予高级人才荣誉称号和享受特殊津贴 3. 人才培训：①鼓励企业和机构建立大学生实训基地；②安排专项培训费用于软件与服务外包产业人才培训
成都	1. 人才引进：①引进人才可获得创业创新经费支持；②生活配套：外籍引进人才及其配偶子女可享受出入境便利、留学人员和高技术人才可办理成都市常住户口、优先为高级人才提供住房、优先解决高技术人才配偶就业和子女上学问题；③其他优惠政策：医疗保险 2. 人才激励：①授予高技术人才专业技术职称和各项荣誉称号；②对高技术人才实施现金、期权、股权和企业年金等激励方式；③引进人才可担任领导职务 3. 人才培训：对软件企业人才培训予以适当补贴

续表

城市	人才政策
西安	1. 人才引进：①留学人员创业可获得资助；②生活配套：留学人员可优先办理落户手续、优先安排高技术人才子女入托和入学、高技术人才可享受住房或租房补贴、放宽留学人员创业条件、企业可申请高端人才寻访费用、支持骨干企业创新人才队伍建设 2. 人才激励：①贡献突出的高级人才可获得住房奖励；②留学人员职称评定可依据其海外的经历和学识水平 3. 人才培训：①鼓励软件及服务外包企业到境外培训；②鼓励企业开展内部培训；③鼓励培训机构开展职业培训；④鼓励企业建立高等学校学生实训基地
深圳	1. 人才引进：①市财政安排专项资金用于支持留学人员创业；②生活配套：高技术人才配偶可优先安排工作指标、留学人员子女上学可享受优待、高技术人才可享受住房优惠、高技术人才及其配偶子女可免交城市增容费 2. 人才激励：①对贡献突出的科技人员予以重奖；②对知识产权的职务发明人、设计人以及主要实施者予以资金奖励；③优先安排高技术人才的干部调入指标 3. 人才培训：①支持技术和管理人员出国培训；②鼓励高等学校扩大软件专业招收规模

1. 人才引进

北京规定高技术人才可办理本地户口；天津人才引进政策主要针对科技领军人才，科技领军人才可享受住房补贴和个人所得税奖励，另外，天津高新区为科技领军人才项目提供资金资助，留学人员、博士后也均可享受生活补贴和住房优惠；西安人才引进主要针对留学人员，规定留学人员可优先办理落户手续，享受住房补贴，留学人员子女可优先安排上学，设立专项资金以无偿资助、贷款贴息和有偿资金投入的方式扶持留学人员创业；成都高技术人才除了可办理本地户口，可享受住房优惠和各项福利待遇以外，还可以担任高等学校、科研院所和国有企业等单位的领导职务；深圳优先安排高技术人才配偶就业和子女上学，以及提供优惠住房，为其提供良好的生活条件，另外，市财政安排专项资金用于支持留学人员创业。

2. 人才培训

天津和成都通过对大学生实训基地予以资金补贴，以及安排专项培训费用的方式，注重对软件与服务外包产业人才培训；西安则是通过鼓励企业派遣员工到境外培训、企业内部开展培训、培训机构进行职业培训或是企业建立学生实训基地的方式，对高技术人才进行培训；深圳除了支持高等学校扩大软件专业招生规模，注重人才培养之外，还支持技术和管理人员出国培训。

3. 人才激励

北京、天津分别通过高技术成果完成人可享受项目股权收益、享受个人所得税返还的方式对高技术人才予以资金奖励；成都则通过设立创新奖励基金，激发高技术人才的创新潜能；西安则是给予高技术人才住房奖励；深圳通过组织各类评奖活动，对贡献突出的科技人员予以重奖，以及对知识产权的职务发明人、设计人作者以及主要实施者予以资金奖励；深圳、北京和成都还为贡献突出、成绩显著的科技人员授予相应的荣誉称号或专业职称。

12.4　产学研合作政策比较

北京、天津和深圳针对高技术产业发展特点，鼓励高技术企业、高等学校和科研机构相互之间开展产学研合作。北京、天津和深圳为促进开展产学研合作，支持企业、高等学校和科研机构共同建立产学研合作基地、工程（技术）研究中心和博士后流动站等机构，加强交流合作；天津除了鼓励企业与高等学校和科研机构建立产学研合作基地之外，还强调企业与机构主导建立产业技术联盟，并对企业实施的重点产学研合作项目予以资金资助；而北京在支持建立各种研发机构的同时，还强调高技术人才在企业、高等学校和科研机构相互流动，支持企业与高等学校和科研机构之间共同培养研究生，加强人才交流和人才培养，实现人才资源共享；深圳还特别设立了虚拟大学园，为进入高技术产业园区的大学提供各类优惠条件（表12-4）。

表 12-4　各城市产学研合作政策内容

城市	产学研合作政策
北京	1. 政府对产学研合作项目给予优先和重点支持 2. 设立市级中小企业创业投资引导基金 3. 鼓励企业引入高等学校、科研院所的科技资源，建立企业技术研发机构 4. 鼓励高等学校、科研院所和企业之间实现资源共享 5. 企业与高等学校、科研院所合作产生的技术性服务收入免征所得税 6. 鼓励企业联合高等学校、科研院所对引进的技术或知识产权进行消化吸收再创新
天津	1. 对产学研合作项目予以资金支持 2. 设立"产学研合作突出贡献奖"
西安	促进高等学校、科研院所重大技术向骨干企业转移
深圳	1. 支持企业、国内外著名院校和科研院所合作创办产学研基地、博士后流动站 2. 设立深圳虚拟大学园，为入园企业提供各类优惠条件

12.5　知识产权政策比较

天津通过加强对知识产权的管理和保护、对知识产权的职务发明人及主要实施者给予奖励和支持企业保护知识产权和打击专利侵权行为的方式，鼓励高技术企业自主创新；成都知识产权政策最为完善，分别从完善知识产权服务体系、加强知识产权保护、加强知识产权宣传普及、鼓励知识产权的创造和运用、加强知识产权制度建设、加强知识产权人才队伍建设和扩大知识产权对外交流合作七个方面制定了相应的知识产权政策，鼓励企业进行自主创新；深圳则通过加强对知识产权的管理和保护，以及对知识产权的职务发明人及主要实施者给予奖励的方式，鼓励高技术企业自主创新（表 12-5）。

表 12-5　各城市知识产权政策内容

城市	知识产权政策
北京	1. 政府对获取专利权、商标注册和著作权登记的单位予以奖励和补贴 2. 加强政府对知识产权的法律保护
天津	1. 高技术企业申请专利费用可获得资助 2. 已授权专利可获得资金奖励和经费资助 3. 鼓励企业实施知识产权战略 4. 支持企业保护知识产权和打击专利侵权行为
西安	加强骨干企业技术标准及知识产权创造和保护工作
成都	1. 加强知识产权制度建设 2. 加强知识产权宣传普及 3. 鼓励知识产权的创造和运用 4. 加强知识产权保护 5. 完善知识产权服务体系 6. 加强知识产权人才队伍建设 7. 扩大知识产权对外交流合作
深圳	1. 加强知识产权的管理和保护 2. 对知识产权的职务发明人及主要实施者给予奖励

12.6　产业促进政策比较

北京、天津鼓励高技术企业与其他各类企业进行合并和资产重组，或通过行业内并购扩大经营规模；北京、天津和西安都鼓励通过申请国际认证开拓国际市场；北京、天津和西安支持高技术产业孵化基地、技术交易市场等公共服务平台建设；特别地，成都允许高技术企业拥有产品自主定价权（表 12-6）。

表 12-6　各城市产业促进政策内容

城市	产业促进政策
北京	1. 支持以应用研究为主的科研机构向企业整体转制 2. 鼓励高技术企业与其他各类企业进行合并和资产重组 3. 加快技术交易市场和高技术产业孵化基地建设 4. 支持企业开拓国际市场

续表

城市	产业促进政策
天津	1. 鼓励企业开拓国际市场和申请国际认证 2. 加快科普基地和孵化基地建设 3. 建设多元化的技术创新投入体系 4. 设立各类奖项 5. 鼓励企业通过行业内并购扩大经营规模
西安	1. 鼓励企业申请相关的国际认证 2. 建立和完善企业技术创新平台 3. 引导、支持骨干企业组建产业联盟 4. 建立和完善公共服务平台 5. 鼓励创意产业企业加强对外交流合作 6. 对创意产业原创及优秀作品给予奖励
成都	企业高技术产品可以自行定价

第四篇 探索：海南省高技术产业优势培育与政策建设

第13章 海南省高技术发展现状研究

高技术产业作为海南省重点扶持发展的战略性支柱产业,对海南省产业结构调整与经济发展方式转变影响深远。近年来,随着海南省"科教兴琼"和"人才强省"战略的实施,海南省高技术产业正逐步克服起步晚、底子薄的劣势,并在高技术产业发展规模、产业集聚、产业园区建设以及技术创新能力等方面都取得了长足进步。目前已初步形成以电子信息、生物与新医药、新材料、资源与环境等多个领域为重点的高技术产业发展格局。随着东软、英利、中航特玻、惠普、灵狮、汉能等国内外巨头相继进驻,海南高新技术产业正在强势崛起。高技术产业在企业发展、园区发展、产业集群、自主创新、技术创新环境、技术投入产出以及投资效率等方面都呈现出新的特点。本章将主要应用描述性统计和数据包络分析(data envelopment analysis,DEA)等多种定量方法对海南省高技术发展现状进行归纳与总结。

13.1 高技术产业发展现状的总体评价

1. 高新技术企业稳步发展

海南省高新技术企业数量不多,产值不大,但总体呈现了稳步发展的态势。从企业平均创造的工业总产值和工业增加值来看,在过去5年间,海南省高新技术企业平均每家创造的工业总产值分别为1.31亿元、1.59亿元、1.53亿元、2.36亿元、2.63亿元,平均每家创造的工业增加值分别为0.30亿元、0.37亿元、0.36亿元、0.58亿元、0.64亿元,因此,在企业数量变化不大的情况下,海南省高新技术企业创造的工业总产值、工业增加值增长明显(图13-1)。相应的,平均每家工业总产值、平均每家工业增加值、出口创汇数额总体也呈现出逐年上升的趋势(图13-2)。尽管海南省高新技术企业对海南省工业总产值以及工业增加值的贡献在2006~2007年有所波动,但是海南省高新技术企业对海南省经济的贡献总体上还是呈现了向上增长的趋势(图13-3)。

2. 优势产业集聚明显增强

海南省高新技术企业主要分布在医药产业、汽车制造产业、新材料产业、石油化工产业等领域。高新技术企业正向产业集群趋向发展,高新技术产业集聚效应明显。

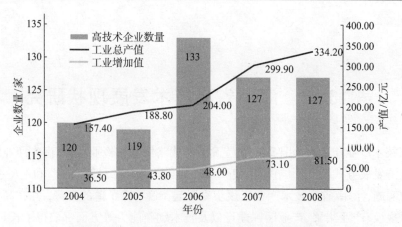

图 13-1　2004~2008 年高新技术企业产值情况

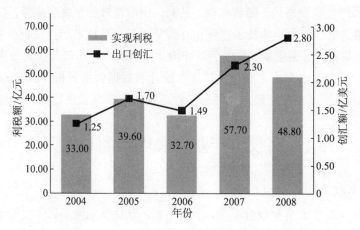

图 13-2　2004~2008 年高新技术企业利税及创汇情况

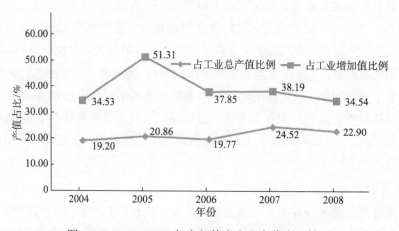

图 13-3　2004~2008 年高新技术企业产值占比情况

在医药产业方面，海南"药谷"在国内颇具知名度。医药产业的高新技术企业有44 家，占全省总数的 33.5%。2006 年，药谷二期总投资 15.6 亿元，年产值 25 亿元。在总收入超亿元的 38 家高新技术企业中，医药企业有 12 家。海南省的 10 个国家重点高新技术企业中，就有 7 家医药企业，其中的先声药业有限公司等已成为海南制药产业的龙头。

在汽车制造产业方面，一汽海马福美来轿车 2 代畅销市场。随着海马自主知识产权的发动机研发成功和投产，以及第二零部件工业园区的建设，已有 14 家海马汽车的零部件供应商跟随投资建设，投资额达 16 亿元。目前，一汽海马正着手研发纯电动乘用车，将促进汽车产业集群进一步扩大。

新材料产业方面，欣龙控股（集团）股份有限公司创建的"国家非织造材料工程技术研究中心"是国家级技术创新中心，研发的产品已具国际先进水平，是国内无纺行业当之无愧的龙头企业。海南盛之业高新技术有限公司研发的聚酯切片油瓶级片材专用料产值达 17 亿元。海南赛诺实业有限公司研发、生产的烟用包装薄膜、环保型高阻隔涂布膜，是国家烟用辅料定点生产企业，是中国目前最大的涂布膜生产企业，2006 年创工业总产值 1.5 亿元。

石油化工产业方面，海南中海油气有限公司，自主创新、研发生产国家经济发展缺口较大的苯、甲苯、二甲苯，2006 年实现产值 5 亿元。海洋石油富岛有限公司研发新型高效肥料，提高了肥料利用率，减少了环境污染，还解决了我国化肥磷、钾不足的问题，发展了民族肥料产业，增强了民族肥料产业的国际竞争力。[①]

3. 产业园区发展初见成效

高新技术产业基地建设初具成效，产业基础建设阶段已基本完成，有力地推动了海南新兴产业的发展。海南省现已初步形成海口国家高新技术产业开发区、省高新技术产业示范区、洋浦经济开发区、东方化工城、昌江循环经济工业区、三亚创意园等高新技术产业园区。其中，海口国家高新技术产业开发区理顺管理体制，积极争取优势项目，以项目推动开发，初步形成了以"海马"为基础的汽车及零部件产业基地、以"海口药谷"为基础的高新区生物技术与新医药产业基地、以狮子岭飞地工业为基础的高科技工业园区基地，形成了"一区多园"的集群化产业发展格局。至 2007 年年底，海口国家高新技术产业开发区有企业 123 家，其中高新技术企业 48 家。2007 年区内高新技术企业实现工业总产值 165.9 亿元，工业增加值 31.8 亿元，总收入 160.9 亿元，利润 15.4 亿元，实际上缴税 11.5 亿元，出口创汇 10 828 万美元，科技活动经费支出 4.7 亿元，从业人员 13 101 人。

4. 高新技术产业化集群初步形成

海南省高新技术产业发展态势，已初步形成北部以海口市为中心，建设全省性

---

① 海南省高新技术产业发展亮点频频. 中国科学技术部，www.most.gov.cn，2007-05-08

的技术创新和技术集成聚集区；南部以三亚为中心，发展软件创意产业和热带特色农业高技术产业集群；西部以东方化工城和洋浦开发区为中心，形成油气化工、新材料高技术产业集群；东部以文昌、定安为中心，着力建设航天航空配套产业园和农副产品加工园区。

5. 技术创新能力有所增强

目前，海南省已初步建立了支持高新技术产业发展的创新平台。全省共有国家级工程技术研究中心2家、省级工程技术研究中心26家、省级重点实验室24家，国家创新型企业1家，国家创新试点企业3家，国家认定企业技术中心2家。在产业分布上，工程技术研究中心覆盖了农业、制造业、新材料、信息电子和生物制药多个产业，研发成果转化为销售收入70多亿元。2004~2008年，海南省高新技术企业利税和出口创汇均呈现逐步上升造势，其中，企业利税在2008年实现2.8亿美元的最高值，出口创汇在2007年实现2.3亿美元的最高值。

6. 高技术产业发展环境逐步优化

海南省把发展高技术产业作为振兴地方经济的重要举措，出台了一系列鼓励和支持措施。针对海南省高技术企业普遍存在规模小、人才缺乏、研发水平不高、技术创新能力不强的问题，推动出台了软件产业和电子信息制造业、汽车产业、医药产业、中小企业等多项扶持政策和实施办法。先后颁布《海南省人民政府关于促进产业发展的指导意见》、《海南省促进高技术产业发展的若干规定》、《海南省鼓励软件产业和电子信息制造业发展政策》、《海南省引进高层次创新创业人才办法（试行）》等一系列促进高技术发展的引导和扶持政策，从资金、人才等多方面对发展高技术产业提供支持，优化了高技术产业发展的政策环境。在海南省产业发展引导资金中设立高技术产业发展专项资金，主要为高技术企业、项目、产品提供贷款贴息、省级政策性补助或奖励，支持技术创新平台和孵化器建设等（符国瑄，张枝林2009）。

13.2　高技术产业的投入

图13-4~图13-7描述的是海南省高技术产业在人力、经费以及设备的投入情况，即科技活动人数、科技活动经费内部支出、科技经费筹资额来源结构以及固定资产投资额历年来的投入情况，由此可以看出以下几点。

1. 海南高技术产业科技活动人员投入在不断加大

海南省高技术产业科技活动人数在2008年达到了338人，是自1995年以来的最高投入（图13-4）。但是，从海南省科技活动人数占全国科技活动人数的比例来看，海南省在科技人才方面投入还处在比较低的水平，从历年情况来看均未达到千分之一。由此可见，海南省对于科技人才的吸引力在全国范围内是比较低的，未来应该通过人才引进政策吸引更多高科技人才来推动海南省高技术产业的发展。

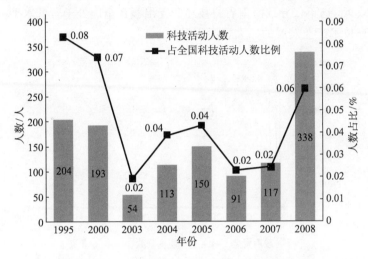

图 13-4　海南省高技术产业科技活动人数情况

2. 海南省科技活动经费支出额逐年攀升，资金来源过分依赖企业

由图 13-5 可以看出，海南省高技术产业科技活动经费支出额在 2008 年达到了 3 053 万元，与 1995 年相比增加了 2 833.7 万元，增长幅度为 1 292.16%，年均复合增长率为 21.75%。可见，海南省对高技术产业的经费投入在逐年增强，但是，

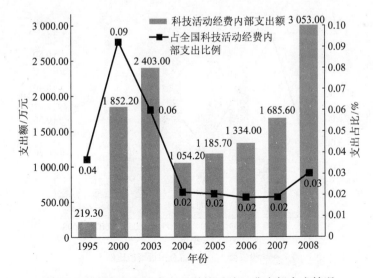

图 13-5　海南省高技术产业科技活动经费内部支出情况

结合图 13-6 科技经费筹集额来源结构图可以看出，目前海南省高技术产业的科技活动经费主要来源于企业自有资金，其次是政府资金，而金融机构贷款几乎没有涉足这一领域。资金来源过分依赖企业资金，缺乏政府资金的相应引导以及金融机构贷款扶持政策，这不仅导致海南省科技经费支出额在全国处于较低水平，同时也是制约海南高技术产业发展的一大重要原因。

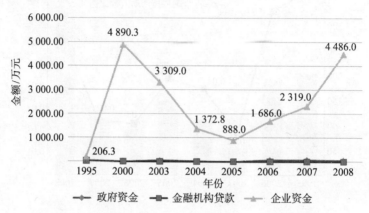

图 13-6　海南省高技术产业科技经费筹资额来源结构情况

3. 海南省高技术产业固定资产投资速度逐年放缓

海南省高技术产业固定资产投资额在 2005 年达到峰值 7.33 亿元以后，在 2006~2008 年 3 年间逐步回落，到 2008 年只为 1.26 亿元（图 13-7）。虽然随着资产投入的减少，人力和费用的投入在这些年间均有了稳步的增长，但是从投入的绝

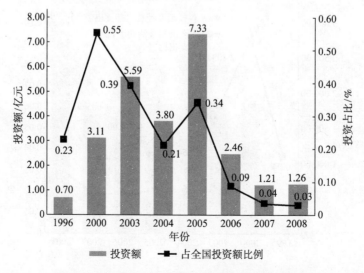

图 13-7　海南省高技术产业固定资产投资额情况

对数值来分析，海南省在固定资产方面的投入远高于在科技活动经费方面的投入，这也从侧面说明了海南省高技术产业新产品发展停滞不前的现象。

13.3 高技术产业的产出

图 13-8~图 13-11 描述了海南省高技术产业在当年价总产值、新产品产值、专利申请数以及出口交货值历年来的产出情况，由此分析可以看出以下几点。

1. 海南省高技术产业规模稳步增长

海南省高技术产业的当年价总产值已有 1995 年的 7.30 亿元增长到 2008 年的 48.30 亿元，增长幅度达到了 561.64%，年均复合增长率为 14.20%，13 年间一直保持着稳步增长的态势（图 13-8）。

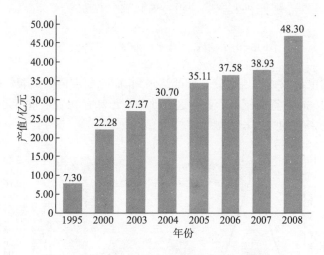

图 13-8   海南省高技术产业当年价总产值情况

2. 海南省高技术产业新产品发展前景堪忧

海南省高技术产业 2008 年的新产品产值为 3 946 万元，较 2000 年减少了 9 039.8 万元，降低幅度达 69.61%；占当年价总产值比例为 0.82%，较 2000 年下降了 16.97%。此外，该项指标在 2000~2008 年 8 年间波动幅度大，且 2005~2007 年 3 年间新产品发展停滞不前，跌至谷底，占当年价总产值的比例均不到 0.2%。虽 2008 年情况有所改善，但海南省高技术产业的发展情况仍然堪忧（图 13-9）。

3. 海南省高技术产业发展后劲不足

从图 13-10 来看，在 1995~2008 年，无论是从绝对值还是相对值来看，海南省高技术产业的专利申请数均处于较低的水平，其中海南省高技术产业的专利申请

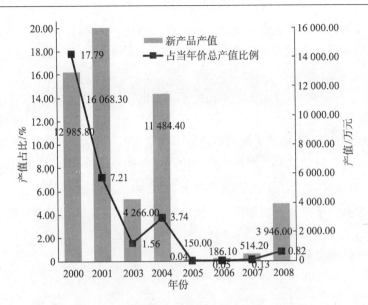

图 13-9　海南省高技术产业新产品产值情况

数占全国专利申请数比例连万分之五都达不到。而专利申请数代表着高技术产业未来的发展潜力，海南省高技术产业在这方面的产出却存在着严重不足的情况，这必将制约其产业未来的进一步发展。

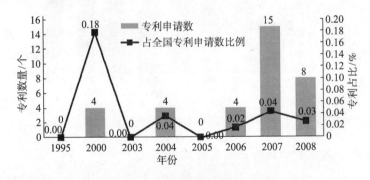

图 13-10　海南省高技术产业专利申请情况

4. 海南省高技术产业产品国际竞争力有所提升

海南省高技术产业出口交货值已由 1995 年的 0.40 亿元增长到 3.54 亿元，增长幅度达 88.70%；出口交货值占当年价总产值的比例也由 1995 年的 5.48%上升到 2008 年的 7.33%（图 13-11），产品的外销比例有所上升，表明其产品的国际竞争力有了一定程度的提升，同时也表明了海南省高技术产品主要面向国内市场，对外依存度较低。

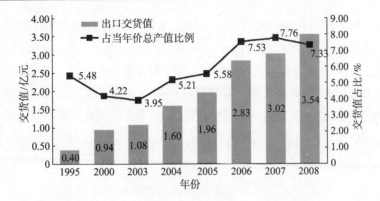

图 13-11　海南省高技术产业出口交货值情况

13.4　高技术产业效益评价

13.4.1　DEA 模型

1. 评价模型介绍

DEA 方法是由美国著名运筹学家 Charnes 和 Cooper 等 1978 年创建的以相对效率概念为基础发展起来的一种非参数前沿效率分析方法。它是研究具有相同类型的部门（或单位）间的相对有效性的十分有用的方法；也是处理一类多目标决策问题的方法；更是经济理论中估计具有多个输入，特别是具有多个输出的"生产前沿函数"的有力工具。我们应用 DEA 中的 C^2R 模型进行分析，模型如下：

$$
\begin{cases}
\min \theta - \varepsilon \left(\displaystyle\sum_{r=1}^{t} S_r^+ + \sum_{i=1}^{m} S_i^- \right) \\[3mm]
\displaystyle\sum_{j=1}^{n} \lambda_j x_{ij} + S_i^- - \theta x_{ij_0} = 0 \\[3mm]
\displaystyle\sum_{j=1}^{n} \lambda_j x_{rj} - S_r^+ - y_{rj_0} = 0 \\[3mm]
\lambda_j \geqslant 0, j = 1, 2, \cdots, n \\[2mm]
S_i^- \geqslant 0, S_r^+ \geqslant 0
\end{cases}
$$

其中，n 称决策单元 DMU，评价指标体系由 m 个投入和 t 个产出指标组成，它们分别表示"金融投入"和"科技产出"；x_{ij} 为第 j 个决策单元对第 i 种类型投入的投入量；y_{ij} 为第 j 个决策单元对第 r 种类型产出的产出量；λ_j 为对第 i 种类型投入

或者第 r 种类型产出的一种度量（或称权）；S_r^+ 与 S_i^- 分别为松弛变量，ε 为一非阿基米德无穷小量，在计算时可取（$\varepsilon = 10^{-6}$）。λ_j、S_r^+、S_i^-、θ 为待估计参量。

上述模型中投入与产出是同一期的。由于科技产出较之投入的滞后性，研究者一般假设延迟时间为 2 年，即将原数据对（x_t，y_t）改进成（x_t，y_{t+2}）进行计算。例如，2005 年的产出以 2003 年的投入为基准。如果仅判断技术有效，只需要在模型中加入 $\sum\limits_{i=1}^{n}\lambda_i = 1$ 条件即可。而规模有效的判别法为 $1/\theta^* \sum\limits_{j-1}^{n}\lambda_j^* < 1$ 表示决策单元为规模收益递增；$1/\theta^* \sum\limits_{j=1}^{n}\lambda_j^* > 1$ 表示决策单元为规模收益递减。

2. DEA 模型参数的经济含义

设模型的最优解为 λ^*、s^{*-}、s^{*+}、θ^*，则有：①当 $\theta^* = 1$，且 $s^{*-} = s^{*+} = 0$ 时，则称 DMU$_j$ 为 DEA 有效，即在这 n 个决策单元组成的系统中，在原投入 x_0 的基础上所获得的产出 y_0 已达到最优；②当 $\theta^* = 1$，且 $s^{*-} \neq 0$ 或 $s^{*+} \neq 0$ 时，则称 DMU$_j$ 为弱 DEA 有效，即在这 n 个决策单元组成的系统中，对于投入 x_0 可减少 s^{*-} 而保持原产出 y_0 不变，或在投入 x_0 不变的情况下可将产出提高 s^{*+}；③当 $\theta < 1$ 时，则称决策单元 DMU$_0$ 为 DEA 无效。

设 $k = \sum \lambda_j / \theta$，则 k 为 DMU$_0$ 的规模收益值：①当 $k = 1$ 时，表示 DMU$_0$ 的规模收益不变，此时 DMU$_0$ 达到最大产出规模点；②当 $k < 1$ 时，表示 DMU$_0$ 的规模收益递增，且 k 值越小规模递增趋势越大，表明 DMU$_0$ 在投入 x_0 的基础上，适当增加投入量，产出量将有更大比例的增加；③当 $k > 1$，表示规模收益递减，且 k 值越大规模递减趋势越大，表明在 DMU$_0$ 投入 x_0 的基础上，即使增加投入量也可不能带来更大比例的产出，此时没有再增加决策单元投入的必要（盛昭瀚等 1996）。

13.4.2　海南省高技术产业效益评价

1. 指标选取和数据收集

我们选取了科技活动人员（X_1）、科技活动经费内部支出（X_2）、固定资产投资额（X_3）三项指标分别代表海南省对高技术产业的人力投入、经费投入以及资产投入；与一般产业不同，高技术产业的产出除了总产值以外，还应包括其创新能力以及国际竞争力，因此，我们选取了不变价总产值 Y_1（代表现有行业产出实际情况）、新产品产值 Y_2（代表现有行业产出发展情况）、专利申请数 Y_3（代表现有行业未来产出潜力）以及出口交货值 Y_4（代表现有行业的国际竞争力）来作为测度高技术产业产出的指标。

我们分析采用的数据来源于《中国高技术产业统计年鉴 2009》。

2. 效益评价结果

根据《中国高技术产业统计年鉴 2009》的相关数据，建立改进的 C^2R 模型，运用 DEAP Version 2.1 软件进行求解，得到了各 DMU 的综合效率，如表 13-1~表13-3 所示。

表 13-1　全国各地区高技术产业投入产出综合效率

序号	地区	2003I~2005O	2004I~2006O	2005I~2007O	2006I~2008O
1	北京	1.000	1.000	1.000	1.000
2	天津	1.000	1.000	1.000	1.000
3	河北	0.616	0.750	0.772	0.852
4	山西	1.000	1.000	1.000	1.000
5	内蒙古	1.000	1.000	0.581	0.559
6	辽宁	0.699	1.000	1.000	1.000
7	吉林	0.836	1.000	1.000	0.869
8	黑龙江	1.000	0.505	0.273	0.481
9	上海	1.000	1.000	1.000	1.000
10	江苏	1.000	0.708	0.983	0.740
11	浙江	1.000	1.000	1.000	0.742
12	安徽	0.366	0.855	0.865	0.626
13	福建	1.000	1.000	1.000	1.000
14	江西	0.763	0.739	0.638	0.771
15	山东	1.000	0.791	1.000	1.000
16	河南	0.809	1.000	1.000	1.000
17	湖北	1.000	0.814	0.682	0.751
18	湖南	0.736	0.934	0.590	1.000
19	广东	1.000	1.000	0.634	0.946
20	广西	1.000	1.000	0.875	1.000
21	海南	0.758	0.937	0.647	0.870
22	重庆	1.000	0.884	0.542	0.736
23	四川	0.374	0.663	1.000	1.000
24	贵州	0.525	0.924	0.733	0.806
25	云南	1.000	1.000	1.000	0.915
26	西藏	1.000	1.000	1.000	1.000
27	陕西	0.425	0.248	0.309	0.302
28	甘肃	1.000	0.548	0.329	0.524
29	青海	0.508	1.000	1.000	0.289
30	宁夏	0.386	0.829	1.000	0.621
31	新疆	1.000	1.000	0.727	0.419

注：表中 I 代表 input（投入）；O 代表 Output（产出），下同

表 13-2   海南省高技术产业 2003~2008 年投入产出 DEA 分析结果

指标	2003I~2005O	2004I~2006O	2005I~2007O	2006I~2008O
综合效率	0.758	0.937	0.647	0.870
综合效率全国排名	第 22 位	第 17 位	第 23 位	第 15 位
纯技术效率	0.775	1.000	0.960	1.000
规模效率	0.977	0.937	0.674	0.870
规模效应	规模效应递增	规模效应递减	规模效应递减	规模效应递减

表 13 3   部分地区 2006 年投入与 2008 年产出 DEA 分析结果

地区	综合效率	纯技术效率	规模效率	规模效应
北京	1.000	1.000	1.000	规模收益不变
天津	1.000	1.000	1.000	规模收益不变
浙江	0.742	0.772	0.961	规模收益递减
广东	0.946	0.946	1.000	规模收益不变
海南	**0.870**	**1.000**	**0.870**	**规模收益递减**
四川	1.000	1.000	1.000	规模收益不变
陕西	0.302	0.321	0.941	规模收益递减

注：表中黑体是为突出文中描述的省份

由表 13-1 和表 13-2 分析可以得到以下几点：①2003~2008 年，海南省高技术产业投入产出表现为 DEA 无效，即目前海南高技术产业在现有的人力、经费以及资产投入水平下，高技术产业产出存在不足；或在现有的产出下，投入过大。此外，目前海南省高技术产业综合效率排名均位于全国中下水平。②将综合效率分解为纯技术效率和规模效应进行分析发现，海南省高技术产业在近年来呈现上升趋势并基本保持在最前沿，真正造成海南省高技术产业综合效率下降的是由产业规模不当所造成的。③海南省高技术产业正处于规模效应递减的阶段，即每增加一个单位的投入，相应产出增加将小于一个单位，因此，增加投入是不经济的。这与前述得出的"海南省高技术产业在人力、经费以及资产的投入占全国的比例非常低"结论形成了鲜明的对比。

按照第 5 章国内高新技术产业竞争优势的评价结果，我们选取了北京、天津、广东、江苏、四川以及陕西等省（直辖市），对它们的高技术产业的效益进行评价，进而与海南省进行对比。从表 13-3 综合效率的对比分析来看，北京、天津和四川处于效率前沿面上，广东排第 4 位，海南排第 5 位，浙江排第 6 位，而陕西排第 7 位。由于海南的纯技术效率已经处于效率前沿面，真正造成其 DEA 无效的原因是规模效率低下，在这 7 个地区的规模效率比较中，海南省排第 7 位，其处于规模收益递减阶段。因此，海南省在未来的发展中可以在产业规模的投放上更多地借鉴如北京、天津、广东以及四川等地，进一步提升高技术产业的效率，最终达到提升产业竞争力的目的。

3. 海南省主要高技术产业——医药制造业效益评价

由图 13-12 可以看出，海南省医药制造业的企业数、当年价总产值和增加值三项指标在海南高技术产业中所占的比例非常高，由此可见，目前海南省高技术产业的支柱产业为医药制造业。基于此，我们将运用上文的 DEA 分析方法对海南省医药制造业的投入产出效益进行分析，得到的结果如表 13-4 和表 13-5 所示。

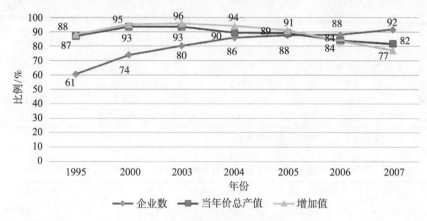

图 13-12　海南医药制造业发展概况

表 13-4　全国各地区医药制造业投入产出总体效率

地区	2003I~2005O	2004I~2006O	2005I~2007O	2006I~2008O
北京	1.000	0.607	1.000	1.000
天津	1.000	1.000	1.000	1.000
河北	0.727	0.692	0.583	0.990
山西	0.672	0.661	0.520	0.232
内蒙古	0.699	0.917	0.656	0.164
辽宁	0.858	0.686	1.000	1.000
吉林	1.000	0.740	0.933	0.565
黑龙江	0.842	0.606	0.557	0.575
上海	1.000	1.000	1.000	0.802
江苏	1.000	1.000	0.878	1.000
浙江	1.000	1.000	1.000	1.000
安徽	0.305	0.762	0.589	0.854
福建	1.000	0.943	0.608	1.000
江西	1.000	0.841	0.832	1.000
山东	1.000	1.000	1.000	0.249
河南	1.000	1.000	1.000	0.915
湖北	0.592	0.714	0.737	0.910
湖南	1.000	1.000	0.348	1.000

续表

地区	2003I~2005O	2004I~2006O	2005I~2007O	2006I~2008O
广东	0.743	1.000	1.000	0.845
广西	0.693	0.421	0.467	0.170
海南	**1.000**	**0.541**	**0.234**	**0.297**
重庆	1.000	1.000	1.000	1.000
四川	0.610	0.841	1.000	0.660
贵州	1.000	0.829	0.794	0.390
云南	1.000	1.000	1.000	0.537
西藏	1.000	1.000	1.000	1.000
陕西	0.822	0.639	1.000	0.746
甘肃	0.756	0.580	0.327	0.174
青海	0.428	0.563	0.561	0.155
宁夏	1.000	1.000	1.000	0.289
新疆	0.385	0.383	1.000	0.030

注：表中黑体是为突出文中描述的省份

表 13-5　海南省医药制造业 2003~2008 年投入产出 DEA 分析结果

指标	2003I~2005O	2004I~2006O	2005I~2007O	2006I~2008O
综合效率	1.000	0.541	0.234	0.297
综合效率全国排名	第 12 位	第 29 位	第 31 位	第 23 位
纯技术效率	1.000	1.000	0.734	0.310
规模效率	1.000	0.541	0.319	0.961
规模效应	规模收益不变	规模收益递减	规模收益递减	规模收益递增

　　由表 13-5 分析可以得到以下几点：①海南省医药制造业 2003~2005 年投入产出为 DEA 有效，其余年份的投入产出均为 DEA 无效，且综合效率在全国的排名在 2004I~2006O 和 2005I~2007O 跌至全国第 29 位和第 31 位的低水平。②海南省医药制造业的纯技术效率在逐年下降，表明目前的投入结构存在不合理之处且投入转化逐年下降，如科技活动人数的投入，虽然在连续几年间有所增加，但是人力投入的增加并未带来有效产出的增加。③海南省医药制造业的规模收益已从递减开始过渡到规模收益的递增。进一步提升医药制造业的投入产出效率，可以在优化投入结构的基础上进一步扩大投资规模，以充分运用规模收益递增效应。

第14章 海南省高技术产业的发展环境与问题

海南省具有特殊的地理区位条件，丰富的南药、矿产、海洋和热带作物等资源。同时，海南省的传统工业在产业结构中的比重小，在推进新型工业化过程中，受到的结构调整压力小。国际旅游岛相关的国家政策利好以及日益健全的基础设施建设为高技术产业的跨越式发展奠定了良好基础。但是，海南省高技术产业在发展的过程中也面临着高技术企业规模小、层次不高、科技经费投入不足、高技术产业发展不平衡、高层次人才匮乏、投融资体系不健全、配套服务不完善等多方面挑战。

14.1 高技术产业发展的区位与资源

海南岛位于中国最南端，是我国陆地面积最小的省份，也是我国海域面积最大的省份，管辖南海中的西沙、中沙、南沙群岛，海域面积约200万平方千米，占全国海洋国土的2/3。海南省除了具有得天独厚的地理条件以外，还蕴藏着丰富的资源和能源。

1. 地理区位

从区位看，海南省位于中国最南端：北以琼州海峡与广东划界，西临北部湾与越南民主共和国相对，东濒南海与台湾地区相望，东南和南面与菲律宾、文莱和马来西亚为隔海相邻。具体来说，海南省处在"泛珠三角"经济带、环北部湾经济圈、东盟自由贸易区前沿，同时又处在太平洋与印度洋间的海上经济走廊交通线上，海运位置和条件优越便捷，易于生产要素的聚集。

(1) 海南省是中国疆域最南端，紧邻港澳台和珠江三角洲经济发达地区，既有广大的内陆腹地，又能受到华南经济圈的辐射，是连接亚洲和大洋洲、印度洋和太平洋的交通要道。

(2) 随着粤海通道的开通、第五航权的开放，海南正逐渐纳入与中国其他地区、东南亚的主要经济联系中，海南已成为泛珠三角经济圈和北部湾经济圈的重要组成部分。

(3) 中国-东盟自由贸易区的建立和"9+2泛珠三角"经济圈的形成发展，为海南进一步融入东南亚地区经济体系和华南经济圈提供了良好机遇。

2. 自然资源

海南省有着较为丰富的自然资源优势，如现代新型工业中的矿产、油气、天然橡胶等资源，以及全国特有的热带高效农业、南药资源和海洋资源。

1) 矿产资源

海南独特的地理特征，蕴藏着丰富多样的矿产资源，是我国矿产资源相对丰富的省份之一，具有把海南建成资源开发的战略要地、矿产品进出口贸易的重要基地的资源优势和区位优势。目前，海南已探明具有一定开发利用价值的矿产 57 种；探明有各级储量规模的矿床 126 个，其中大型矿床 31 个，中型矿床 31 个，小型矿床 64 个。在国内占有重要位置的优势矿产主要有玻璃石英砂、天然气、钛铁砂、锆英石、蓝宝石、水晶、三水型铝土、油页岩、化肥灰岩、沸石等 10 多种。其中，石绿铁矿的铁矿储量约占全国富铁矿储量的 70%，品位居全国第一；钛矿储量占全国的 70%；锆英石储量占全国的 60%。此外，黄金、水泥灰岩、花岗石材、矿泉水等也具有重要开发价值。此外，海底蕴藏的多金属结核，滨海的钛铁矿、锆英石、独居石、金红石砂矿等资源，也居举足轻重的地位。

2) 能源资源

经地质普查勘探证实海南有丰富的石油、天然气资源，根据预测，海南省省辖海域有油气沉积盆地 39 个，其总面积约 64.88 万平方千米，蕴藏的石油地质潜量约 328(折经济资源潜量 152)亿吨、天然气地质潜量约 11.7(折经济资源潜量 4.2)万亿立方米、天然气水合物地质潜量 643.5 亿~772.2 亿吨油当量，故有"第二海湾"之称。在国内外油气资源中有着重要的战略地位。此前，已经先后圈定了北部湾、莺歌海、琼东南 3 个大型沉积盆地，总面积约 12 万平方千米，其中，对油气勘探有利的远景面积约 6 万平方千米。

3) 作物资源

海南省热带作物资源丰富，岛上原生热带植物 3 000 多种，栽培面积较大、经济价值较高的热带作物主要有橡胶、椰子、油棕、槟榔、咖啡、胡椒等。粮食作物是海南种植业面积最大、分布最广、产值最高的作物，主要有水稻、旱稻、山兰坡稻、小麦等，另外海南岛杂粮作物种类很多，大致可分为禾谷类、食用豆类、薯类和其他小宗杂粮作物，约有 10 个科，23 个属，近 70 种。禾谷类包括玉米、高粱、狗尾粟、鸭脚粟、金黍和薏苡等；食用豆类最为丰富，主要有大豆、绿豆、弧豆、饭豆、菜豆、藕豆、小扁豆、四棱豆、利马豆、刀鞘豆、黎豆、木豆以及野生豆类；薯类以甘薯为主，还有少量参薯、甜薯、薯孩、山薯和魔芋，其他小宗杂粮作物有荞麦、籽粒苋等。经济作物主要有甘蔗、麻类、花生、芝麻、茶等。水果种类繁多，栽培和野生果类 29 科 53 属，栽培形成商品的水果主要有菠萝、荔枝、龙眼、香蕉、芒果、菠萝蜜、火龙果等。这些作物资源促进了海南热带高效农业的发展。

4) 南药资源

海南天然资源丰富，素有"天然药库"之称，是不少南药品种的原产地，也是我国最理想的南药生产基地。全省有药用植物 3 000 多种，占全国药用植物的 40%。

其中，药典收载的有 500 余种，属于国家统一收购的有 178 种。据考证，海南的南药利用和种植已有 2 000 多年历史。目前药用价值较高、闻名于世的有槟榔、益智、海南砂仁、巴戟、土沉香、海南粗榧、五指山参、萝芙木、广藿香、金银花、金不换、对叶百部、杜仲、乌榄、香附子、胖大海、木棉花等 30 多种，其中槟榔、益智、海南砂仁、巴戟、土沉香被称为海南的五大南药。动物药材和海产药材资源有鹿茸、猴膏、牛黄、穿山甲、玳瑁、海龙、海马、海蛇、 琥珀、珍珠、海参、珊瑚、哈壳、牡蛎、石决明、鱼翅、海龟板等近 50 种。

5) 海洋资源

海南省是全国最大的海洋省，所辖海域面积 200 万平方千米，南北纵跨 1 800 多千米，东西横跨 1 000 千米，占全国海域总面积的 2/3。海南的近海和外海渔业资源极其丰富。海南省已记载的各类海洋生物超过 3 000 种。其中，鱼类资源 1 064 种，有经济价值的约 40 多种，约占全国 150 多种的 26.7%。体形较大的有黄鳍金枪、鲣鱼、鲨鱼、马鲛等。个体较小的有金带黄鲷、扁蛇鲣、白卜鲔、燕鳐、真鲷、石斑鱼、鹦咀鱼、鲻鱼等，尤以石斑鱼、真鲷、马鲛、金枪鱼等价值最高产量最大。主要经济虾类 17 种，主要品种有斑节对虾、短沟对虾、日本对虾、红斑对虾、中国龙虾、墨吉对虾等。海参类有梅花参、赤瓜参、白尼参、黑尼参和白参等。爬行动物，主要是海龟(可重达 200 多千克，西沙特产)、玳瑁及海蛇。主要经济贝类 150 多种，主要品种有鲍鱼、文蛤、泥蚶、大珠母贝、珠母贝、马氏珠母贝、企鹅珠母贝等；价值较高的有鲍、牡蛎、珍珠贝、白蝶贝、大珠母贝、马蹄螺、夜光蝾螺、蝾螺、凤螺、虎斑宝贝等，其中马蹄螺的珍珠层价值极高。主要经济藻类 162 种，其中以麒麟菜、江蓠、马尾藻等 10 多种经济价值最高。此外，还有丰富的珊瑚资源，如鹿角、葵花、菊花、兰石竹等珊瑚。据估算，整个南海最大持续渔获量为 420 多万吨，是我国热带海洋渔业的重要基地。海南岛东部、南部大陆架 80 ~ 200 米水深的外海渔场以及西、中、南沙渔场渔业资源丰富，资源可捕量约 200 万吨，目前尚未充分开发利用，开发潜力巨大。①

6) 其他资源

除上述几大类资源外，海南其他资源也比较丰富，高技术产业发展利用的潜力巨大，如太阳能、风能等。

14.2　高技术产业发展的基础设施环境

基础设施环境是影响高技术产业发展的重要因素，本节我们将从交通、能源、科研、园区基础设施等几个方面分析海南省的高技术产业基础设施环境状况。

---

① 海南海洋资源. 海南国际旅游岛数字博物馆，http://www.haihainan.com,2009-05-17

1. 交通基础设施

发达的交通基础设施是高技术产业经济发展的必要前提之一。海南的基础设施建设在"十一五"期间内取得显著成就，一批重大工程相继建设或改造完工，东环铁路的修建、西环铁路的提速改造、海口绕城高速的建设，这一系列基础设施的改善使得海南交通的面貌日新月异。如今，东环铁路建成，海口至三亚两小时活动圈已成为现实，并与航空、公路、港口等共同构筑起现代化立体交通体系。西环既有铁路完成提速改造，海口美兰国际机场、三亚凤凰国际机场的成功扩建，海口绕城高速的建成，对完善海南综合交通运输体系，改善海南与国内各大城市的交通连接，大大节约海南交通运输时间和成本，促进海南新型工业、高技术产业、热带高效农业发展具有十分重大的意义。

2. 能源基础设施

在大力发展交通基础设施的同时，海南也不忘发展能源事业，大力增加能源供应、改善能源结构。"十一五"期间，华能海口电厂和东方电厂一期等建成投产，为海南的发展提供了充分的电力保障。2009 年 6 月 30 日，亚洲第一、世界第二的超高压、长距离、较大容量跨海电力联网工程——500 千伏海南联网工程正式通电投运，海南省"电力孤岛"的历史由此结束。海南电网通过海底电缆与南方电网主网相连后，能够改善海南电网供电质量，大大提高电网运行的安全可靠性。同时，昌江核电站的启动将打破海南原有的电源格局，形成核电、水电、煤电、风电多能源齐头并进多元互补的电源新格局。预计 2020 年昌江核电二期投产后，4 台 65 万千瓦的装机容量将达 260 万千瓦，届时海南核电的比例将占电能结构的 47%左右，海南将步入真正意义上的核电时代。投资最大、技术先进、工艺环保的海南昌江核电项目投产后，核能建设将大大缓解海南一次能源短缺问题，保障海南电力供应的稳定、安全和可持续性。

3. 科研基础设施

为了扶持高技术产业发展，海南采取"政府启动、社会推动、自我积累、滚动发展"的发展模式，相继建立了三个发挥科技企业孵化器作用的机构：海南省高技术创业服务中心、留学回国人员创业园和海南省生产力促进中心。这些科技服务中介机构建立，为海南高技术产业的发展储备了新鲜力量。同时，海南高技术企业研发机构逐步健全。截至 2006 年年底，海南高技术企业中已建有研发机构 60 个。其中，国家级工程技术研究中心 1 个(欣龙控股股份有限公司的"国家非织造材料工程技术研究中心")，国家级企业技术中心 2 个(海南先声药业有限公司技术中心和海南全星药业有限公司技术中心)，省级工程技术研究中心 21 个。这些工程技术中心围绕海南高技术领域，针对基础性、关键性和共性技术，承担大部分国家级和省部级的高技术产业化项目，取得了一批高水平的科技成果。特别是在制约海南优势产业持续发展的关键技术上取得一定的突破，辐射并带动海南高技术的发展，为海南经济社会持续发展提供了强有力的技术支撑。

4. 园区基础设施

海南省政府努力推动产业结构化升级，加快培育新兴产业，并相继打造一批产业高度集聚、产业优势明显的特色园区。

(1) 北部以海口市为中心，形成技术集成聚集区。

第一，海口市现已初步形成了海口国家高技术产业开发区、省高技术产业示范区、海口药谷产业基地等高技术园区。其中，海口国家高技术产业开发区已形成"一区多园"的集群化产业发展格局；省高技术产业示范区已形成以港口和省城为依托，电力、石油、化工、玻璃深加工、制药、新材料等重点的多门类新兴工业区，产业聚集效应和辐射作用增强。海口药谷生物医药产业基地，已基本形成由药谷核心区、金盘工业区、永桂开发区、桂林洋开发区组成的产业基地。

第二，海南生态软件园定位以软件研发、软件外包、IT 培训、呼叫中心、灾备中心、互联网媒体等为主要方向。现已完成投资 3.1 亿元，有中国软件公司、中电科技公司等 92 家 IT 企业和高科技研发中心签约入园，省内约 200 家骨干 IT 企业也将进入园区实现产业集聚。

(2) 南部以三亚为中心，发展软件创意产业和热带特色农业高技术产业集群。

第一，三亚创意产业园目前已经全面启动。三亚创意产业园定位以创意产业、高技术产业为主导，重点发展动漫游戏、嵌入式软件、薄膜太阳能产业，3G 芯片及软件研发等。现已完成投资 9.11 亿元。有中兴通讯、中核建、海云天网络、丰华科技、清华大学研究生院、北大科技园等 10 家 IT 企业和高科技研发中心进驻，签订项目投资协议，总投资约 121 亿元。

第二，三亚农业科学城为重要支撑平台。三亚农业科学城计划建设南繁科研公共实验、生物安全、信息及商务、热带农业科技四大平台；兴建综合服务、育种中心实验室、转基因作物环境释放、水稻育种试验、玉米棉花育种试验、育种辐射六大功能区；现已在田独镇实施 800 亩农业科技试验地的长期租赁合同。其将成为南繁科技和热带高效农业的重要支撑平台。

(3) 西部以东方化工城和洋浦开发区为中心，形成西部工业走廊高技术产业集群。

第一，东方化工城的建设。东方化工城是海南省油气化工产业发展的重要基地。东方化工城拥有世界先进的生产设备，主要以天然气及天然气化工为主。中国海油石油总公司围绕天然气上下游企业，在东方化工城投资已超过 100 多亿元，形成了以化肥为核心的产业链群。2006 年投产的 60 万吨甲醇和 2008 年开工的 80 万吨甲醇项目，将使中国海油石油总公司的天然气加工产业进一步扩大。2007 年，中海石油二氧化碳可降解塑料项目在东方化工城正式动工。该项目的建成投产将为中国海洋石油总公司进一步开发利用二氧化碳这一有害环境的废气奠定坚实基础，对海南建设生态省起到重要的推动作用。

第二，洋浦经济开发区基础设施完善。洋浦经济开发区内已拥有 100 万吨木浆、800 万吨炼油、燃气电厂等大型龙头项目，区内港口等基础设施完善、条件良好，为洋浦发展油气及油气化工、林浆一体产业集群提供了坚实的基础。

第三，昌江循环经济工业区的建设。昌江循环经济工业区是海南省唯一的国家级循环经济工业区。主要以废弃物再生、循环利用等项目为发展依托。目前，昌江已成为海南主要水泥生产基地，这些水泥项目既解决了全省水泥供给，还消化海南所有电厂产生的煤灰煤渣、钢铁厂的废渣、洋浦金海造纸厂的滤泥、废铁矿渣等废弃物共 250 万吨，减排二氧化碳 11.6 万吨。

第四，儋州国家农业科技园的建设。儋州国家农业科技园重点建设科技服务中心、设施大棚、水果园地、橡胶种植园地、棕榈园地、花卉园地、牧草园地、能源植物园地等项目，以核心区的示范科技辐射全省。

(4) 东部以文昌、定安为中心，着力建设航天航空配套产业园和农副产品加工园区。

第一，文昌航天发射基地。文昌航天发射基地围绕新一代运载火箭发射场和配套区，发展一系列配套产业，如航天创意、教育等产业。按照建设航天科技文化产业园区的产业规划设想，进行太空食品和营养品的生产加工。

第二，定安塔岭农副产品加工示范基地。定安塔岭农副产品加工示范基地是海南省批准建设的唯一的省级农副产品加工示范基地，重点引导发展农副产品深加工。现已有工业企业 56 家进入园区，其中，投产 24 家，试产或未正常投产 11 家，在建 7 家，已批待建 14 家。2009 年实现工业产值 47 070.3 万元。

14.3　高技术产业发展的政策环境

随着海南国际旅游岛建设上升为国家战略，海南省高技术产业发展正迎来新的发展契机，本节我们从国家所颁布支持国际旅游岛高技术产业建设的意见和海南省高技术产业政策两个层面展开分析。

1. 国家层面的政策环境

2009 年，国务院出台《国务院关于推进海南国际旅游岛建设发展的若干意见》，对未来海南建设国际旅游岛，发展旅游业、文化体育产业、房地产业、金融保险业、商贸餐饮业和现代物流业、热带特色现代农业、新型工业和高技术产业、海洋经济等八大产业做明确规划。在发展高技术产业方面特别指出加快建设海南生态软件园和三亚创意产业园，鼓励和吸引国内外知名信息技术企业向园区集聚，根据国家软件产业发展规划和产业基地建设总体布局，积极支持海南发展软件和信息服务业，逐步形成软件产业基地。加快海口药谷建设，增强南药、黎药、海洋药物的自主研发能力。发挥资源优势，积极培育发展新能源、新材料产业。加强自主创新体系建设，实施技术攻关，努力在优势特色产业领域形成一批具有自主知识产权的核心技术和知名品牌。同时，新型工业中对科学技术要求高的产业也属于高技术产业的范畴。《国务院关于推进海南国际旅游岛建设发展的若干意见》明确鼓励海南利用本地优势资源，培育发展房车、游艇、轻型水上飞机、潜水设备、高尔夫用具等旅游装备制造业；加强研发设计，发展特色旅游食品、服饰、工艺品加工业；加强海洋科技研究，发展海洋生物工程和海洋能源利用等新兴产业。2010 年，海南省政府依据《国务院关于推进海南国际旅游岛建设发展的若干意见》制定了《海南国际旅游岛建设发展规划纲要》，鼓励信息生物新能源等高技术产业齐头并进。

　　2. 海南省层面的政策环境

　　海南省政府为加速高技术产业发展，推动海南省经济结构调整和经济发展方式的转变，从资金、税收、人才、知识产权等多方面对发展高技术产业提供支持，为高技术发展提供了良好的政策环境。由于这一部分内容我们将在 16.1 节中详细阐述，在此就不再累述了。

14.4　高技术产业发展的现存问题

　　海南省高技术产业发展起步晚，工业基础薄，尽管在过去的发展中已经取得了长足进步，但就总体而言，海南省高技术产业在规模、人才、资金、创新网络、配套服务等方面仍存在一些问题，本节我们将就此展开讨论。

14.4.1　海南省高技术产业发展的规模和结构问题

　　与其他沿海省份相比，海南省高技术产业发展在规模上还存在很大差距，这些差距主要表现在规模小、总体层次不高，科技经费投入小以及产业结构不合理等多个方面。

　　(1) 高技术企业规模小、总体层次不高。近年来，海南省高技术产业取得了长足的发展，全省高技术企业数量有了大幅增长，但与全国先进、发达地区城市相比，数量和规模远远不够。目前，高技术产业初具规模，但整体规模仍然偏小，大部分还是中小型企业。2008 年，全省高技术企业总收入超 10 亿元的仅有 4 家，超 50 亿元的仅有 2 家。大部分企业规模偏小，对全省经济发展有带动作用的龙头高技术企业比较少，带动和辐射能力不强，产业群集效应也不高，在一定程度上制约了海南高技术产业的快速发展。

(2) 科技经费投入规模小。2008 年,海南省科技经费支出额仅 13.73 亿元,R&D 经费支出仅 3.35 亿元,两项经费支出额都位列全国倒数第二。海南省科技经费、R&D 经费的投入严重不足,远远不能满足高技术企业的发展需求。

(3) 高技术产业结构不合理,协同性弱。截至 2008 年年底,新材料产业工业总产值为 179.7 亿元,占全省工业总产值比重达 53.7%;高技术产业主要集中新材料、生物制药以及海南马自达的高技术改造传统产业三大领域,由于这些高技术产业之间缺乏合作基础,因此协同较弱,很难产生聚集效应。

14.4.2　海南省高技术产业发展的人才问题

高技术人才不足是制约海南省高技术产业发展的主要因素。海南省虽然有了一定的高技术人才基础,但高技术人才队伍不论是数量还是质量方面都还存在很多问题。科技活动人员数量严重不足,人才队伍规模小,总体层次也不高,尚未形成完善的人才引进、培养机制。

(1) 高技术人才数量匮乏。海南省高技术人才远远低于全国平均水平,制约了高技术产业的发展和创新能力的提高。截止到 2008 年,海南省科技活动人员 1.05 万人,其中科学家工程师仅为 0.66 万人,科技活动人员数量和科学家工程师人数均位列全国倒数第二,仅高于西藏。

(2) 高技术人才引进难度大。由于海南省社会、经济发展相对落后,高技术产业发展也落后于全国其他省市,海南省高技术人才的引进也就存在诸多困难:①海南省属于欠发达地区,社会、经济发展相对较慢,个人发展空间和未来选择性不大;②海南和全国其他发达地区相比,高技术企业整体规模较小,高技术人才的工资待遇和工作条件相对较差;③政府给予的人才优惠政策与我国其他发达地区相比,不具备吸引力。

(3) 技术人才培养相对滞后。海南省对高技术人才存在“重引进,轻培训”的倾向。高技术人才方面的培养还比较落后,尚未建立完善的高技术人才培训体系。目前,省内高技术企业未能根据自己的需求,与本专科院校、科研院所之间形成多种层次和形式的交流与合作;也未能形成产、学、研的有效结合。这些都导致高层次科技创新人才的培养机制的相对滞后。

14.4.3　海南省高技术产业发展的资金问题

海南省高技术企业 127 家,但上市融资(包括海外)的企业只有 11 家,占总数的 8.6%,数量偏小。高技术产业发展前景和市场状况具有不确定性,且高技术产品研发风险大、研发周期长,需要高额投资和承担高风险,使得高技术企业很难得到银行等金融机构的贷款和投资,且难以获得社会资源和资本市场的更多支持,以致许多科技成果难以转化，影响了高技术产业的进一步发展壮大。

(1) 高技术企业担保机构发展缓慢。当前商业银行为降低风险，是否签订贷款合同取决于担保的存在与否。海南省担保贷款发展缓慢，全省担保机构基本是中小企业担保贷款公司，且不超过 10 家。在这种缺乏专业的高技术企业担保机构的情况下，银行贷款就要求高技术企业以优质固定资产作为抵押担保，而大多数高技术企业可用于抵押的资产有限，在无形资产不能作为抵押物的情况下，高技术企业很难符合银行抵押贷款的条件，因此造成高技术企业融资困难。

(2) 风险投资发展滞后。风险投资需要一个顺畅的退出机制，风险投资退出可以通过公开上市、兼并收购和破产清算三种渠道，其中公开上市是实现风险投资价值的最佳方式。海南省社会、经济发展属于不发达地区，金融市场、产权交易市场发展程度与全国发达地区相比较为滞后，且缺乏相应的风险投资优惠政策和法制环境，风险投资缺乏顺畅的退出机制，从而导致风险投资发展较为缓慢。

14.4.4　海南省高技术产业发展的创新网络问题

海南省高技术产业创新网络的互动机制尚未形成，科技推广和科技知识普及网络不完善，导致技术创新服务机构作用不大。尽管海南高技术企业向产业园区集聚的趋势在加快，但是这种空间上"硬距离"的缩短并没有很好地带来知识和技术上"软距离"的缩短，企业之间仍然是封闭的，各个企业依然按照"单打鼓、独划船"的方式经营。创新网络不仅没有实现单个园区的统一建立，更加没有触及全省范围而将整个岛上园区的企业有效联系起来。海南省高技术企业相配套的社会服务机制不够完善，有待于在政府引导和民间力量的共同努力下构建高技术企业创新网络。

14.4.5　高技术产业发展的配套服务问题

高技术园区的良好配套服务是吸引高品质企业的重要因素。目前，海南省高技术园区许多配套服务功能处于空白状态，突出的表现在物流体系不完善、科技服务中介机构严重不足等问题上。

(1) 物流体系不完善。高技术企业健康、快速发展需要良好的物流体系支持。目前，海南省高技术园区功能定位与城市规划矛盾突出，造成园区与港口分离，从而导致企业物流成本增加，严重制约了高技术企业的发展。

(2) 科技服务中介机构不足。高技术成果转化需要各类中介机构参与并协调推进。目前，海南省虽然已建有部分国家级、省级重点实验室和工程研究中心，但是，科技中介机构、科技评估机构、科技咨询机构、风险投资机构等中介服务机构发展较为缓慢。而现有的中介服务机构，由于存在基础设施不完善、高水平人才短缺的情况，中介机构服务能力远不能满足高技术产业发展的需要。

第15章 海南省高技术产业的竞争优势培育策略

高技术产业的竞争优势不仅受到资源禀赋、劳动力成本、产业规模、专业化分工、技术创新等因素的影响，而且受到高技术产业集群、产业链延伸、技术创新体系等多方面影响。本章我们将在竞争优势"菱形模型"的基础上，并借鉴其他国家和地区以及我国多个省市高技术产业发展经验的基础上，从本外地资源整合、产学研合作研发、产业集群化发展、产业链延伸以及科技创新体系优化等多个角度探讨海南省高技术产业竞争优势的培育策略。

15.1 高技术产业的本外地资源整合策略

海南省具有矿产、能源、热带作物、南药以及海洋资源等独特的自然资源。同时，随着近年来的经济发展，实验室、工程技术研究中心的硬件设施和基础条件逐步改善，人才队伍也日益壮大。然而，单单有丰富的自然资源、劳动力资源和完备的基础设施条件是不够的，产业竞争优势的获得更多地取决于对资源的有效利用。因此，如何有效地整合自然资源以及资金、技术、人才等各类资源，才是把潜在的资源优势转变为产业竞争优势的关键。

1. 多种类的自然资源的整合

丰富的自然资源为海南省发展特色产业创造了先天优势，这些有待进一步整合、开发和利用的资源包括现代新型工业中的油气、矿产、天然橡胶等资源，以及全国特有的热带高效农业、南药资源和海洋生物资源。为促进优势资源有效整合，提高资源利用效率，首先应对矿产、南药、海洋生物、热带高效农业和橡胶等优势资源采取成片开发模式，实现规模经济效应，降低资源开发成本；其次，对这些资源进行深度开发，实现原材料功能化，增加资源的利用价值和附加值，提高经济效益。

2. 多渠道的人才资源的整合

人才是高技术产业发展的核心，海南省地处我国南端的经济欠发达地区，提升高技术企业的竞争优势，必须从多个角度整合省内外高层次人才：①整合企业内部高层次人才。通过技术入股、技术要素参与分配等方式，完善企业自身技术人才和高级管理人员的报酬体系，激发技术人员研发创新潜力。②整合省内高层次人才。海南省的高层次人才更多地集中在高等学校、科研院所以及部分龙头企业，因此，企业应积极地与高等学校、科研机构等保持合作关系,充分发挥高等学校和可以机构在技术创新、科研水平方面的优势,建立人才培养基地,提升企业技术人才的人力资本存量。③整合省外高层次人才。考虑在住房、收入、子女上学等方面给予省外高层次人才政策优惠,为其提供良好的工作条件和生活环境,吸引技术型人才来海南省工作。

3. 多领域的技术资源的整合

技术创新是高技术产业发展的灵魂。海南省未来重点发展生物制药、新材料、电子信息、航天航空配套、热带高效农业、环保节能、海洋生物、机械制造八大高技术产业领域。目前,从各产业产值和研发水平来看,高技术企业在生物制药、机械制造、热带高效农业和新材料产业领域,已具备一定的技术创新和产品研发能力。但是,在电子信息、航天航空配套、环保节能、海洋生物产业领域的技术创新能力仍较为薄弱。为全面提升海南省高技术产业的创新能力和研发水平,实现高技术产业的全面发展,一方面应通过政府、高技术园区、行业协会的引导和扶持,促进高技术产业向集群化发展,鼓励同行业企业合作研发,集中力量开展联合技术攻关;另一方面,鼓励企业积极开展对外交流合作,吸引国内外在电子信息、航天航空配套、环保节能、海洋生物产业领域的先进技术。

4. 多层次的实验室、工程研究中心的整合

海南省现已建立国家工程技术研究中心 2 家、省级工程技术研究中心 30 家,国家级重点实验室培育基地 2 家,省级重点实验室 21 家,工程研究中心和实验室基础设施条件良好。高技术企业从事技术创新、产品研发等活动,需要利用实验室或工程研究中心的硬件设备和其他基础设施,对重大工程及技术装备进行试验和验证。为配合高技术企业从事研发活动,提升高技术企业自主创新能力和研发水平,一方面,采取产学研结合的方式,加快重点实验室和工程研究中心建设,为技术创新和产品研发提供良好的基础设施条件;另一方面,积极推进现有实验室、工程研究中心面向企业开放,为高技术企业的技术创新、产品研发提供基础科技平台,实现科技资源共享,提高实验室和工程研究中心的利用效率。

15.2　高技术产业的产学研合作研发策略

产学研合作由三个基本要素组成:产(产业部门),主要是企业;学(学校),主要是大学;研(科研机构),包括科学院、研究所等。建立和健全"以政府做引导,院校为依托,企业为主体,市场为导向,各方要素联动"的产学研科技创新平台,对提高海南省高技术企业自主创新能力以及高技术产业竞争优势具有重要意义。然而从各自的利益出发,产、学、研各自的目标有所不同:学校追求的是学术研究和学生培养;研究机构追求的是技术变现和即期收益;企业追求的是技术引进和利润

增值。因此，如何协调企业与学校、科研机构之间利益关系，处理好企业与学校、科研机构的合作关系，对产学研合作的实行也至关重要。

1. 深化学校与科研机构合作

目前，海南省高技术产业科研基础薄弱，学校和科研机构之间没有形成良好的合作关系，彼此之间的学术研究和实用性开发甚少，使得高技术产业的发展缺乏必要的科研力量作为支撑。因此，首先，应当加强学校与科研机构之间的交流和合作。例如，在海南大学热带生物资源利用国家重点实验室的基础上，鼓励学校和科研机构合作申报国家、省级重点实验室和工程研究中心，为产学研合作提供良好的基础设施条件。其次，发挥学校和科研机构在学科建设、科研基础和创新能力方面的优势，组建一批多学科综合交叉、持续创新能力强、开放流动的科学研究联合体，为产学研合作研发创造良好的科研环境。最后，还可以通过实行科研人员在学校和科研机构之间的流动制和两栖制，加强学校和科研机构之间的学术交流，实现智力资源共享。

2. 强化科研机构与企业的合作

目前，海南省高技术企业与科研机构之间没有形成良好的合作机制，未能实现科研机构与企业之间的优势互补，从而降低了研发效率，影响了科技成果产业化环境。针对海南省在电子信息、航天航空配套、环保节能、海洋生物产业领域的技术创新、产品研发能力仍较为薄弱的问题，科研机构可以首先发挥其在科研、技术等方面的优势，通过技术入股、技术转让、联合研究等方式与高技术企业进行合作，加快建设实验室、工程研究中心和技术研发中心，并积极推进现有实验室、工程研究中心和技术研发中心向高技术企业开放，为企业技术创新和产品研发活动提供优良的基础设施；其次，科研机构可以以有偿或联合研究的方式，协助企业进行技术开发和工程项目建设，并对企业的关键技术开发进行必要的技术指导，支持高技术企业进行技术创新和产品研发活动，提升企业自主创新和研发能力。

3. 加强学校与企业的合作

目前，海南省高技术企业普遍存在人才缺乏、创新能力和研发水平不足等问题。因此，企业可以从人才培养、技术研发两个方面与高等学校进行合作。首先，企业根据自己对技术型人才的需求，以资助方式与学校签订人才培养和输出协议，为企业培养和输送技术型人才。例如，海南大学在热带农业学科方向具备较强的教学水平和科研能力，企业可以通过在海南大学设立热带农业相关专业的基金、奖学金，或给予学校科研经费资助的方式，让海南大学为企业培养和输送热带农业技术型人才。其次，企业以有偿使用的方式，利用海南大学热带生物资源利用国家重点实验室的先进技术设备，对农业相关技术创新和产品研发进行试验和验证。最后，企业与学校之间还可以通过技术入股、技术转让或联合研究等方式开展产学研合作，促进科技成果产业化。

15.3　高技术产业的产业集群化发展策略

首先，高技术园区是推动产业集群发展的主要途径。以高技术与高效率为特点的高技术园区必须形成产业集权，形成区域集群优势、产业优势以及资源优势体系。美国硅谷、日本筑波、中国台湾地区的新竹、印度的班加罗尔等为代表的高技术产业集群形成为成功典范(马颂德　2005)。除此之外，完善的基础设施和配套政策也是推动产业集群发展的重要原因。因此，本部分内容将针对海南省区位优势、产业优势和资源优势提出引导产业集群发展的对策，以及通过完善基础设施和配套政策来推动产业集群发展。

1. 基于区位优势引导产业集群发展

一个国家、一个地区的某种产业能在全球市场上获得持久的竞争优势，往往离不开当地独特的地理环境。从区位看，海南省处在泛珠三角经济带、环北部湾经济圈、东盟自由贸易区前沿，优越的地理条件和发展环境有利于海南省吸收更多来自国内外的资本和先进技术，有利于生产要素的聚集。海南省高技术产业发展应当充分利用所在区位优势，整合自身和周边地区的资本、技术和人才等资源，形成省内各级市县的梯级辐射的区位产业集聚模式，为高技术产业集群的形成和规模化发展创造良好条件。

2. 基于产业优势引导产业集群发展

目前，从海南省高技术产业产值和产业水平来看，已初步形成了现代汽车及配套产业、生物制药产业、新材料产业、电子信息产业和热带特色现代农业产业五大优势产业领域。现代汽车及配套产业，以海马汽车为核心，以"海马二期"园区为依托，带动汽车零部件及其相关配套产业集群化发展；生物制药产业以中和药业、先声药业等生物制药企业为核心，依托"药谷"基地，吸引相关企业聚集；新材料产业依托洋浦炼油、浆纸和东方大化工项目，以欣龙控股(集团)股份有限公司为核心，推动精细化工材料、非织造材料产业集群化发展；电子信息产业以海口生态软件园和三亚创意园区为依托，吸引软件和集成电路相关产业的企业聚集，形成集群化发展；热带高效农业产业以南繁育种基地为依托，运用分子育种、辐射育种等现代生物育种技术和常规育种手段相结合，推动水稻种子的繁殖、制种、加工、销售等产业集群化发展。

3. 基于资源优势引导产业集群发展

集群作为一种中间组织形式构成了新的竞争单位，其竞争优势来源于资源禀赋及集群对于资源的整合能力(蔡宁，吴结兵　2002)。自然资源优势是形成产业集群的最初动因。应充分利用丰富的南药资源，促进生物制药产业集群化发展；利用丰富的矿产、油气、橡胶资源，推动硅材料、精细化工材料、高分子材料与薄膜材料产业集群化发展；利用丰富的热带高效农业资源，带动种植业、养殖业和农产品深加工等现代农业形成产业集群化发展；利用丰富的海洋生物资源，促进海洋药物、海水养殖和水产品加工产业集群化发展。以资源优势推动相关产业集群化发展，反过来又以产业集群对于资源的整合能力，提高资源利用效率，从而提升产业竞争优势。

4. 健全基础设施推动产业集群发展

完善的基础配套设施是企业生产经营的前提条件。高技术园区作为产业集群发展的载体，本身也具备一定的技术研究技术、生产设施和中介服务机构等基础设施，可以促进产业集群的形成。但海南省高技术园区的集群发展大多以区位优势和优惠政策吸引企业入驻园区，而不是以技术研究中心、生产设施和中介服务机构等硬件设施为基础，由产业或企业之间内在关联性形成的产业集群。因此，应当加快高技术园区技术研究中心、中介服务机构建设，并提高现有技术研究中心、中介服务机构的服务质量，为企业提供科技创新、科技成果产业化平台，实现科技创新资源共享，吸引更多的企业入驻园区形成产业集群发展。

5. 完善配套政策推动产业集群发展

完善的配套政策对高技术企业具有非常大的吸引力。目前，海南省为支持高技术产业发展，制定了相关产业配套政策，主要表现在税收优惠政策和人才引进政策：首先，给予高技术企业一定的增值税、所得税、营业税等税收优惠政策，以鼓励和支持高技术企业发展；其次，给予高技术人才在住房、收入、子女上学等方面的优惠政策，为其提供优良的工作条件和生活环境，吸引技术型人才来海南工作。但是，在高技术企业投融资、产学研合作和科技成果产业化等方面，相关配套政策还较为欠缺。因此，为促进高技术产业快速发展，提升高技术产业竞争力，应在不断改进现有税收优惠政策和人才引进政策的基础上，加快制定投融资政策、产学研合作政策和科技成果产业化政策，逐步完善高技术产业在投融资、税收、人才引进、产学研合作和科技成果产业化等方面一系列相关产业配套政策，引导产业集群化发展。

15.4　高技术产业的产业链延伸策略

发展高技术产业链就是要发挥高技术对产业发展的带动性和突破性等作用,促进本地区经济发展;支持高技术产业链延伸就是利用高技术加快推进对经济发展具有显著带动作用的重点产业,为当地经济发展服务。依托海南省现有产业优势,推动高技术产业向上下游领域拓展,研究和开发出更高附加值、更高技术含量的产品,进而提升高技术产业竞争优势。

1. 生物制药产业链构建

生物制药产业已成为海南省支柱产业之一,截止到 2008 年,生物制药实现收入 44.1 亿元,高技术企业 46 家,占全省高技术企业总数的 36%。生物制药产业领域产业链延伸,应当充分利用丰富的南药、黎药资源优势,提升南药、黎药等重要产业和保健品产业水平,积极发展生物制药,逐步完善新药研发、安评中心、临床检验和医药生产等医药产业链;充分发挥生物技术优势,重点发展基因药物、合成药物、生物医学工程产品和现代中药等,同时,积极对市场前景广阔,但是科技含量低的中成药进行二次开发,使其成为具有知识产权和核心竞争力的现代中药。

2. 新材料新能源产业链构建

(1) 硅材料产业链延伸。海南石英砂资源丰富,其内含的主要成分硅是半导体工业和电子信息材料产业的重要原材料。应充分开发石英砂资源,以硅材料生产加工为核心,延伸产业链,大力发展石英砂深加工系列产品、半导体工业、以硅为主要原材料的玻璃工业、有机硅材料系列产品和无机硅化工系列产品。

(2) 精细化工材料产业链延伸。充分发挥丰富的海南石油天然气的资源优势,依托洋浦炼油、浆纸和东方大化工项目,围绕上下游领域开发一系列的高技术产品,在自主研发生产丙烯和甲醇、乙烯、苯等四大基础上,进一步延伸产业链,如利用烯生产聚丙烯等。

(3) 高分子材料与超膜材料产业链延伸。海南省具有丰富的橡胶、海洋生物多糖和天然的高分子材料资源,可广泛应用于信息产业、航天航空、生物医药、交通运输和建筑等领域产品的研究开发。

3. 电子信息产业链构建

(1) 重点发展集成电路、光纤光缆、职能 IC 卡等,增强企业技术创新能力,培育一批研发能力强的企业,推动各种形式的联合开发,争取在部分具备比较优势的重点领域有所突破,逐步完善配套产业。

(2) 广播电视网、电信网和互联网的"三网"融合,将触发机顶盒、双向网改造设备、音视频节目内容信息系统建设的需求;另外,将延伸出图文电视、视频邮件和网络游戏等增值业务类型。以"三网"融合为契机,围绕上下游领域,拓展软硬件设备产业,或开发图文电视、视频邮件等增值业务。

(3) 物联网产业链延伸。争取在传感器、核心芯片、关键设备制造等方面形成一批自主知识产权的产品,促进物联网标识、感知、处理和信息传送等产业链条进一步完善，逐步完善物联网研发体系、公共技术服务平台及基础数据库。

4. 现代农业产业链构建

(1) 利用基因工程、细胞工程等生物技术，开展主要农作物杂种优势利用、新品种选育，以及相关配套技术的研究与产业开发；另外，建设高技术的兽用生物制品研发及生产基地，研发和生产预防畜禽疫病的高技术疫苗，以及各类疾病的检测试剂，着重开展疫苗、单克隆抗体和分子标记检测试剂盒的研制。

(2) 以食品加工和储藏保鲜工艺与技术研究为重点，开展粮油、蔬菜、果品、奶业及水产品等大宗农产品加工、储藏和运输技术创新，提高农产品资源的利用效率，研究蔬菜、水产品深加工工艺和农作物废弃物综合利用技术，提高农产品附加值。

5. 海洋生物产业链构建

利用热带海洋药用生物资源丰富的优势，吸引区域内外资金、技术和人才，提升海南省海洋药物研发能力，大力发展海洋医药产业。研究开发具有自主知识产权的热带海洋生物新药，技术含量高、市场前景好、经济效益好的海洋中成药和海洋保健品。

6. 汽车产业链构建

以海马集团为核心，积极引进和开发相关配套项目。运用智能化技术、环保节能等高技术，开发燃料多元化的新型缓和动力汽车，同时开发自适应控制系统、汽车故障自动诊断和报警系统等相应的汽车电子技术产品。

15.5　高技术产业的科技创新体系优化策略

完善的配套服务体系是吸引高技术企业集聚的重要因素，也是支撑高技术产业发展的基础条件。因此，应当紧紧围绕高技术及其相关产业，加快建设科技资源共享机制、科技成果转化服务平台、高技术企业融资渠道、对外合作交流服务体系和知识产权保护体系，进一步完善高技术产业配套服务体系，提升高技术产业竞争优势。

1. 健全科技资源共享机制

创新是企业发展的灵魂，而技术创新是高技术园区的支柱。海南省科技资源有限，因此，有必要从大型科学仪器共享、科技文献共享等多个方面完善科技资源共享服务体系。一方面依托省、市重点实验室，企业技术中心，工程技术研发中心的仪器设备资源，建立研究实验基地和大型科学仪器、设备等科研资源共享平台；另一方面，集成骨干企业、独立研发机构或高等学校、科研院所等机构，公共图书馆等科技文献信息资源，建立科技文献资源共享平台，为企业研究开发和技术创新提供科技资源支撑。

2. 打造科技成果转化服务平台

科技成果转化服务平台作为政府促进科技成果转化的重要机制，其功能在于发挥技术交易服务机构和成果转化服务机构的作用，降低科技成果转化的成本，提高科技成果的开放度和科技成果转化率。目前，海南省科技成果转化服务平台的建设缓慢。政府可以先采取设立技术交易、咨询评估等中介服务机构，为企业、学校和科研机构提供技术、信息、金融等公共服务的方式，然后，通过进一步建立门户信息系统、资本与市场对接平台、技术产权交易服务平台、技术创业孵化服务平台等，逐步建立布局合理、功能齐全、开放高效、体系完备的科技成果转化服务体系，形成良好的科技成果产业化环境，实现科技成果有效、顺畅流通，从而推动科技成果产业化发展，促使科技成果转化为现实生产力。

3. 拓宽高技术企业融资渠道

目前，商业银行为降低风险，要求高技术企业以优质固定资产作为抵押担保才能提供贷款，而大多数高技术企业可用于抵押的资产有限，在无形资产不能作为抵押物的情况下，高技术企业很难符合银行抵押贷款的条件，因此融资难是困扰高技术企业发展的主要问题。为完善高技术企业融资服务体系，首先，应当建立会计事务所、审计事务所等融资服务中介机构，为投融资双方搭建信息交流平台，避免因信息不对称而造成高技术企业融资难的问题；其次，加快担保体系建设，设立高技术企业融资担保机构，为高技术企业筹措担保资金；最后，发展风险投资和建立产权交易市场，吸引社会资本为高技术企业提供资金支持。逐步形成企业科技专项拨款、金融机构融资、全社会投资相结合的，多渠道、多层次、多元化的科技投入体制，解决高技术企业融资难问题。

4. 完善对外合作交流服务体系

广泛开展技术合作与交流，促进海南省高技术产业的发展。目前，海南省尚未形成完善的对外合作交流服务体系。为完善对外合作交流体系，引进国内外先进技术、优秀人才，提升海南省高技术产业的创新能力、研发水平和竞争力。首先，应当通过加强与全国科研院所、高等学校和科技企业在技术、信息、人才等方面的合作，引进先进技术和优秀人才，帮助高技术企业提升创新能力和研发水平；其次，加强与全国科研院所、高等学校和科技企业进行联合研究开发和贸易合作，吸引国内外大型企业、金融投资机构进入高技术园区开展业务。

5. 健全知识产权保护体系

完善的知识产权保护体系，是维护企业创新成果，提升企业核心竞争力的关键。

目前，海南省高技术知识产权制度不健全，高技术企业专利成果数量少，制约了高技术产业的发展。因此，首先应当加快构建知识产权中介服务机构，充分发挥中介服务机构在知识产权保护中的积极作用，帮助企业解决商标注册、专利申请、版权保护等相关知识产权问题；其次，高技术企业要逐步建立和完善专利、商标、著作权和技术秘密等知识产权方面的管理制度和规范，保护企业创新成果；此外，有必要提高知识产权的行政执法效率，集中开展打击侵犯知识产权和制售假冒伪劣商品行动，提高知识产权案件审判和执行能力。通过知识产权保护，实现企业积极投入自主创新，获得创新成果高额回报的良性循环。

第16章 海南省高技术产业政策支持体系建设

高技术产业政策是推动高技术产业和经济发展的重要手段。随着近年来海南省和海口市有关高技术产业发展的各项政策相继出台,高技术产业政策在对加快实施科教兴琼战略、促进高技术产业发展、改造传统产业、优化产业结构等方面所发挥的作用也逐步显现。海南省高技术产业电子信息、生物与新医药、新材料等多个领域都实现了跨域式发展。然而,现有的政策在投融资政策、人才政策以及知识产权政策等方面仍然存在不足,本章将在深入分析海南省和海口市高技术产业政策的基础上,针对现有政策体系不足,提出引进高技术企业、高层次人才、鼓励创业创新等多方面的建议,进而完善海南省高技术产业政策支持体系建设。

16.1 高技术产业政策主要做法

海南省自1988年建省以来,高技术产业从无到有、从小到大,成为海南省经济增长的重要力量,对海南省经济社会发展起着至关重要的推动作用。海南省高技术产业的发展离不开高技术产业政策的支持(表16-1)。考虑到海南省高技术产业大部分集中在海口市,因此,下文将分别针对海南省和海口市高技术产业政策所涉及的具体条例,从投融资政策、财税政策、人才政策、知识产权政策和产业促进政策五个方面进行详细阐述。

16.1.1 海南省高技术产业投融资政策

(1) 采取设立专项发展资金、贷款贴息、资金奖励等方式,支持高技术企业发展。《海南省鼓励软件产业和电子信息制造业发展政策》规定,省财政设立电子信息产业发展资金,重点扶持海南生态软件园和三亚创意产业园建设,推动电子信息产业快速发展。园区所在地政府应设立相应的产业发展资金用于配套支持本地电子信息产业的发展;经省信息产业主管部门认定的优质电子信息产品制造项目,投资规模在5亿元人民币以上,其建设资金国内贷款部分,由省财政提供1个百分点的贷款贴息,贴息时间不超过3年。《海口国家高新技术产业开发区优惠政策》规定,海口市国家高新区设立"企业发展奖励资金"考核奖励的主要指标:一般工业企业和高技术工业企业,分别按企业缴纳增值税税额的10%和2%、地方税(城建税、个人所得税除外)税额的18%和25%奖励。《海南省电子信息产业发展专项资金管理暂行

表 16-1　　海南省(含海口市)主要高技术产业政策文件

年份	政策文件
1998	《海口市科学技术奖励基金管理办法》
1998	《海南省科技成果转化奖励基金管理办法》
1999	《海口市科技三项费用管理暂行办法》
1999	《海口市科技先进单位和先进个人评定办法》
1999	《海南省科技成果转化奖励办法》
2001	《海南省重点实验室暂行管理办法》
2004	《海口国家高新区技术产业开发区优惠政策》
2004	《海口市鼓励投资发展医药产业的若干规定》
2004	《专利行政执法规程(试行)》
2005	《海口市专利资助管理办法》
2007	关于印发《海口市重点实验室认定管理办法》、《海口市工程技术研究开发中心认定管理办法》的通知
2008	《海口市扶持医药产业发展若干规定》
2008	《海口市引进高层次专业人才若干规定》
2008	《海口市专利奖评奖办法(暂行)》
2008	《海口市专利战略研究和专利实施引导资助项目申报评审管理细则》
2008	《海南省鼓励软件产业和电子信息制造业发展政策》
2009	《海口市扶持医药产业发展若干规定实施细则》
2009	《海口市科学技术奖励办法》
2009	《海口市促进高新技术产业发展若干规定》
2009	《海南省电子信息产业发展专项资金管理暂行办法》
2010	《海口市科技计划项目管理操作规程》

办法》明确了对入驻海南生态软件园年产值超过 1 000 万元的企业办公租房给予 4 年补贴,每个企业补贴金额不超过 50 万元;对入园年产值超过 500 万元的企业办公房租给予 3 年补贴,每个企业补贴金额不超过 30 万元。本省内现有的 IT 企业迁入园区的,前 3 年内给予房租补贴,不受产值限制,每个企业补贴金额不超过 50 万元;对软件企业因申报软件产品所发生的测试和登记费用经省工业和信息化厅审核通过,给予费用补贴,单个项目补贴金额不超过 10 万元;对入园后通过 CMM2 级以上国际资质认证的企业给予级别差额补贴,最高补贴额为 80 万元;软件出口企业(包括 BPO 企业)向有资格的机构办理短期和中长期出口信用保险,资金给予保险费补贴,补贴金额不超过 20 万元。对年软件出口额 200 万美元以上企业,给予最高 50 万元人民币的一次性奖励。

(2) 通过采取为国内外风险投资提供税收优惠、支持高技术企业上市等方式,为高技术企业搭建多元化融资渠道。《海口国家高新技术产业开发区优惠政策》规定,科技风险投资公司从获利年度起 5 年内,所缴纳企业所得税 60%列收列支,作为政府财政补贴。《海南省鼓励软件产业和电子信息制造业发展政策》规定,政府有关部门积极为软件和电子信息产品制造企业在国内外上市、融资创造条件和提供服务；鼓励和吸引本省和国内外金融企业对"两园"和园区企业的资金投入；金融机构可针对软件企业的特殊性开创新的信贷方式，支持有市场前景的软件产业化项目；优先推荐符合条件的软件和电子信息产品制造企业上市；国内外风险投资机构对海南生态软件园和三亚创意产业园区企业和项目投资实现的营业税、企业所得税的地方分享部分，给予 50%的奖励，扶持期为 3 年。

(3) 采取研发费用计入成本、经费资助等方式，鼓励高技术企业增加研发投入，提高研发创新水平。《海口国家高新技术产业开发区优惠政策》规定，企业研究开发支出的费用，可按实际发生额计入成本；年增幅在 10%以上的，可再按实际发生额的 50%抵扣应税所得额；对社会力量，包括企业单位(不含外商投资企业和外国企业)、事业单位、社会团体、个人和个体工商户，资助非关联的科研机构和高等学校研究开发新产品、新技术、新工艺所发生的研究开发经费，经财政、税务主管部门审核确定，其资助支出可以全额在当年度应纳税所得额中扣除。当年度应纳税所得额不足抵扣的，不得结转抵扣；企业研究开发新产品、新技术、新工艺所发生的各项费用，不受比例限制，计入管理费用。企业为研究开发新产品、新技术、新工艺所购置的设备、测试仪器，单台价值在 10 万元以下的，可一次或分次摊入管理费用。《海口市科技三项费用管理暂行办法》规定了市政府每年从财政支出预算中安排用于发展科技事业的专项费用。市科技三项费用的使用范围包括：新产品开发和试制；科技成果转化和中间试验；科技服务行业(包括咨询、交流、中介、信息等)补助；重大科研项目补助及重点科技计划项目相配套的资金。《海口市扶持医药产业发展若干规定》规定，对取得国家药监部门新药证书和生产批件并落户本地生产的新药，给予一次性资助。资助标准是：一类新药(含中药、西药)50 万元；二类新药(含中药、西药)20 万元；鼓励医药生产企业和研发机构在新药研制过程中，积极申报海口市科技三项经费。市政府在同等条件下优先支持医药企业；新建、扩建医药生产项目的厂房及研发类建筑，一律免交市政建设配套费。

(4) 通过设立科技成果转化奖励基金对科技成果转化予以奖励的方式，促进高技术产业科技成果转化和提高高技术产业经济效益。《海南省科技成果转化奖励基金管理办法》明确了科技成果转化基金的资金来源：①财政专项拨款；②基金增值部分；③其他合法来源。《海南省科技成果转化奖励办法》规定，海南省科技成果转化奖分为三个等级，除均颁发海南省科技成果转化奖励证书外，分别按项目奖给奖金：一等奖 10 万元，二等奖 5 万元，三等奖 3 万元。奖金数额可随着基金规模的扩大而适当提高。　对经济建设和社会发展具有特殊贡献的科技成果转化项目，经省评审委员会评议、推荐，报省人民政府批准，授予特等奖，可奖励现金或实物，其奖金数额应高于一等奖。

(5) 采取资助方式支持设立研发机构，提高技术研发水平。《海南省电子信息产业发展专项资金管理暂行办法》明确了对在电子信息产业领域获得国家级工程研究中心、国家级重点实验室等资格的研发机构，给予不超过 100 万元的资助。

(6) 通过放宽注册资本限制、资金奖励等方式，支持设立高技术企业和项目建设。《海口国家高新技术产业开发区优惠政策》规定，外国投资者(包括中国港澳台地区)在区内兴办企业，其出资额不足注册资本 25%的，可注册为内资企业。《海口市扶持医药产业发展若干规定》规定，凡在批准注册登记之日起至规定时间内建成投产的新办企业，投产后 2 年内企业年度最高净入库税收(包括国税、地税，以国税局、地税局出具的证明为据)达 10 万元/亩，且年税收额达到 300 万元以上的，一次性从专项资金给予其所交纳的土地款额的 10%的奖励。在此基础上，每亩税收增加 1 万元的，增加其交纳土地款额 1%的奖励；落户海口市的新建或技改医药工业项目，在规定时间内安装调试完成并投产的，对其购入主要新增生产设备投资额 2 000 万元及以上的，凭购置发票(以国税部门抵扣税凭证为据)和付款凭证一次性从专项资金中给予设备款 3%的资助。

(7) 采取所得税补贴的方式，鼓励医药企业并购重组。《海口市扶持医药产业发展若干规定》规定，本市医药企业收购、兼并或重组，被收购、兼并或重组的医药企业缴纳的房产税和土地使用税(凭税务部门完税证明)自收购、兼并或重组之日起 3 年内，一次性按实缴税额的 10%由专项资金给以补贴，但最高不超过 10 万元。

16.1.2　海南省高技术产业财税政策

(1) 通过实施所得税、增值税、营业税减免等税收优惠政策，为高技术企业提供财政扶持。《海口国家高新技术产业开发区优惠政策》规定，企业对技术改造项目的国产设备投资，凡属开发新技术、新工艺、新产品的，按 40%的比例抵免企业所得税；提供应税劳务、转让无形资产或者销售不动产的企业和个人，对其应纳营业税的经营项目，经海口国家高新区税务主管部门核准后，第一年至第五年，当年缴纳营业税额 200 万元以上的(含 200 万元)，60%列收列支，作为政府财政补贴；当年缴纳营业税额 50 万元以上(含 50 万元)、200 万元以下的，40%列收列支，作为政府财政补贴；当年缴纳营业税额 50 万元以下的，20%列收列支，作为政府财政补贴。第六年至第十年分别调减为 30%、20%、10%列收列支，作为政府财政补贴；海口国家高新区企业生产和产品，在海南岛内销售的，免征增值税。对增值税一般纳税人销售其自行开发生产的软件产品，2010 年前按 17%的法定税率征收增值税，以实际税负超过 6%的部分实行即征即退；经营期限在 10 年以上的生产开发性企业，从开始获利的年度起，第一年和第二年免征企业所得税。第三年至第八年减半征收企业所得税。减免企业所得税期满后，当年出口产品的产值达到当年企业产品总产值 70%以上的，当年可减按 10%税率征收企业所得税；软件开发企业实际发放的工资总额,在计算应纳税所得额时准予扣除;投资总额超过 4 000 万元、经营期限在 10 年以上的服务性的企业,从开始获利的年度起,第一年免征企业所得税,第二年、第三年减半征收企业所得税。经营期限或投资总额达不到上述标准的,从开始获利的年度起,第一年免征企业所得税,第二年减半征收企业所得税;引进技术设备的消化、吸收、创新项目,经省科技行政部门或海口国家高新区管理委员会认定后 3 年内,所缴纳的企业所得税 60%列收列支,用于该项目的基本建设和技术开发资金贴息。经省科技行政部门或海口国家高新区管理委员会认定的各类技术交易所和其他中介服务机构,自认定之年度起 3 年内,所缴纳的企业所得税 60%列收列支,作为政府财政补贴。《海南省鼓励软件产业和电子信息制造业发展政策》规定,经海南生态软件园和三亚创意产业园区管理机构认定,园区企业营业税,以及企业所得税、增值税的地方分享部分年纳税额度合计 30 万元以下的,扶持奖励企业 30%;30 万元以上(含 30 万元)、60 万元以下的,扶持奖励企业 35%;60 万元以上(含 60 万元)、100 万元以下的,扶持奖励企业 40%;100 万元以上(含 100 万元)的,扶持奖励企业 50%(扶持期为 3 年)。《海口市扶持医药产业发展若干规定》规定,新建投产的医药生产企业,自投产之日起 3 年内,企业年度缴纳增值税达到 300 万元以上的,当年按所缴纳增值税的市级留成部分,由专项资金给予 100%的扶持。3 年后且 5 年内按所缴纳增值税的环比增量的市级留成部分,由专项资金给予 60%的扶持;非新建医药生产企业,以历年(自 2003 年以来)年度缴纳增值税最高额为基数,当年实缴增值税增量达到 30 万元以上的,增量税额的市级留成部分由专项资金给予 100%的扶持;全市医药流通企业,以历年(自 2003 年以来)年度缴纳增值税最高额为基数,当年实缴增值税增量达到 30 万元以上的,增量税额的市级留成部分由专项资金给予 40%的扶持。

(2) 采取所得税、营业税减免的方式,支持高技术企业和科研机构开展技术性服务。《海口国家高新技术产业开发区优惠政策》规定,企业从事技术转让以及在技术转让过程中发生的与技术转让有关的技术培训、技术咨询、技术服务所得,年净收入在 30 万元以下的,暂免征收企业所得税;科研机构从事技术转让、技术培训、技术咨询、技术服务、技术承包所得税,免征企业所得税;对单位和个人(包括外商投资企业、外商投资设立的研究开发机构、外国企业和外籍个人)从事技术转让、技术开发业务和与之相关的技术咨询、技术服务业务取得的收入,免征营业税。

(3) 通过实施进出口关税减免的税收优惠政策,鼓励高技术企业引进用于技术创新的设备、专利和开展出口业务。《海口国家高新技术产业开发区优惠政策》规定,经海关批准,企业可设立保税仓库及保税工厂,海关对企业开展加工贸易进口的料件按保税货物进行管理,按实际加工出口的数量,同时考虑合理损耗部分,免征关税和进口环节增值税;海口国家高新区企业生产的出口产品,除国家另有规定外，免征出口关税；对企业从境外引进用于技术创新的软件、专利、设备、样品和样机，免征关税和进口环节增值税；对企业为生产《中国高新技术产品目录(2009)》的产品而进口所需的自用设备及按照合同随设备进口的技术及配套件、备件，除国家规定的不予免税的进口商品外，免征关税和进口环节增值税；对企业引进属于《国家高技术产品目录》所列的先进技术、按合同规定向境外支付的软件费，免征关税和进口环节增值税；对列入《中国高新技术产品出口目录》的产品，凡出口退税率未达到征税率的，经国家税务总局核准，产品出口后可按征税率及现行出口退税管理规定办理退税；生产性企业经省外经贸主管部门登记，即可有省内从事非指定公司经营商品的进口业务；经省科技行政部门或海口国家高新区管理委员会确认属高技术企业并确有需要者，由省外经贸主管部门从优审核，并向原对外贸易经济合作部申请备案后，即可在国内各口岸从事核定经营范围内的出口业务；出口业绩达标后，还可在国内各口岸从事进口业务。

(4) 其他相关税费减免条例。《海口国家高新技术产业开发区优惠政策》规定，外商投资企业和外国企业资助非关联科研机构和高等学校研究开发经费，参照《中华人民共和国外商投资企业和外国企业所得税法》中有关捐赠的税务处理办法，可以在资助企业计算企业应纳税所得税额时全额扣除；企业从事技术开发及其相关交易中所签订的技术合同，所缴纳的印花税列收列支，作为政府财政补贴；企业和项目新建、新购置生产经营场所，自建成或购入之日起，5 年内免征房产税；海口国家高新区企业城乡建设维护税 5 年内列收列支，全部用于该企业的基本建设；企业的教育费附加 5 年内列收列支，全部用于企业的职工培训；企业和项目新建、新购置生产经营场所，免缴报建费；在国家规定的固定资产分类折旧年限基础上，经海口国家高新区税务主管部门批准，其折旧年限可缩短 30%~50%。购入计算机软件，随同计算机一同购入的，计入固定资产价值；单独购入的，按法律规定的有效期限或合同规定的受益年限进行摊销；没有规定有效期限或受益年限的，可在 5 年内平均摊销。

(5) 政府采取优先采购、土地使用权及行政事业费用优惠等措施，支持高技术企业发展。《海南省鼓励软件产业和电子信息制造业发展政策》规定，海南生态软件园和三亚创意产业园区企业可按照同等优先的条件参与政府信息化项目建设。政府部门采购软件、电子信息产品和服务的，按照同等优先的条件对园区企业实行倾斜；海南生态软件园和三亚创意产业园区项目涉及新增建设用地的，政府有关部门要在土地供应和用地指标方面给予大力支持。《海口国家高新技术产业开发区优惠政策》企业和产品生产经营用地，免收土地使用权出让金地方财政收入部分；企业原则上免交市级以下的各种行政事业性收费；对在高新区投资的项目用地，根据项目的技术水平和投资强度，实施特别的优惠政策。租用区内的土地、厂房、仓库、办公场所，均实施优惠价格和各种灵活的付款方式。

16.1.3　海南省高技术产业人才政策

(1) 通过简化高技术人才出入境手续、妥善安排高技术人才配偶就业和子女上学、租房补贴、经费支持等方式，吸引高技术人才。《海南省鼓励软件产业和电子信息制造业发展政策》规定对外籍学者参与海南省电子信息产业研究开发可提供如下入出境便利：对需多次临时入境外籍人员，可根据需要由聘请单位申办有效期 1 年的多次入境有效"F"(即访问)签证。如需延长，可以续签；对需在海南长住人员，可根据需要签发 1 年以上最长不超过 5 年的外国人居留许可(在该居留许可有效期内可多次往返)；对符合条件申请在海南定居(包括其配偶、未成年子女)，可尽快受理、审核并向公安部申报外国人在华永久居留资格(即绿卡)；对企业管理人员和专业技术人员简化因私出国(境)审批手续。申请因私出国护照，凭省信息产业主管部门签发的电子信息企业证书可按急事急办规定优先给予办理；需经常往来港澳地区从事企业事务活动的，凭省信息产业主管部门签发的电子信息企业证书及该企业法定代表人签发的证明函件可申办 1 年"多次往返"签注；申请赴台湾地区等其他出入境事由的，凭省信息产业主管部门签发的电子信息企业证书及该企业法定代表人签发的证明函件可按急事急办规定优先办证；提供上门服务。同一电子信息企业有 5人以上同时申请出国(境)的，出入境管理部门可直接到该企业受理申请。《海南省电子信息产业发展专项资金管理暂行办法》规定，对省工业和信息化厅认可的软件企业高级专业技术人员予以 2 年、每月 1 500 元租房补贴。《海口国家高新技术产业开发区优惠政策》规定，在区内创办高技术企业和项目，所需人员在评聘专业技术职务、落户、子女就学等方面给予优先考虑并实施特别照顾；获得国外永久居留权的留学人员来海口国家高新区创业，可享受外商投资企业的优惠政策。留学人员携高技术入股的，可优先获得创业基金支持。获得国外永久居留权或已在国外开办公司的海外人才，在申报有限责任公司注册资本不足时，可向海口国家高新区管理委员会申请协助解决；高技术企业的主要管理人员和骨干技术人员因公出境，可办理 1 年内审批多次出境手续；户口在海南或在海南居住 1 年以上的，可申办 5 年有效因私护照及一次或多次往返香港通行证。《海口市引进高层次专业技术人才若干规定》规定，调入或受聘(全职服务)来海口市工作签约 5 年以上(已完成自带项目者不受此限制)的高层次专业技术人才，可享受市人才资源开发专项资金提供的安家补贴，安家补贴分 3 年支付，每年支付总额的 1/3。安家补贴标准如下：中国科学院院士、中国工程院院士 40 万元；国家有突出贡献的中青年科学、技术、管理专家、享受国务院特殊津贴专家、百千万人才工程国家级人选、长江学者奖励计划入选者和国家级重点学科、重点实验室、工程技术研究中心学术技术带头人 10 万元；正高级专业技术职务人员、省部级优秀专家 5 万元；具有博士学位的人员 3 万元；其他高层次专业技术人才的安家补助费视具体情况而定。引进的高层次专业技术人才向科技部门申请科研项目经费时，科技部门应根据其科研项目、课题需要优先给予安排，具体额度由科技部门组织行业专家对其研究项目进行评估后确定；引进到海口市工作的高层次专业技术人才，其子女到海口市公办学校就读可免收择校费，入学、转学手续按省、市有关学籍管理规定办理；引进的高层次专业技术人才(包括已辞去公职人员)如要求入户的应给予办理入户，配偶及未成年子女可随迁；子女都已成年的可随迁一名成年子女；事业单位需引进紧缺高层次专业技术人才，满编时可先调入，待单位自然减员后纳编管理。专业技术职务岗位按规定比例已聘满的，可向人事部门申请追加专项职数，待岗位有空缺时予以冲销。

(2) 通过给予个人所得税及资金奖励、技术成果入股参与分配、设立奖项等方式，激发高技术人才创新潜能。《海南省科技成果转化奖励办法》规定，在海南省科技成果转化项目的应用、推广直至形成新产品、新工艺、新材料和发展新产业等活动中起主要作用的人员；从省外引进科技成果转化成生产项目的，应奖励在推广应用中起主要作用的人员；在省内自行发明研制并转化成生产项目的，应奖励在研制和推广工作中起主要作用的人员。《海南省鼓励软件产业和电子信息制造业发展政策》规定，对海南生态软件园和三亚创意产业园区企业中的高级管理人员和技术骨干，在园区内连续工作 1 年以上的，工资薪金和劳务所得形成个人所得税地方分享部分给予 100%的为期 5 年奖励；在园区内阶段性工作的，工资薪金和劳务所得形成个人所得税地方分享部分给予 60%的为期 5 年奖励；对上述人员来源于其所在企业的股权、期权、知识产权成果所得形成个人所得税地方分享部分给予 50%的为期 5 年的奖励，每人奖励总额不超过 100 万元人民币。每月的奖励在下个月度兑现。《海口国家高新技术产业开发区优惠政策》规定，对在海口国家高新区研究开发、成果转化中做出突出贡献的科技人员，经有关部门批准，予以破格越级推荐评审相应的专业技术职务任职资格；技术成果经取得资格的资产评估机构评估后可以作价入股，高技术成果作价金额入股的比例可以达到企业注册资本的 35%。《海口市引进高层次专业技术人才若干规定》规定，高层次专业技术人才携带技术、项目、专利在海口市投产或研制开发新产品、推广应用新成果产生经济效益的，其股权收益(或科技奖励)所缴纳的个人所得税市级留成部分，5 年内由财政从专项资金中给予 100%的返还；在海口市创业并获得国家自然科学奖、国家技术发明奖或科技进步二等奖以上的主要完成人，除国家、省政府奖励外，市政府再给予奖励。其中，一等奖第一完成人奖励 10 万元，一等奖第二完成人或二等奖第一完成人奖励 8 万元，一等奖第三完成人、二等奖第二完成人奖励 5 万元。获得海南省成果转化奖和科技进步奖一等奖的主要完成人，除省政府奖励外，市政府再给予奖励。其中，一等奖第一完成人奖励 3 万元，一等奖第二完成人或二等奖第一完成人奖励 1 万元。对引进的高层次专业技术人才由用人单位按以下标准发给岗位津贴，发放岗位津贴时间为 3 年：中国科学院院士、中国工程院院士 5 000 元/月；国家有突出贡献的中青年科学、技术、管理专家、享受国务院特殊津贴专家、百千万人才工程国家级人选、长江学者奖励计划入选者和国家级重点学科、重点实验室、工程技术研究中心学术技术带头人2 000 元/月；正高级专业技术职务人员、省部级优秀专家1 500 元/月；具有博士学位的人员1 000 元/月；其他高层次专业技术人才的岗位津贴视具体情况而定。《海口市科学技术奖励办法》规定，设立海口市科学技术突出贡献奖，每2 年评审1 次，每次授予人数不超过2 人，可以空缺。海口市科学技术突出贡献奖每项奖金20 万元。海口市科学技术进步奖分为一等奖、二等奖、三等奖3 个等级，每年评审1 次，奖励项目总数不超过18 项，其中一等奖不超过4 项，二等奖不超过6 项。对本市经济建设和社会发展有特殊贡献的科学技术成果项目，可以授予特等奖。海口市科学技术进步奖一等奖每项奖金5 万元、二等奖每项奖金3 万元、三等奖每项奖金1 万元、特等奖奖金7 万元。海口市科技成果转化奖分为一等奖、二等奖2 个等级，每年评审1 次，每次授予项目不超过5 项，其中一等奖不超过2 项，可以空缺。海口市科技成果转化奖一等奖每项奖金10 万元、二等奖每项奖金5 万元。

(3) 采取培训经费资助的方式，支持高技术企业开展员工培训，提升高技术企业人员素质。《海南省电子信息产业发展专项资金管理暂行办法》规定海南生态软件园和三亚创意产业园区内企业每年申报员工培训计划，海南省工业和信息化厅汇总并制定当年软件人才培训资助方案，委托经海南省工业和信息化厅考核、认定的培训机构开展培训。

(4) 通过支持高等学校设立软件相关专业或建立实训基地，提升人才教育和培养水平。《海南省鼓励软件产业和电子信息制造业发展政策》明确了省属高等学校设立的软件学院或软件职业技术学院，需新设相关专业或扩大招生规模，省教育主管部门应当给予支持；建立软件产业、电子信息产品制造业实训基地，提升和优化海南省电子信息产业人才的教育和培养水平。

16.1.4　海南省高技术产业知识产权政策

通过设立专利资助专项资金、资金奖励、经费补贴等方式，鼓励高技术企业发明创造和推动自主知识产权运用。《海南省电子信息产业发展专项资金管理暂行办法》规定，对海南生态软件园和三亚创意产业园区企业自主知识产权的产品在境外成功进行的专利、著作权、商标等知识产权注册费用给予补贴，单项最高补贴金额不超过20 万元。《海口市专利资助管理办法》规定，专利资助包括专利申请资助、专利战略研究资助、专利实施引导资助和专利奖资助。专利申请资助标准为：获得国内发明专利，全额缴费的每件资助5 000 元、30%缴费的每件资助2 500 元、15%缴费的每件资助2 000 元；获得国内实用新型及外观设计专利，职务发明的每件分别资助800 元和500 元；非职务发明的按照依法向国家专利管理工作部门实际缴纳的申请费用 (包括专利申请费、专利登记费、印花税、授权当年年费等)的90%给予资助；鼓励通过《专利合作条约》(PCT)申请国际专利，获得国外授权的发明专利每件一次性资助 15 000 元；实用新型专利每件一次性资助 5 000 元；专利战略研究资助的对象是本市获得国家、省、市知识产权试点、示范及知识产权优势企业称号和其他开展专利工作较好的单位。专利战略研究资助额为每个研究专项 2 万~10 万元；专利实施引导资助的对象是在本市已经或正准备实施，且技术含量高、市场前景好、具有较大的潜在经济效益或社会效益的发明专利项目，专利实施引导资助额为每项 5 万~30 万元。专利奖资助对象是获得市知识产权局组织评选的市级专利奖的项目。对获得市级专利奖金奖、优秀奖项目的单位，分别给予每项 6 万元和 4 万元的一次性奖励。《海口市专利奖评奖办法(暂行)》明确了设立专利奖，按技术创新水平、经济效益、社会效益及其对促进科学技术进步的作用大小划分为专利金奖和专利优秀奖 2 个等级；市级专利金奖每年不超过 2 项，每项奖励 6 万元；专利优秀奖每年不超过 3 项，每项奖励 4 万元。凡获得中国专利奖金奖、优秀奖的单位，以市政府名义分别予以一次性每项奖励 10 万元、6 万元。

16.1.5　海南省高技术产业促进政策

(1) 通过设立科学技术奖励基金的方式，促进高技术产业发展。《海口市科学技术奖励基金管理办法》明确设立科技奖励基金，科技奖励基金的来源：从 1998 年起由市财政连续 5 年每年安排 100 万元；各企业单位自愿赞助；广泛接收社会各界人士(包括港、澳、台胞或华侨)的捐赠。科技奖励基金的奖励对象：完成国家、省、市科技计划的应用技术成果或自选课题的科研成果的市属单位或个人；市内各种所有制企业、各行业和高技术企业在海口市自行研究开发的科技成果完成单位或个人；推广应用新技术、新工艺、新产品、新材料，且能迅速转化为现实生产力的科技成果完成单位或个人；为海口市企事业单位引进先进技术、先进管理经验，对企事业单位经济发展和现代化科学管理具有重大贡献的单位和个人；为科普教育、专业技术教育等科学文化教育做出重大贡献的单位和个人；其他为海口市科技进步、经济建设和社会发展做出显著贡献的科技工作者和科技工作管理者。

(2) 采取经费资助的方式支持公共技术平台建设，优化高技术企业经营环境。《海南省电子信息产业发展专项资金管理暂行办法》规定，经海南省工业和信息化厅认定的软件企业开展园区需要的公共技术平台建设，包括公共平台模块新建和改建升级，资金对每个项目给予不超过 100 万元的资助，每个企业资助总额不超过 300 万元。

16.2　高技术产业政策存在的不足

16.2.1　海南省高技术产业投融资政策的不足

(1) 高技术企业融资支持政策不足，未能充分发挥风险投资机构、担保贷款机构等投融资服务机构对高技术企业的资金支持作用。高技术产业化发展离不开风险投资。产业化发展的过程需要大量资金的支持,而高技术产业的高风险性导致银行通常不愿意为高技术企业提供贷款支持。因此,传统的融资渠道不能满足高技术产业资金需求。风险投资作为一种高风险和高收益相匹配的投资方式,对高技术产业的发展起着非常重要的支撑作用。目前,海南省主要通过给予风险投资机构企业所得税减免优惠的方式,鼓励风险投资机构为高技术企业提供资金支持,却忽略了由于高技术企业在自身发展过程中存在极大的不确定性,而导致投资失败的风险。因此,现有的配套政策没有制定相应的风险补偿机制。除了风险投资机构之外,担保贷款机构对高技术企业的发展也起着非常重要的作用。但是现有的与高技术产业发展相配套的投融资政策中,基本没有涉及与担保贷款机构相关的优惠政策。

(2) 高技术企业研发创新政策支持不足,未能充分挖掘和激发高技术企业研发创新的潜力。技术创新是高技术企业获取核心竞争力的重要保证,但是高技术企业的研发创新需要投入大量的资金和技术,这就决定了高技术企业的研发创新投入除了依靠自身实力之外,还需要政府的大力扶持。而现有高技术产业政策体系对技术创新给予的扶持政策严重滞后。目前,海南省高技术产业关于促进企业增加研发投入,提高技术创新水平的优惠政策主要体现在采取研发费用计入成本或管理费用以抵扣企业所得税的方式,鼓励企业增大研发投入,支持方式相对单一。考虑到高技术企业从事技术研发创新需要大量资金支持,仅依靠抵扣企业所得税的税收优惠政策不足以支撑高技术企业研发创新对资金的需求。

(3) 高技术企业科技成果转化政策支持不足,未能有效推动科技成果产业化转化。科技成果产业化转化是实现科技成果向现有生产力转化的主要途径,也是提高高技术企业经济效益,提升高技术产业竞争优势的重要保证。政府可以通过设立科技成果产业化转化专项资金、经费补贴、税收减免优惠等方式,扶持高技术企业实现科技成果产业化转化。但是,现有海南省未能制定相关的科技成果产业化政策,推动科技成果产业化转化和提升高技术产业竞争力。

16.2.2　海南省高技术产业财税政策的不足

(1) 税收优惠侧重于产业化阶段以及特定产业,对其他阶段和其他产业扶持不足。政府通过实施税收优惠政策,可以减轻高技术企业税收负担,以便投入更多的资金用于技术研发创新,提升高技术企业的自主创新水平和研发能力。但是,海南省高技术产业税收优惠政策主要针对科技成果产业化阶段,即主要体现在高技术企业实现收益后,对其所得税、营业税和增值税的减免优惠,而与企业研发创新环节相关的税收优惠政策非常少。因此,难以有效激发高技术企业进行研发创新的潜能。另外,现有税收优惠对象主要集中在软件和电子信息产业和生物医药产业,对其他相关产业的支持不足,从而未能发挥税收优惠政策对整个高技术产业的扶持作用。

(2) 土地优惠政策内容不明朗，对高技术企业的引导作用有待加强。政府通过在土地价格和用地指标等方面给予高技术企业支持的方式，吸引高技术企业在某一地区实现产业集聚效应，促进高技术企业在信息和技术等方面的沟通交流。但是，海南省高技术产业土地优惠政策仅表现为优先批复高技术企业或高技术项目用地，高技术项目可享受较低的土地价格的内容虽有提及，但在如何制定和执行优惠价格方面的内容不明确，对高技术企业的引导作用有待进一步加强。

16.2.3　海南省高技术产业人才政策的不足

(1) 高技术产业人才引进政策向发达城市看齐，引进政策缺乏竞争力。与传统产业相比，高技术产业是知识密集和技术密集型产业。在高技术产业发展过程中，知识和技术已取代物质资本作为高技术产业发展的核心资源。因此，人才作为知识和技术的掌控主体，对于高技术产业的发展起着至关重要的作用。海南省高技术产业人才引进政策主要围绕住房、配偶就业和子女上学，以及为高技术人才提供创业资金支持等方面制定的。这些政策往往也出现在北京、上海和深圳等国内发达地区的人才引进政策当中，由于海南省属于经济社会发展不发达地区，科研和工作条件都有所不足，但人才引进政策在支持力度上却未能优越于发达地区。因此，与这些发达地区的政策相比，海南省人才引进政策对高技术产业人才仍然缺乏足够的吸引力，从而导致高技术产业人才长期不足。

(2) 过分倚重人才引进，未形成良好的人才培训机制。高技术产业发展日新月异，这对于高技术产业人才的技术创新能力和研发水平有着非常高的要求，需要通过对高技术产业人才定期开展相关领域前沿知识技术培训，才能保证相关人员充分应对技术变化所带来的冲击和保持高技术企业的竞争力。但是，海南省高技术产业人才培训政策"重引进，轻培训"的倾向，对高技术人才的教育和培养缺乏相应的扶持政策。因此，需要制订和实施定期的高技术人才培训计划，建立良好的高技术人才培训机制，以保证高技术人才具备高水平的技术创新能力。

16.2.4　海南省高技术产业产学研合作政策的不足

产学研合作政策内容不明确，对高技术企业、高等学校与科研院所如何开展产学研合作缺乏有效的引导。首先，产学研合作是实现科技成果向现实生产力转化的重要途径，是科技成果产业化的重要举措；其次，产学研合作是培养高技术人才的最佳方式。但是，海南省高技术产业产学研合作政策仅提倡高技术企业与高等学校和科研院所开展各类合作活动，而对于高等学校和科研院所如何开展合作的具体内容没有涉及，并且没有提及在企业与高等学校和科研院所之间以何种方式、何种途径开展产学研合作，以及政府对产学研合作提供怎样的支持。

16.2.5　海南省高技术产业知识产权政策的不足

　　知识产权政策内容不完整，知识产权人才队伍建设有待加强。自主知识产权和产品技术专利是高技术产业竞争力的充分体现，完善的知识产权制度能有效引导高技术企业创造和运用自主知识产权。目前，海南省高新技术知识产权政策主要表现为通过设立专项资金用于对专利申请、专利战略研究、专利实施引导和专利奖进行资助，以及设立专利奖项的方式来鼓励高技术企业开展自主知识产权及专利发明等活动。但是，现有政策在自主知识产权保护、知识产权体系，以及自主知识产权人才队伍建设等政策内容仍然空缺。

16.3　高技术产业政策体系完善措施

16.3.1　高技术产业投融资政策措施

　　1. 鼓励各类投融资服务机构为高技术企业提供投融资服务

　　高技术企业所需的新技术和新产品的研发以及产业化巨大的资金需求量，使其面临巨大的资金压力。要想解决海南省高技术企业发展所面临的投融资问题，不应该只依赖于传统的银行贷款的单一融资渠道，而是要充分利用政府的政策导向功能，通过提供税收优惠、资金奖励或补贴等扶持政策，发挥风险投资机构、担保贷款机构等投融资服务机构对高技术企业的资金支持作用，鼓励各类投融资服务机构为高技术企业提供投融资服务，构建多元化的投融资渠道。

　　(1) 鼓励国内外风险投资公司设立风险投资机构。鼓励国内外风险投资公司以有限责任公司、股份有限公司等形式在海南省创办创业(风险)投资公司或创业(风险)投资管理公司，通过税收优惠、风险补偿等措施支持风险投资机构为高技术企业提供投融资服务。凡在开发区注册，对开发区高技术产业领域的投资额占其总投资额的比重不低于一定比例的风险投资机构，可比照高技术企业享受税收及其他优惠政策。例如，对开发区高技术产业领域的投资额占其总投资额的比重不低于 70% 的，可享受与高技术企业同等的税收优惠政策，并可按当年业务总收入的 3%～5% 提取风险补偿金，用于补偿以前年度和当年投资性亏损。

　　(2) 鼓励国内外企业和其他组织设立信用担保机构。鼓励国内外企业和其他组织在海南省设立信用担保机构，政府通过资金奖励或补贴等方式支持担保机构为高技术企业提供以融资担保为主的信用担保服务，重点支持担保资金流向符合海南省产业政策、市场前景好、具有良好还贷能力的高技术企业和项目。例如，担保期 1年以上的，按照担保总额的 1% 给予担保机构奖励；担保机构为软件企业提供贷款担保的，按 1 年期担保费的 40% 给予补贴。

(3) 支持成立其他投融资中介服务机构。除风险投资机构和信用担保机构外，政府应通过提供多种形式的优惠政策支持在高新区内设立投融资机构、融资租赁公司、保险公司、小额贷款公司以及信用评级机构等多种形式的投融资服务机构，为高技术企业提供投融资服务。

2. 以抵扣税等多种方式激励高技术企业加大科研投入

当今世界，科技创新日新月异，自主创新能力已经成为企业核心竞争力的决定性因素。高技术企业的研发创新所需的资金和技术投入，除企业自身投入外，还需要政府相关政策的扶持。海南省在促进高技术企业增加研发投入上，除采取研发费用计入成本或管理费用以抵扣企业所得税的方式外，还应实施相应的经费资助、房租补贴等配套措施，进一步加大高技术企业增加科研投入的力度。

(1) 高技术企业各项研发投入可计入成本或抵扣纳税所得额。通过将企业研发投入计入成本和抵扣纳税所得额等方式，鼓励高技术企业加大科研创新投入。例如，由经认定的高新技术成果产业化项目组建的高技术企业，所发生的工资总额可按规定据实列支，不受计税工资的限制；高技术企业购买国内外先进技术、发明和专利所发生的费用，可一次或分次在成本中列支；高技术企业当年研发费用实际发生额增长较快的，可再按其实际发生额的一定比例直接抵扣当年应纳税所得额。

(2) 对高技术企业技术创新活动予以资助。政府通过安排专项资金，设立技术创新基金，以有偿使用和无偿资助两种方式对高技术企业技术创新活动予以资助：① 有偿使用。对已具有一定水平、规模和效益的创新项目，原则上采取无息借款使用方式支持其扩大生产规模；② 无偿资助。主要用于企业技术创新中产品研究开发及中试阶段的必要补助和科研人员携带科技成果创办企业进行成果转化的补助。有偿使用和无偿资助都应设定最高额度，同时规定企业须有相应的匹配资金。

(3) 支持高技术企业承担科研项目。政府财政每年安排专项资金，对承担科技计划和产业化项目的高技术企业按照项目级别给予相应的资助，同时设定最高资助额度。例如，对承担国家重点科技计划和产业化项目的高技术企业，按照100%比例给予最高100万元的资金匹配；对承担省重点科技计划和产业化项目的高技术企业，按照50%比例给予最高100万元的资金匹配；对获得市科技型中小企业技术创新资金无偿资助的项目，每个项目给予10万元的资助。

3. 对高技术企业科技成果转化项目予以奖励

根据《海南省科技成果转化奖励办法》，对高技术企业的科技成果转化项目予以奖励，对经济建设和社会发展具有特殊贡献的科技成果转化项目，经省评审委员会评议、推荐，报省人民政府批准，授予更高奖励；同时，政府可以通过经费补贴、税收减免优惠等方式，扶持高技术企业实现科技成果产业化转化。

4. 为高技术企业发展提供资金支持

可通过设立产业发展专项资金、贷款贴息、资金奖励、房租补贴等多种方式，支持高技术企业发展。

(1) 设立各类产业发展专项资金。除"电子信息产业发展资金"外，可增设"软件与服务外包产业发展专项资金"、"动漫产业发展专项资金"、"集成电路设计产业专项资金"、"创业投资发展资金"、"绿色能源专项资金"、"孵化资金"等各类产业发展专项资金，扶持区内高技术企业的发展；同时鼓励银行根据高新技术开发区需要设立专项信贷资金，作为高技术企业科技开发专项信贷资金。

(2) 为高技术企业提供贷款贴息支持。政府通过对高技术企业使用银行和信用担保机构贷款进行贷款贴息，支持高技术企业融资。例如，对初创型高技术企业的科技产业化项目，采取贴息方式支持其使用银行贷款，以扩大生产规模；对高技术企业通过信用担保机构等非银行金融机构获得的流动资金贷款，经审核予以贴息支持。

(3) 对高技术企业承担科研项目进行资金奖励。对承担国家、省级技术创新和高新产品项目且在海南省组织投产并实现赢利的高技术企业，从发展专项资金中给予一定的奖励。例如，凡承担国家级(省级)重点技术创新项目、重点高新产品项目以及创建国家级(省级)创新型企业、工程技术研发中心的高技术企业，其主导项目或产品在海南省组织投产，2 年内实现赢利的，从发展专项资金中给予 10 万元(5万元)奖励。

(4) 为高技术企业提供房租补贴。对国内外知名企业在海南省高新区新设的软件或服务外包公司、文化创意公司等高技术企业实行房租补贴，补贴额度和期限由高新区管理委员会根据企业性质和规模确定。例如，对海南生态软件园和三亚创意产业园内年产值超过 1 000 万元的高技术企业办公租房给予 4 年补贴，每个企业补贴金额不超过 50 万元；对入园年产值超过 500 万元的企业办公房租给予 3 年补贴，每个企业补贴金额不超过 30 万元。

5. 鼓励高技术企业依托资本市场进行融资

国内外经验证明，资本市场与高技术企业的融资有着十分紧密的内在联系。通过上市和上市后的再融资，高技术企业能够迅速扩张成为大型企业。因此，海南省应充分借鉴国内省市的先进经验，发挥政策导向作用，鼓励高技术企业依托资本市场进行融资。例如，对完成股份制改造的高技术企业予以政策优惠和贷款贴息支持，对代办系统挂牌和国内外成功上市的高技术企业予以奖励，对申请上市的高技术企业提供一定的资助；同时，通过制定优惠政策，鼓励高技术企业采取金融租赁、商业票据、信托等方式利用多层次资本市场进行融资。

6. 鼓励在高新区设立高技术企业

政府可以通过放宽注册资本限制、资金奖励等方式，鼓励我国其他地区科技人员和留学人员在高新区创立高技术企业。例如，我国其他地区科技人员来海南设立科技型企业，凡公司注册资本不能一次到位的，可在两年内分期缴付；对外商和留学回国人员创办中小型科技企业提供创业和生活所必需的各项条件，采取灵活多样的优惠政策，鼓励创业、创新、转化技术成果；对在高新区投资的项目用地，根据项目的技术水平和投资强度，实施土地和各种行政事业费优惠政策。

16.3.2 高技术产业财税政策措施

1. 加强高技术企业研发创新环节相关税收扶持力度

政府通过制定相关税收优惠扶持政策，扩大政策扶持范围的广度和深度。在保持现有高技术企业科技成果产业化阶段税收优惠政策基础上，将政策范围扩大到企业研发创新环节，对高技术企业和高新技术成果产业化项目的研发及其用地，实行一定的所得税、增值税、营业税及土地使用权转让金减免征收政策，有效激发高技术企业进行研发创新的积极性；在保持现有软件产业、电子信息产业和生物医药产业税收优惠的基础上，将政策范围扩大到其他相关产业，发挥税收优惠政策对整个高技术产业的扶持作用。

2. 健全高技术产业土地优惠政策

目前，海南省高技术产业土地优惠政策主要是优先批复高技术企业或高技术项目用地。除此之外，政府应制定土地使用权出让金及市政配套费减免等相关土地优惠政策，明确优惠价格和用地指标，吸引高技术企业在海南实现产业集聚效应，促进高技术企业在信息和技术等方面的沟通交流。例如，对在国家、省政府批准建立的开发区内直接以出让方式取得土地并用于高新技术项目的高技术企业，其土地使用权出让金按 75% 征收，同时减半征收市政配套费。

3. 制定中介服务机构税收优惠和资金奖励政策

中介服务机构可为高技术企业提供投融资、技术交易等中介服务，针对这类机构制定相关税收优惠资金奖励政策，有利于多渠道促进对高技术企业的扶持力度和服务范围。例如，经认定的风险投资公司、信用担保机构、各类技术交易所及其他中介服务机构，可在一定期限内享受一定的所得税优惠政策；国内外风险投资机构对园区高技术企业和项目投资实现的营业税、企业所得税的地方分享部分，给予一定比例的奖励。

4. 进一步完善现有优惠政策

在扶持高技术企业发展方面，海南省目前已经制定了较为完善的财税优惠政策，应在此基础上将各类优惠政策进一步优化和完善。例如，通过实施企业所得税、增值税、营业税减免等税收优惠政策，扶持高技术企业发展；通过实施进出口关税和进口环节税减免的税收优惠政策,鼓励高技术企业引进用于技术创新的设备、专利;通过安排专项资金、设立投资机构、加强采购等措施,多渠道支持高技术企业的发展。

5. 其他优惠政策

海南省在扶持高技术企业发展方面,应积极吸收国内外其他省市和地区的先进经验,制定符合海南省高技术产业发展的财税优惠政策,健全财税政策服务体系。例如,深圳市高技术企业可享受印花税、房产税和契税的减免优惠,高技术企业和高新技术项目所签订的技术合同免征印花税;高技术企业和高新技术项目新建或新购置的生产经营场所,自建成或购置之日起一定年限内免征房产税,契税由财政部门按实际交纳额给予返还。天津市设立市科技三项费用,每年从财政支出预算中安排用于发展科技事业的新产品试制费、中间试验费和重大科研项目补助费,并逐年提高科技三项经费占财政预算支出的比重,科技三项经费每年按不少于 50%的比例重点投向医药新技术、新产品开发,主要用于资助新药研发。

16.3.3　高技术产业人才政策措施

1. 强化人才引进政策

目前,海南省已具备较为完备的人才引进政策,主要表现在通过简化高技术人才出入境手续、妥善安排高技术人才配偶就业和子女上学、房屋补贴、经费支持等方式,吸引国内外高技术人才来海南工作或创业。但与北京、上海和深圳等发达地区的人才引进政策相比,优惠政策强度还不够,尤其是在经费支持和租房补贴方面,因考虑到海南作为国际旅游岛的高房价和高消费,政府应加大支持力度。例如,对引进的高技术人才向省科技部门申请科研项目经费时,科技部门应根据其科研项目、课题需要优先给予一次性项目启动资金资助安排(可根据创业项目实际需要提供一定的研发办公场所),具体额度和研发办公场所面积应在现有基础上有所提高;对获得国家科技和产业计划资助项目的高技术企业,应予以一定比例的配套资金支持(一般为 50%);充分参考国内其他省市对引进的高技术人才所提供的安家补贴、住房补贴及租房补贴额度,根据海南省实际适当提高补贴标准,使引进的高技术人才享受更加优惠的住房政策。

2. 完善人才激励政策

目前,海南省有关人才激励政策主要包括给予个人所得税及资金奖励、技术成果入股参与分配、设立奖项等,但与国内发达城市相比,海南省人才引进政策对高技术人才仍然缺乏足够的吸引力,政府应在现有基础上提升奖励额度,同时通过采取授予荣誉称号等方式,进一步完善现有高技术产业人才激励机制。例如,对在高技术产业发展中做出突出贡献、创造较大经济效益和社会效益的高技术人才增加奖励金额；对在海南省创业并获得国家自然科学奖、国家技术发明奖或科技进步奖的主要完成人，省政府再给予一定比例的配套奖励；对引进的高技术人才提高岗位津贴标准；对在高新区研究开发、成果转化中做出突出贡献的科技人员授予专业技术职务或荣誉称号；为吸引更多优秀高技术人才来海南工作，可参照其他省市的做法，每年从全省干部调入指标总数中拨出一定比例，优先安排高技术人才的调入。

3. 加强人才培训工作

海南省高技术产业人才政策具有"重引进，轻培训"的倾向，不注重对高技术人才的教育和培养，不利于海南省高技术人才队伍建设的稳定性和可持续性。要充分认识到创新人才在高技术产业发展中的核心作用，制定高技术人才培养的优惠政策，努力构建和完善人才培养机制，创造良好环境，充分发挥科技人员的创新精神和创业潜能。目前，海南省主要通过培训经费资助、支持高等学校设立软件相关专业或建立实训基地的方式，支持高技术企业开展员工培训，提升高技术企业人员素质。在现有人才培训政策的基础上，应拓宽培训渠道，全方位、多层次开展高技术人才培训工作。例如，支持技术和管理人员出国培训，大力协助高新技术企业派遣技术和管理人员出国(境)培训，学习国外先进的技术和管理方法，并在办理手续时给予优先照顾；鼓励企业与高等学校联合培养创新型人才，支持高新区内的企业接收高等学校学生实习和就业，促进企业与高等学校合作培养创新型人才，支持和鼓励高等学校、科研院所与高新技术企业联合培养研究生或共建实验室。

16.3.4　高技术产业产学研合作政策措施

产学研合作是实现科技成果向现实生产力转化的重要途径，也是培养高技术人才的最佳方式。政府可以根据海南省高等学校、科研院所以及高技术产业发展状况，出台促进产学研合作的相关政策，支持和鼓励科研院所和高等学校科技人员与高技术产业界共同研究，激励科研院所和高等学校科技人员参与产业界合作研究或以各种形式进驻大型企业或企业集团，共建技术开发中心，充分利用科研院所、大专院校的科研优势，有效引导高技术企业、高等学校与科研院所开展产学研合作，促进科技成果转化，努力形成一批具有自主知识产权的技术和产品。

1. 优先和重点支持产学研合作项目

通过对产学研合作项目给予优先和重点支持，鼓励高新区内的高技术企业以多种形式与大学或科研机构开展产学研合作。重点对国家级和省级企业技术中心与大学或科研机构合作开发的产业化项目给予贴息、贷款担保或投资支持；对于高技术企业牵头，联合高等学校、科研院所合作承担的科研项目，在申请省级科学技术进步奖和评奖过程中给予重点倾斜，同时政府优先采购该类产学研合作创新所获得的产品和服务；设立省级中小企业创业投资引导基金，优先支持创业投资机构对产学研联合创新项目进行投资，创业投资引导资金以一定的比例参与投资，与创业投资机构共担风险；对高技术企业与高等学校、科研院所合作产生的技术转让、技术开发以及相关的技术咨询、技术服务合同，经认定登记，所获得的收入可享受一定的营业税优惠政策；组织实施"省院校合作工程"，广泛吸引省内外重点院校、科研院所与海南省高技术企业开展产学研合作，重点支持对产业发展具有重大促进作用的重大产学研合作项目，帮助企业解决发展中的关键技术难题，提升产品的质量和水平。

2. 鼓励高等学校、科研院所和高技术企业之间实现资源共享

采取资金资助、定期组织对接会等措施，鼓励高等学校、科研院所和企业之间实现资源共享。对引入高等学校、科研院所的科技资源建立企业技术研发机构的高技术产业，给予一定的资金资助或其他相关优惠政策；对经市级以上主管部门认定的工程技术研究开发中心(高技术企业技术中心)，政府给予一定的资金扶持；促进高等学校、科研院所重大技术向骨干企业转移，落实国家鼓励支持技术贸易的政策，简化技术交易减免税审批程序，保障骨干企业在促进科技成果转化和技术转移活动中享受优惠政策，推动共性技术成果和关键技术的扩散和转移；鼓励高等学校、科研院所的教授、研究员通过专职、兼职形式创办或受聘于高技术企业，进行高新技术及其产品的研究和开发，在企业任职期间，教授、研究员资格予以保留；引导高技术企业建立技术联盟，通过实施"高技术企业技术联盟引导工程"，充分发挥高等学校和科研院所在企业创新中的生力军作用，以解决企业技术需求为目的，与具有相关优势的高等学校和科研院所建立长期、稳定的合作关系，形成各种形式的产学研合作技术联盟，为全面提升企业创新能力提供持续的科技支撑。

3. 建立产学研结合良性互动机制

通过设立"产学研合作突出贡献奖"、建立实训基地、增设专业或扩大招生规模等方式，促进产学研结合，形成良性互动机制。政府出资设立"产学研合作突出贡献奖"，重点奖励在园区科技成果转化中取得突出成效的高等学校、科研院所及主要工作人员，鼓励在大学、科研机构工作的专家、教授、科研人员到园区高技术企业兼职，开展技术创新工作；建立软件产业、电子信息产品制造业等高技术产业实训基地，提升和优化海南省高技术产业人才的教育和培养水平；对省属高等学校设立的软件学院或软件职业技术学院，需新设相关专业或扩大招生规模，省教育主管部门应当给予支持。

16.3.5　高技术产业知识产权政策措施

1. 完善知识产权保护体系

海南国际旅游岛建设的不断深入，对高技术产业知识产权的保护和管理提出了更高的要求。政府应通过加强知识产权法律保护、健全知识产权管理机制、强化行

政与司法并行运作以及推动行业协会知识产权保护工作,逐步完善知识产权保护体系,加大知识产权保护力度。

(1) 加强知识产权法律保护。知识产权行政管理部门应当建立健全示范区知识产权保护的举报、投诉、维权、援助平台以及有关案件行政处理的快速通道,保护高技术企业的驰名商标和著名商标,依法打击侵犯专利、商标、著作权、商业秘密等知识产权违法犯罪行为;鼓励、引导示范区内的高技术企业建立专利预警制度和海外应急援助机制,支持协会、知识产权中介机构为企业提供目标市场的知识产权预警和战略分析服务,指导企业、协会制定海外重大突发知识产权案件应对预案;加强知识产权政策与文化、教育、科研、卫生等政策的协调衔接,保障公众在文化、教育、科研、卫生等活动中依法合理使用创新成果和信息的权利。

(2) 健全知识产权管理机制。加强知识产权管理机构建设,充实知识产权工作人员和管理执法队伍,整合知识产权行政管理职能,进一步健全知识产权统筹协调机制;建立政府知识产权工作目标考核和统计指标体系,把知识产权获取数量、转化效益、对经济增长贡献率等纳入国民经济和社会化发展统计范畴;发挥高技术企业主体作用,推动企业加强知识产权工作领导、设立机构、配备人员、建立制度、落实经费,提高企业知识产权创造、运用、保护和管理能力。

(3) 强化行政与司法并行运作。发挥行政执法简便、快捷的特点,加强知识产权行政执法保护体系建设,统一案件受理标准、办案程序,规范行政执法行为,完善知识产权行政执法沟通协调机制,建立举报投诉网络,提高行政执法能力和水平;加强知识产权案件审判体系建设,建立和完善知识产权人民陪审员、司法鉴定与调查等制度,提高案件审理质量和效率;加强行政与司法知识产权保护协调运作,建立重大案件会商通报、纠纷快速解决机制,强化涉嫌知识产权犯罪案件移送和监督工作。

(4) 推动行业协会知识产权保护工作。推动建立行业知识产权保护联盟等维权组织、行业知识产权保护自律机制以及重大知识产权纠纷应对机制;支持行业协会组织高技术企业开展集体维权工作,共同应对涉外知识产权纠纷;指导和帮助高技术企业掌握运用国际规则,加强优势特色产业及其重点进出口企业的知识产权保护;推动高技术企业切实加强知识产权海关备案工作。

2. 健全知识产权服务体系

可通过采取建立知识产权中介服务平台、健全知识产权决策咨询服务机制、建立知识产权信息和交易平台等方式,加强知识产权服务体系建设。

(1) 建立知识产权中介服务平台。围绕知识产权获权、用权、维权、信息、交易等服务,加强知识产权公共服务平台建设,构建知识产权公共服务系统。鼓励发展合伙、有限责任制等多种形式的中介服务机构,加强专利和商标代理机构、知识

产权资产评估机构等中介服务机构建设，进一步强化专利代办、版权登记等机构的
服务职能；建立知识产权中介服务执业培训制度，加强中介服务职业培训，大力提
升中介组织涉外知识产权申请和纠纷处置服务能力及国际知识产权事务参与能力；
建立政府采购知识产权服务的市场机制，为具有自主知识产权核心竞争力的高技术
提供信息支持和法律维权的服务；建立中小企业知识产权辅导服务机构，为中小企
业的知识产权管理提供综合性服务。

(2) 健全知识产权决策咨询服务机制。建立重大经济活动知识产权审议制度和
知识产权重大涉外案件报告制度；建立政府、行业和企业共同参与的知识产权预警
应急机制，对可能发生的涉及面广、影响大的知识产权纠纷、争端和突发事件，制
定预案，妥善应对，控制和减轻损害；加快专利工作交流站组织、制度、业务建设，
制订科学合理的交流计划，全面开展专利交流活动。

(3) 建立知识产权信息和交易平台。大力加强知识产权信息利用，建设海南省
知识产权信息和交易平台，整合专利、商标、版权、植物新品种等各类知识产权信
息资源，完善海南省优势产业、特色产业的知识产权信息数据库，为高技术提供全
面、快捷、便利的知识产权信息服务。

3. 加强知识产权人才队伍建设

可通过建立知识产权教学研究基地、实施知识产权人才培育工程等政策措施，
加强知识产权人才队伍建设。

(1) 建立知识产权教学研究基地。依托海南省高等学校和国内其他著名高等学
校的知识产权研究力量，成立知识产权研究基地，深入系统地研究知识产权的特点、
发展规律及其在经济社会发展中的存在问题，为海南国际旅游岛建设提供理论支
撑，同时对于海口经济发展过程中出现的知识产权问题，寻求解决对策和解决方案。

(2) 实施知识产权人才培育工程。把知识产权人才队伍建设纳入人才培养规
划，把知识产权知识的学习纳入继续教育计划，广泛开展对党政领导干部、公务员、
企事业单位管理人员、专业技术人员等的知识产权培训；建设知识产权人才培养基
地、知识产权人才库及知识产权人才信息平台。

(3) 重视对知识产权特殊人才的引进工作。根据海南省重点产业和特色产业发
展的需求，充分利用海南省人才引进政策，积极引进知识产权创造、运用、保护和
管理方面的特殊人才。

4. 加强知识产权宣传和对外交流

坚持集中宣传与经常性宣传相结合的原则，通过建立知识产权宣传工作机制，
加强知识产权的宣传和普及、加强知识产权对外交流合作和知识产权区域合作，促
进海南省知识产权事业发展。

(1) 加强知识产权宣传和普及。建立政府主导、部门推动、新闻媒体支持、社

会公众广泛参与的知识产权宣传工作机制,推动知识产权的宣传普及和知识产权文化建设;定期召开保护知识产权新闻发布会,使知识产权新闻发布会制度化;积极开展知识产权"五进"活动,即知识产权进机关、进企业、进学校、进乡村、进社区,扩展知识产权普及的广度和深度。

(2) 扩大知识产权对外交流与合作。加强知识产权对外交流与合作,建立和完善区域性知识产权合作机制,深入开展知识产权协作执法保护、推进知识产权转移与产业化,促进技术转移,实现优势互补、资源共享,共同促进区域知识产权事业发展;探索海南省高技术企业知识产权工作与国际接轨的有效途径,积极参与国际知识产权领域的交流与合作,鼓励企业运用知识产权制度实施"走出去"战略。

5. 进一步完善其他知识产权政策

目前,海南省主要通过设立专利资助专项资金、资金奖励、经费补贴等措施,鼓励高技术企业发明创造和推动自主知识产权运用。在现有政策的基础上,应采取专利战略研究资助、给予荣誉称号等方式,多种形式鼓励知识产权的创造和运用。例如,对获得国家、省、市知识产权试点、示范及知识产权优秀高技术企业称号和其他开展专利工作较好的单位,政府给予一定金额的专利战略研究资助;对海南省高新区内知识产权中介服务机构的知识产权达到一定数量,并积极参与高新区创建活动,经高新区知识产权局评选,授予年度知识产权优秀服务机构称号,并给予一次性资金奖励。

16.3.6　高技术产业促进政策措施

目前,海南省高技术产业促进政策主要包括设立科学技术奖励基金和以经费资助的方式支持公共技术平台建设两个方面。为有效促进海南省高技术产业发展,政府应在现有政策基础上提供多种形式的产业扶持政策,逐步建立和完善海南省高技术产业促进政策体系。

1. 引导和支持高技术企业对接合作、企业合并与资产重组

可通过引导和支持骨干高技术企业对接合作并组建产业联盟,企业合并与资产重组等方式,促进高技术产业规模化发展。

(1) 强化上、中、下游高技术企业的对接合作。根据海南省高技术产业发展现状,培育若干有影响力和凝聚力的产业联盟,给予产业联盟内核心企业及其配套的产业集团项目一定的资金支持,推进创新链上、中、下游的对接与整合,提升产业集群规模化水平;加强对龙头高技术企业的扶持力度,以行业骨干企业为核心,带动相关企业集聚和配套,实现上下游企业的集聚和产业链的延伸。

(2) 鼓励高技术企业与其他各类企业进行合并与资产重组。鼓励高技术企业与其他各类企业进行人员、技术、厂房、设备、产品销售及互相参股等多种形式优势

互补的合作与资产重组,企业合并重组后符合条件的,可认定为高技术企业;支持符合国际旅游岛发展方向的绿色能源企业通过行业内并购(包括纵向并购和横向并购)方式提高经营规模和盘活区内其他绿色能源企业的闲置生产能力,对并购所用的贷款资金给予一定贴息支持。

2. 着力进行五大平台建设

目前,海南省仅对经省工业和信息化厅认定的软件企业开展园区需要的公共技术平台建设,包括公共平台模块新建和改建升级,给予每个项目不超过 100 万元的资助,每个企业资助总额不超过 300 万元。政府应积极拓宽高技术企业公共服务平台种类,通过政府服务平台、人才创业平台、招商引资平台、投入扶持平台、公共支撑平台等五大平台建设,进一步优化高技术企业经营环境。

(1) 政府服务平台。建立高技术产业发展领导联系制度和部门责任制,完善政府与高等学校、科研院所的联系协调制度,积极协调解决高技术产业发展中的规划、土地、税收、人才、投入等方面的问题,加强高新技术企业认定和政策扶持力度。

(2) 人才创业平台。鼓励海外留学人才和高端科技人才在海南省创业,发挥海口市高等学校教育优势,为高新技术产业发展提供高素质技术人才和高端管理人才。

(3) 招商引资平台。根据产业竞争优势和配套需求,建立高素质的招商队伍、专业化的谈判小组以及全方位的招商网络,把龙头高技术企业和重大项目作为招商引资的标志性工程,组织重点招商。

(4) 投入扶持平台。设立"高新技术产业发展专项资金"、"重大技术创新奖"、"知识产权创造贡献奖"、"海南省优秀科技型中小企业奖"、"技术创新优秀人才奖"等各类创新奖项,支持高新技术产业领域国内外招商引资重大项目和海南省自主创新重点产业化项目建设。

(5) 公共支撑平台。依托海南省高新技术产业孵化基地,完善公共研发平台和技术支撑平台,为企业提供设计、生产、测试、质量保障服务;积极扶持科技中介服务机构,引进国际著名科技中介机构,推进高新技术服务业的国际化。

3. 加快高技术产业科普基地和孵化基地建设

从科技经费中安排支持孵化基地和科普基地建设的引导资金,鼓励国内外高技术企业、高等学校、科研院所、行业协会及其他投资主体参与建设高技术产业孵化基地和科普基地,对国家级科普教育基地和省级科普教育基地给予相应的资助,对高技术产业孵化器参照其实际经济贡献给予一定的财政扶持,用于孵化器公共实验平台建设和孵化基金建设。

4. 建立多元化的技术创新投入体系

采取投资建设投融资服务机构、设立风险代偿金、给予重点实验室建设经费支持等方式，建立多元化的技术创新投入体系。政府在逐年增加高技术产业财政投入比例的同时，发挥财政投入的引导作用，投资建设由担保平台、贷款平台、投资平台和群众性信用组织组成的投融资服务机构；鼓励各类创业投资、贷款担保机构以及国内外基金进入园区，设立风险代偿金，对风险投资和担保机构向重点高新技术产业化项目、科技型中小企业提供风险投资和担保所发生的损失，给予一定比例的补偿；科技行政主管部门对省重点实验室的建设给予经费支持，重点实验室经省科技行政主管部门组织验收后，给予一定的经费奖励。

5. 支持高技术企业开拓国际市场和申请国际认证

可采取提供资金补贴的方式，支持高技术企业开拓国际市场和申请国际认证。

(1) 鼓励企业开拓国际市场。协助企业参与政府间科技合作项目和国际组织科技计划，支持企业、技术、产品和服务进入国际市场，对企业参与国际技术合作计划并开展跨国协同创新、到海外设立分支机构和跨国并购、参加国际展会以及购买出口信用保险等给予一定的资金支持。

(2) 鼓励企业申请国际认证。对高技术企业通过 CMM 系列认证、BS7799 信息安全认证和 ISO27001 信息安全认证等国际认证的，根据认证费用实际发生额，予以一定比例的补贴。

6. 鼓励高技术企业加强对外交流合作

政府可通过简化出国(境)审批手续、补贴会议费用等方式，鼓励高技术企业加强对外交流合作。鼓励高技术参与境外业务交流和合作，对其企业管理人员和专业技术人员简化因私出国(境)审批手续；鼓励发展行业会展经济，凡经政府批准，在海南省召开的产业研讨会、学术交流会等，政府根据情况可在会议费用方面给予一定的补贴；给予参加对外交流活动的企业和个人一定的交通补助。

参 考 文 献

蔡宁, 吴结兵. 2002. 企业集群的竞争优势: 资源的结构性整合[J].中国工业经济, (7): 45~50

陈瑾玫. 2007. 中国产业政策效应研究[D]. 辽宁大学博士学位论文

陈俊. 2004. 高技术产业的发展: 高区、产业集群、制度安排[D]. 西北农林科技大学博士学位论文

陈颖. 2009. 产业竞争力影响因素与产业政策作用机制分析[J]. 商业时代, (10): 80~81

杜拉克. 2001. 杜拉克管理思想全书[M]. 苏伟伦编译. 北京: 九州出版社

方毅, 徐光瑞. 2009. 我国地区高技术产业竞争力评价[J].中国科技论坛, (5): 69~73

符国瑄, 张枝林. 2009. 海南省统计年鉴2009[M]. 北京: 中国统计出版社

公共政策编写组. 2002. 公共政策[M]. 北京: 中国国际广播出版社

国家计划委员会高技术产业发展司. 2001. "十五"高技术产业发展专项若干重大问题研究[M]. 北京: 中国计划出版社

韩霞. 2009. 高技术产业公共政策研究[M]. 北京: 社会科学文献出版社

胡代光, 周安军. 1996. 当代国外学者论市场经济[M]. 北京: 商务印书馆

江海潮. 2007. 产业政策激励、产业剩余分配与产业政策效应[J].产业经济评论, (2): 105~123

江小涓. 1996. 经济转轨时期的产业政策[M]. 上海: 上海三联书店, 上海人民出版社. 101~102

金碚. 1997. 中国工业国际竞争力——理论、方法与实证研究[M]. 北京: 经济管理出版社

科技月报国际部. 2007-01-03. 2006年科技发展回顾[N]. 科技月报

李桂春, 佟春杰. 2009. 我国区域高技术产业竞争力分析[J]. 中国科技论坛, (2): 36~39

李红. 2011. 德国发展高技术产业的经验及启示[J]. 安徽科技, (4): 50~51

李辉文. 钟正生, 刘风良. 2005. 新贸易理论与现代比较优势理论[J]. 求索, (8): 1~4

李京文. 2000. 国外高新技术政策及其对我国的启示[J]. 经济学家, (3): 67~74

李伟铭, 崔毅, 陈泽鹏等. 2008. 技术创新政策对中小企业创新绩效影响的实证研究——以企业资源投入和组织激励为中介变量[J]. 科学学与科学技术管理, (9): 61~65

李伟铭, 崔毅, 赵韵琪. 2009. 基于科技型中小企业融资渠道、需求与障碍的实证研究[J]. 财会通讯, (11): 105~107

李伟铭, 黎春燕. 2011. 产学研合作模式下的高校创新人才培养机制研究[J]. 现代教育管理, (5): 102~105

林民书, 林枫. 2002. 经济全球化条件下中国的竞争政策与产业政策的选择[J]. 东南学术, (4): 7

林秀梅, 徐光瑞. 2010. 我国高技术产业竞争力省际比较[J].当代经济研究, (5): 20~24

林毅夫，李永军. 2003. 比较优势、竞争优势与发展中国家的经济发展[J].管理世界, (7)：21~28

刘昱. 1998. 论政府与后发优势[J].世界经济研究, (6)：29~32

马颂德. 2005. 高新区：高技术企业集群基地[J]. 中国创业投资与高科技, (7)：4~5

迈克尔·波特. 2002. 国家竞争优势[M]. 李明轩，邱如美译. 北京：华夏出版社

穆荣平. 2000. 高技术产业国际竞争力评价方法初步研究[J].科研管理, (1)：50~57

欧阳峣，罗会华. 2007. 我国汽车产业政策失效的原因分析及其启示[J].湖南商学院学报, (14)：5~9

裴长洪. 1998. 利用外资与产业竞争[M]. 北京：社会科学文献出版社

綦良群，于颖，朱添波. 2008. 高技术产业政策评估要素的系统分析[J].中国科技论坛, (4)：11~15

盛世豪. 1999. 产业竞争论[M].杭州：杭州大学出版社

盛昭瀚，朱乔，吴广谋. 1996.DEA 理论、方法与应用[M]. 北京： 科学出版社

苏东水. 2000. 产业经济学[M]. 北京：高等教育出版社

孙早，王文. 2010. 国家特征、市场竞争与产业政策效率的决定[J].当代经济科学, (1)：1~8

汪祥春. 2004. 不对称信息与市场失灵[J]. 价格理论与实践, (3)：46~47

小宫隆太郎，奥野正宽，铃村兴太郎. 1988. 日本的产业政策[M]. 黄晓勇，吕文忠，韩铁英译. 北京：国际文化出版公司

闫佳佳，雷良海. 2010. 关于我国高新技术产业税收扶持政策的思考——基于韩国、新加坡的对比分析[J]. 商业经济, (10): 41~43

张超. 2002. 提升产业竞争力的理论与对策探微[J]. 宏观经济研究, (5)：51~54

张翔宇. 2004. 论我国高新技术产业风险投资的发展[J]. 生产力研究. 12：56~58

张泽一，赵坚. 2009. 产业政策有效性问题的分析[J].北京交通大学学报, (8)：27~31

赵坚, 2008. 我国自主研发的比较优势与产业政策——基于企业能力理论的分析[J].中国工业经济, (8)：76~86

赵西萍. 2002. 高技术相关问题的界定研究[J].科技进步与对策, (9): 59~60

周光召，朱光亚. 1997. 共同走向科学： 百名院士科技系列报告集[C]. 北京：新华出版社

周叔莲，吕铁，贺俊. 2008. 我国高增长行业的特征及影响分析[J]. 经济学动态, (12)：21~27

庄亚明，穆荣平，李金生. 2008. 高技术产业国际竞争实力测度方法研究[J]. 科学学与科学技术管理, (3): 137~143

Angel D. 1991. High-technology agglomeration and the labor market： the case of silicon valey[J]. Environment and Planning A, (23)：1501~1516

Brander J, Spencer B. 1984. Tariff Protection and Imperfect Competition, Monopolistic Competition and International Trade[M]. Oxford: Oxford University Press

Devol R C. 1999-07-13. American's High-Tech Economy Growth，Development and Risks for

Metropolitan Areas[R]. Milken Institute

Dickson P R, Cxinkota M R. 1996. How the United States can be number one again: resurrecting the industrial policy debate[J]. The Columbia Journal of World Business, 31: 77~87

Samuelson P. 1954. The pure theory of public expenditure[J]. The Review of the Economics and Statistics, 36(4): 387~389

附录 1 原始数据

地区	市场占有率	出口份额	销售利润率	增加值率	劳动生产率	利润份额	总产值占同行业份额	就业人员占同行业份额	资产占同行业的份额	产业相对专业化系数（区位商）
北京	0.066 551	0.048 753	0.047 543	0.182 771	21.271 560	0.071 232	0.062 863	0.030 274	0.057 483	1.834 260
天津	0.051 878	0.053 095	0.062 673	0.252 700	28.137 744	0.076 755	0.049 926	0.025 181	0.054 802	2.677 040
河北	0.008 411	0.002 220	0.075 950	0.308 363	9.697 173	0.014 274	0.008 493	0.015 266	0.021 400	0.168 427
山西	0.002 351	0.000 732	0.032 550	0.358 998	6.090 660	0.001 721	0.002 619	0.008 725	0.007 861	0.125 816
内蒙古	0.003 167	0.001 205	0.068 124	0.320 518	20.872 573	0.004 863	0.003 322	0.002 943	0.002 906	0.159 585
辽宁	0.018 288	0.014 285	0.035 671	0.282 076	12.891 080	0.014 684	0.018 923	0.023 400	0.028 067	0.473 831
吉林	0.004 617	0.000 370	0.110 553	0.426 439	16.551 234	0.011 536	0.005 715	0.008 350	0.008 440	0.305 930
黑龙江	0.006 720	0.000 689	0.061 013	0.295 831	9.868 927	0.008 851	0.006 255	0.010 174	0.014 152	0.231 911
上海	0.115 392	0.145 861	0.025 356	0.191 620	20.177 621	0.066 067	0.110 581	0.058 555	0.137 414	2.449 441
江苏	0.184 805	0.213 075	0.044 065	0.227 896	14.313 673	0.183 840	0.183 726	0.163 778	0.197 295	1.970 649
浙江	0.055 015	0.048 429	0.051 878	0.203 263	9.216 967	0.064 331	0.054 963	0.067 812	0.044 528	0.807 197
安徽	0.004 966	0.001 045	0.063 117	0.325 478	9.721 376	0.007 080	0.005 286	0.009 931	0.006 582	0.196 987
福建	0.038 349	0.041 513	0.060 193	0.239 711	14.867 136	0.051 632	0.038 966	0.035 061	0.025 691	1.172 338
江西	0.007 726	0.002 008	0.049 203	0.320 599	8.477 102	0.008 581	0.007 845	0.016 707	0.009 930	0.388 299
山东	0.056 156	0.029 380	0.053 728	0.299 495	17.843 826	0.068 019	0.056 855	0.053 706	0.045 538	0.601 719

河南	0.010 047	0.001 546	0.070 269	0.340 837	10.702 006	0.016 035	0.011 102	0.020 302	0.020 525	0.205 299
湖北	0.011 840	0.004 547	0.055 796	0.389 767	17.599 677	0.014 936	0.013 576	0.017 152	0.016 707	0.410 213
湖南	0.006 015	0.001 485	0.050 240	0.327 539	11.998 503	0.006 837	0.006 319	0.009 681	0.010 455	0.191 295
广东	0.302 868	0.381 749	0.036 445	0.211 097	10.736 758	0.249 399	0.303 992	0.333 931	0.203 169	2.687 239
广西	0.002 739	0.000 551	0.070 178	0.390 597	10.927 774	0.004 389	0.003 364	0.006 785	0.003 762	0.159 904
海南	0.000 821	0.000 113	0.194 939	0.386 613	19.045 821	0.003 641	0.000 896	0.001 014	0.000 718	0.198 637
重庆	0.003 926	0.000 787	0.064 517	0.347 949	11.357 986	0.005 745	0.004 188	0.007 287	0.006 310	0.275 716
四川	0.018 335	0.004 026	0.054 181	0.334 664	12.531 852	0.022 497	0.019 430	0.029 450	0.026 556	0.516 065
贵州	0.003 470	0.000 403	0.053 787	0.369 978	10.072 022	0.004 050	0.004 255	0.008 903	0.008 301	0.427 728
云南	0.001 817	0.000 279	0.106 732	0.391 120	13.123 025	0.004 394	0.001 922	0.003 251	0.002 655	0.110 645
陕西	0.011 611	0.001 462	0.038 011	0.327 812	8.681 598	0.009 685	0.012 221	0.026 230	0.032 077	0.633 287
甘肃	0.001 065	0.000 027	0.097 604	0.459 211	8.152 818	0.002 264	0.001 202	0.003 804	0.003 444	0.122 443
青海	0.000 220	0.000 009	0.120 031	0.551 472	12.779 583	0.000 593	0.000 255	0.000 632	0.000 311	0.091 367
宁夏	0.000 395	0.000 293	0.067 262	0.348 680	10.924 303	0.000 597	0.000 465	0.000 883	0.001 601	0.149 105
新疆	0.000 337	0.000 064	0.100 124	0.314 699	9.757 085	0.000 762	0.000 356	0.000 656	0.001 321	0.027 306

地区	新产品出口份额	新产品占销售收入的比重	新产品占出口比重	新产品销售率	专利申请数	专利拥有数	消化吸收经费与技术引进的比例	企业R&D经费占销售收入比例	企业R&D经费占增加值比重	新产品开发经费占销售收入比重	R&D人员占从业人员比重
北京	0.068 040	0.179 330	0.208 547	0.972 107	1 046.333 333	1 124.333 333	0.089 410	0.010 132	0.057 995	0.010 095	0.034 722
天津	0.080 942	0.350 010	0.227 691	0.974 232	499.000 000	167.333 333	0.214 050	0.005 845	0.023 458	0.005 808	0.019 492
河北	0.000 997	0.059 273	0.066 840	0.904 711	147.333 333	75.333 333	0.789 683	0.011 062	0.035 081	0.009 517	0.028 165
山西	0.000 018	0.083 186	0.005 285	0.850 427	46.000 000	18.666 667	—	0.003 150	0.207 902	0.005 918	0.005 414
内蒙古	0.000 016	0.010 947	0.001 390	0.819 133	4.666 667	5.000 000	—	0.001 182	0.003 462	0.000 982	0.007 413
辽宁	0.006 108	0.140 203	0.064 748	0.924 344	325.000 000	153.333 333	0.029 755	0.011 798	0.039 977	0.010 293	0.038 017
吉林	0.000 504	0.052 828	0.201 728	0.735 525	114.333 333	100.666 667	—	0.007 866	0.014 699	0.014 049	0.011 214
黑龙江	0.000 681	0.128 288	0.135 038	0.903 311	119.000 000	76.000 000	1.372 004	0.019 013	0.069 324	0.022 390	0.060 917
上海	0.170 307	0.231 868	0.173 195	1.007 207	1 698.333 333	390.333 333	0.087 415	0.008 473	0.045 881	0.008 718	0.021 412
江苏	0.087 982	0.086 286	0.061 901	0.981 299	1 147.333 333	886.000 000	0.145 232	0.006 917	0.030 277	0.010 378	0.016 560
浙江	0.047 675	0.136 084	0.147 167	0.930 639	1 384.000 000	496.666 667	0.711 147	0.016 142	0.078 722	0.018 749	0.029 534
安徽	0.000 767	0.154 542	0.096 927	1.544 647	50.333 333	49.666 667	0.124 956	0.010 624	0.030 286	0.020 568	0.023 183
福建	0.127 234	0.380 458	0.457 863	0.963 548	243.666 667	421.333 333	0.211 710	0.009 449	0.038 496	0.014 039	0.023 903

省份											
江西	0.001 979	0.104 237	0.160 095	0.940 873	166.000 000	64.666 667	0.104 842	0.015 499	0.047 003	0.017 115	0.046 539
山东	0.026 458	0.165 623	0.130 194	1.056 946	1 194.666 667	385.333 333	0.876 129	0.014 251	0.046 383	0.016 506	0.019 138
河南	0.002 195	0.098 283	0.230 824	0.954 346	271.333 333	77.333 333	0.854 002	0.009 513	0.025 063	0.013 410	0.027 965
湖北	0.001 638	0.059 221	0.052 049	1.028 111	383.333 333	211.000 000	0.898 933	0.016 430	0.036 616	0.016 821	0.060 531
湖南	0.000 824	0.077 389	0.084 528	0.902 783	86.333 333	102.000 000	0.647 689	0.007 117	0.020 423	0.012 588	0.034 089
广东	0.358 984	0.136 640	0.139 633	0.942 281	14 715.666 667	3 836.000 000	0.241 758	0.012 049	0.056 425	0.013 186	0.025 614
广西	0.000 241	0.058 010	0.065 318	1.075 456	70.666 667	43.000 000	14.485 302	0.010 668	0.022 116	0.010 814	0.018 230
海南	0.000 000	0.000 339	0.000 072	0.991 119	6.333 333	—	—	0.001 260	0.002 963	0.002 941	0.003 415
重庆	0.002 061	0.269 880	0.346 185	0.947 085	131.333 333	71.333 333	2.263 134	0.016 987	0.045 507	0.020 563	0.045 908
四川	0.009 653	0.263 240	0.363 333	0.970 438	502.333 333	226.000 000	0.189 282	0.022 466	0.062 523	0.023 724	0.047 873
贵州	0.001 455	0.138 592	0.613 232	0.926 086	202.666 667	127.333 333	0.003 269	0.020 710	0.044 586	0.029 501	0.037 187
云南	0.000 496	0.076 323	0.286 239	0.921 332	156.333 333	77.333 333	0.083 333	0.006 182	0.014 720	0.006 994	0.014 102
陕西	0.001 495	0.182 494	0.147 793	0.974 032	403.000 000	177.333 333	0.390 713	0.030 518	0.087 262	0.029 084	0.062 621
甘肃	0.000 021	0.074 277	0.113 556	0.906 713	31.666 667	16.000 000	—	0.006 974	0.013 178	0.017 255	0.017 065
青海	0.000 001	0.010 713	0.042 857	0.845 758	23.000 000	2.333 333	—	0.002 058	0.003 205	0.004 574	0.001 369
宁夏	0.000 894	0.356 063	0.469 301	0.927 538	9.666 667	10.000 000	—	0.026 332	0.063 503	0.020 685	0.075 569
新疆	0.000 333	0.302 119	0.772 405	0.935 376	10.333 333	3.333 333	—	0.001 207	0.003 284	0.010 859	0.001 737

地区	工程技术人员占从业人员比重	微电子设备占固定资产比重	科技经费中企业资金所占比重	人均GDP	制造业总产值占行业份额	科技活动经费中政府资金比重	固定资产投资额	资产增长率	利润增长率	产值增长率	就业人员增长率
北京	0.052 868	0.100 695	0.931 285	116.731 783	0.025 540	0.043 477	59.700 000	0.295 470	0.318 532	0.276 797	0.102 574
天津	0.033 380	0.103 858	0.927 325	110.812 870	0.026 442	0.007 660	69.700 000	0.250 072	-0.120 972	0.139 522	0.044 664
河北	0.043 914	0.243 319	0.905 605	31.444 596	0.043 519	0.052 281	82.726 667	0.028 841	0.337 519	0.205 835	0.039 099
山西	0.019 573	0.032 969	0.731 273	16.971 941	0.018 883	0.114 853	44.663 333	0.513 088	1.464 599	0.368 319	0.323 135
内蒙古	0.012 974	0.140 370	0.795 138	64.808 821	0.012 631	0.101 832	22.356 667	0.400 774	0.098 383	0.279 522	0.057 158
辽宁	0.059 367	0.105 977	0.551 079	45.520 596	0.043 636	0.280 325	111.286 667	0.189 763	0.364 959	0.192 442	0.090 745
吉林	0.036 879	0.107 280	0.853 611	38.770 138	0.015 665	0.039 154	82.743 333	0.028 672	3.772 316	0.266 426	0.009 652
黑龙江	0.093 479	0.199 395	0.622 374	33.621 772	0.016 713	0.357 503	40.483 333	0.220 260	0.559 273	0.272 335	0.021 102
上海	0.034 315	0.255 330	0.813 384	105.706 677	0.059 750	0.034 135	151.323 333	0.145 882	0.087 473	0.200 768	0.121 838
江苏	0.024 311	0.143 630	0.890 799	62.859 933	0.131 660	0.021 212	582.033 333	0.349 531	0.333 364	0.243 312	0.212 392
浙江	0.037 451	0.120 519	0.889 160	45.425 375	0.092 175	0.045 437	121.920 000	0.272 440	0.253 865	0.277 084	0.164 913
安徽	0.036 482	0.162 188	0.878 327	29.844 642	0.019 117	0.083 077	50.670 000	0.177 487	0.296 523	0.242 005	0.132 075
福建	0.033 318	0.237 280	0.860 022	62.041 491	0.032 102	0.021 937	69.483 333	0.192 281	0.799 16	0.116 608	0.130 323
江西	0.039 365	0.059 908	0.575 316	26.493 230	0.013 669	0.260 245	111.486 667	0.187 204	0.570 279	0.392 210	0.138 458
山东	0.030 388	0.049 679	0.856 506	59.526 510	0.118 863	0.023 919	242.836 667	0.357 362	0.412 364	0.377 871	0.163 718

河南	0.039 661	0.090 310	0.766 081	31.016 545	0.045 291	0.050 563	87.183 333	0.107 137	0.609 658	0.356 376	0.088 608
湖北	0.065 147	0.088 708	0.860 223	44.764 954	0.023 738	0.113 357	80.146 667	0.282 931	0.513 496	0.376 317	0.122 887
湖南	0.046 741	0.040 854	0.587 636	36.805 855	0.019 929	0.185 851	57.050 000	-0.034 901	0.163 235	0.224 571	0.066 665
广东	0.034 264	0.268 901	0.934 229	50.925 739	0.139 753	0.022 807	387.216 667	0.185 185	0.203 665	0.185 452	0.130 334
广西	0.030 838	0.165 313	0.803 239	27.909 847	0.010 670	0.085 934	30.180 000	0.056 766	0.095 750	0.273 103	0.089 164
海南	0.012 902	0.027 739	0.961 010	49.228 367	0.002 143	0.021 222	3.666 667	0.224 130	0.185 056	0.083 306	0.060 474
重庆	0.070 543	0.156 355	0.768 042	32.384 373	0.010 870	0.114 102	45.556 667	0.141 252	0.211 149	0.194 351	0.061 587
四川	0.061 737	0.104 044	0.755 945	37.237 836	0.025 394	0.144 259	130.726 667	0.173 129	-0.099 812	0.337 862	0.099 014
贵州	0.066 874	0.142 228	0.579 641	27.082 400	0.006 568	0.206 289	14.670 000	0.103 595	0.658 245	0.178 144	-0.013 501
云南	0.019 587	0.169 177	0.797 435	33.454 800	0.010 623	0.156 786	8.916 667	0.297 023	0.150 720	0.214 591	0.030 756
陕西	0.075 400	0.147 990	0.480 216	26.370 940	0.014 085	0.374 273	56.303 333	0.118 271	0.693 060	0.133 652	-0.003 663
甘肃	0.028 786	0.090 289	0.656 590	17.787 053	0.007 816	0.167 053	8.886 667	-0.013 500	1.890 705	0.158 440	-0.065 049
青海	0.010 884	0.011 119	0.936 289	22.924 882	0.001 933	0.063 711	1.716 667	0.120 688	0.212 694	0.284 451	0.111 093
宁夏	0.070 255	0.239 973	0.889 542	31.372 323	0.002 693	0.082 563	5.236 667	0.095 940	-0.332 457	0.201 918	-0.121 900
新疆	0.016 607	0.043 980	0.877 278	31.060 357	0.008 020	0.122 722	3.473 333	0.031 635	0.352 666	0.281 153	0.018 924

附录 2 原始数据标准化后数值

地区	市场占有率	出口份额	销售利润率	增加值率	劳动生产率	利润份额	总产值占同行业份额	就业人员占同行业份额	资产占同行业的份额	产业相对专业化系数(区位熵)
北京	0.512 19	0.190 77	-0.588 76	-1.737 18	1.619 84	0.675 17	0.457 55	-0.046 95	0.456 4	1.454 91
天津	0.285 97	0.244 49	-0.139 95	-0.878 6	3.011 52	0.773 5	0.257 13	-0.125 25	0.405 73	2.498 21
河北	-0.384 19	-0.384 93	0.253 89	-0.195 18	-0.726 12	-0.338 91	-0.384 78	-0.277 69	-0.225 52	-0.607 28
山西	-0.477 62	-0.403 34	-1.033 5	0.426 51	-1.457 1	-0.562 4	-0.475 78	-0.378 26	-0.481 39	-0.660 03
内蒙古	-0.465 04	-0.397 49	0.021 74	-0.045 94	1.538 98	-0.506 46	-0.464 89	-0.467 16	-0.575 04	-0.618 23
辽宁	-0.231 91	-0.235 66	-0.940 92	-0.517 93	-0.078 76	-0.331 61	-0.223 19	-0.152 63	-0.099 53	-0.229 21
吉林	-0.442 68	-0.407 82	1.280 33	1.254 54	0.663 1	-0.387 66	-0.427 82	-0.384 02	-0.470 45	-0.437 06
黑龙江	-0.410 26	-0.403 87	-0.189 2	-0.349 04	-0.691 3	-0.435 46	-0.419 45	-0.355 98	-0.362 5	-0.528 69
上海	1.265 2	1.392 18	-1.246 9	-1.628 53	1.398 12	0.583 21	1.196 83	0.387 87	1.966 99	2.216 46
江苏	2.335 37	2.223 74	-0.691 93	-1.183 14	0.209 58	2.680 04	2.330 04	2.005 66	3.098 66	1.623 75
浙江	0.334 33	0.186 76	-0.460 17	-1.485 58	-0.823 45	0.552 3	0.335 16	0.530 19	0.211 56	0.183 47
安徽	-0.437 3	-0.399 47	-0.126 78	0.014 96	-0.721 21	-0.466 99	-0.434 47	-0.359 72	-0.505 57	-0.571 93
福建	0.077 38	0.101 2	-0.213 52	-1.038 08	0.321 76	0.326 21	0.087 33	0.026 65	-0.144 43	0.635 49

省份										
江西	-0.394 75	-0.387 55	-0.539 52	-0.044 95	-0.973 41	-0.440 27	-0.394 82	-0.255 54	-0.442 29	-0.335 1
山东	0.351 92	-0.048 91	-0.405 29	-0.304 06	0.925 09	0.617 96	0.364 47	0.313 32	0.230 65	-0.070 9
河南	-0.358 97	-0.393 27	0.085 37	0.203 53	-0.522 45	-0.307 56	-0.344 36	-0.200 26	-0.242 06	-0.561 64
湖北	-0.331 32	-0.356 14	-0.343 95	0.804 29	0.875 61	-0.327 12	-0.306 03	-0.248 7	-0.314 22	-0.307 97
湖南	-0.421 13	-0.394 02	-0.508 76	0.040 26	-0.259 67	-0.471 32	-0.418 46	-0.363 56	-0.432 37	-0.578 97
广东	4.155 62	4.310 55	-0.917 97	-1.389 4	-0.515 41	3.847 25	4.193 28	4.621 73	3.209 67	2.510 84
广西	-0.471 64	-0.405 58	0.082 67	0.814 48	-0.476 69	-0.514 9	-0.464 24	-0.408 09	-0.558 86	-0.617 83
海南	-0.501 21	-0.411	3.783 5	0.765 57	1.168 72	-0.528 22	-0.502 48	-0.496 81	-0.616 39	-0.569 89
重庆	-0.453 34	-0.402 66	-0.085 26	0.290 85	-0.389 49	-0.490 76	-0.451 48	-0.400 37	-0.510 71	-0.474 47
四川	-0.231 19	-0.362 59	-0.391 86	0.127 74	-0.151 57	-0.192 51	-0.215 34	-0.059 62	-0.128 08	-0.176 93
贵州	-0.460 37	-0.407 41	-0.403 54	0.561 32	-0.650 14	-0.520 94	-0.450 44	-0.375 52	-0.473 08	-0.286 29
云南	-0.485 85	-0.408 94	1.166 98	0.82 09	-0.031 75	-0.514 81	-0.486 58	-0.462 42	-0.579 78	-0.678 81
陕西	-0.334 85	-0.394 31	-0.871 51	0.043 61	-0.931 96	-0.420 61	-0.327 02	-0.109 12	-0.023 74	-0.031 82
甘肃	-0.497 45	-0.412 06	0.896 22	1.656 91	-1.039 13	-0.552 74	-0.497 74	-0.453 92	-0.564 87	-0.664 21
青海	-0.510 47	-0.412 28	1.561 48	2.789 68	-0.101 36	-0.582 49	-0.512 41	-0.502 69	-0.624 08	-0.702 68
宁夏	-0.507 78	-0.408 77	-0.003 83	0.299 83	-0.477 39	-0.582 42	-0.509 16	-0.498 83	-0.599 7	-0.631 2
新疆	-0.508 67	-0.411 6	0.970 97	-0.117 39	-0.713 97	-0.579 48	-0.510 84	-0.502 32	-0.604 99	-0.781 98

地区	新产品出口份额	新产品占销售收入的比重	新产品占出口比重	新产品销售率	专利申请数	专利拥有数	消化吸收经费与技术引进的比例	企业 R&D 经费占销售收入比重	企业 R&D 经费占增加值比重	新产品开发经费占销售收入比重	R&D 人员占从业人员比重
北京	0.463 25	0.321 24	0.070 69	0.104 23	0.077 68	1.104 67	-0.342 46	-0.171 55	0.958 39	-0.535 01	0.313 97
天津	0.635 46	1.944 77	0.174 66	0.120 61	-0.128 05	-0.216 18	-0.301 36	-0.753 46	-0.524 74	-1.131 91	-0.470 95
河北	-0.431 61	-0.820 76	-0.698 9	-0.415 09	-0.260 23	-0.343 16	-0.111 53	-0.045 31	-0.325 61	-0.615 48	-0.023 96
山西	-0.444 68	-0.593 29	-1.033 2	-0.833 37	-0.298 32	-0.421 37	0	-1.119 28	-1.922 76	-1.116 59	-1.196 49
内蒙古	-0.444 7	-1.280 44	-1.054 35	-1.074 5	-0.313 85	-0.440 24	0	-1.386 42	-1.383 43	-1.803 86	-1.093 47
辽宁	-0.363 39	-0.050 94	-0.710 26	-0.263 8	-0.193 45	-0.235 51	-0.362 14	0.054 59	0.184 64	-0.507 44	0.483 79
吉林	-0.438 19	-0.882 06	0.033 65	-1.718 74	-0.272 63	-0.308 2	0	-0.479 13	-0.900 88	0.015 53	-0.897 57
黑龙江	-0.435 83	-0.164 28	-0.328 53	-0.425 87	-0.270 88	-0.342 24	0.080 5	1.033 96	1.444 89	1.176 89	1.664
上海	1.828 26	0.820 99	-0.121 3	0.374 69	0.322 75	0.091 6	-0.343 12	-0.396 74	0.438 18	-0.726 73	-0.371 99
江苏	0.729 42	-0.563 8	-0.725 72	0.175 06	0.115 64	0.775 72	-0.324 06	-0.607 95	-0.231 91	-0.495 6	-0.622 05
浙江	0.191 43	-0.090 12	-0.262 66	-0.215 3	0.204 6	0.238 36	-0.137 43	0.644 25	1.848 47	0.669 93	0.046 59
安徽	-0.434 68	0.085 45	-0.535 5	4.515 91	-0.296 69	-0.378 59	-0.330 74	-0.104 76	-0.231 52	0.923 2	-0.280 72
福建	1.253 34	2.234 39	1.424 68	0.038 28	-0.224 02	0.134 39	-0.302 13	-0.264 26	0.121 04	0.014 14	-0.243 61
江西	-0.418 5	-0.393 05	-0.192 45	-0.136 44	-0.253 21	-0.357 89	-0.337 38	0.556 97	0.486 56	0.442 42	0.922 99
山东	-0.091 77	0.190 86	-0.354 84	0.757 95	0.133 43	0.084 7	-0.083 03	0.387 56	0.459 74	0.357 63	-0.489 19

河南	-0.415 62	-0.449 69	0.191 67	-0.032 63	-0.213 62	-0.340 4	-0.090 32	-0.255 57	-0.455 81	-0.073 44	-0.034 27
湖北	-0.423 05	-0.821 25	-0.779 23	0.535 77	-0.171 52	-0.155 92	-0.075 51	0.683 34	0.040 31	0.401 49	1.644 1
湖南	-0.433 92	-0.648 43	-0.602 84	-0.429 94	-0.283 16	-0.306 36	-0.158 36	-0.580 8	-0.655 07	-0.187 89	0.281 35
广东	4.346 63	-0.084 83	-0.303 57	-0.125 59	5.215 61	4.847 32	-0.292 22	0.088 67	0.890 97	-0.104 63	-0.155 43
广西	-0.441 7	-0.832 77	-0.707 17	0.900 58	-0.289 05	-0.387 79	4.404 91	-0.098 79	-0.582 37	-0.434 9	-0.535 99
海南	-0.444 92	-1.381 34	-1.061 51	0.250 73	-0.313 23	0	0	-1.375 83	-1.404 86	-1.531 09	-1.299 52
重庆	-0.417 41	1.182 56	0.818 18	-0.088 57	-0.266 24	-0.348 68	0.374 37	0.758 95	0.422 12	0.922 51	0.890 47
四川	-0.316 07	1.119 4	0.911 31	0.091 37	-0.126 79	-0.135 21	-0.309 53	1.502 67	1.152 84	1.362 63	0.991 74
贵州	-0.425 5	-0.066 26	2.268 47	-0.250 38	-0.239 43	-0.271 39	-0.370 87	1.264 31	0.382 57	2.166 99	0.441 01
云南	-0.438 3	-0.658 57	0.492 62	-0.287 01	-0.256 85	-0.340 4	-0.344 47	-0.707 72	-0.899 97	-0.966 77	-0.748 73
陕西	-0.424 96	0.351 34	-0.259 26	0.119 06	-0.164 13	-0.202 38	-0.243 1	2.595 64	2.215 21	2.108 93	1.751 82
甘肃	-0.444 64	-0.678 04	-0.445 19	-0.399 66	-0.303 71	-0.425 06	0	-0.600 21	-0.966 19	0.461 92	-0.596 03
青海	-0.444 9	-1.282 66	-0.829 15	-0.869 35	-0.306 96	-0.443 92	0	-1.267 51	-1.394 46	-1.303 72	-1.404 96
宁夏	-0.432 98	2.002 35	1.486 8	-0.239 19	-0.311 97	-0.433 34	0	2.027 44	1.194 92	0.939 49	2.419 12
新疆	-0.440 47	1.489 22	3.132 91	-0.178 8	-0.311 72	-0.442 54	0	-1.383 03	-1.391 07	-0.428 63	-1.386

地区	工程技术人员占从业人员比重	微电子设备占固定资产比重	科技经费中企业资金所占比重	人均GDP	制造业总产值占同行业份额	科技活动经费中政府资金比重	固定资产投资额	资产增长率	利润增长率	产值增长率	就业人员增长率
北京	0.552 49	-0.383 46	1.042 56	2.777 84	-0.204 95	-0.705 76	-0.266 41	0.881 85	-0.1295 3	0.394 39	0.258 2
天津	-0.376 36	-0.339 54	1.013 1	2.548 53	-0.181 22	-1.067 87	-0.184 3	0.525 01	-1.145 96	-1.281 49	-0.431 93
河北	0.125 72	1.596 83	0.851 51	-0.526 33	0.268 09	-0.616 75	-0.077 33	-1.213 95	-0.085 62	-0.471 93	-0.498 25
山西	-1.034 43	-1.323 82	-0.445 5	-1.087 02	-0.380 11	0.015 86	-0.389 88	2.592 41	2.520 95	1.511 71	2.886 7
内蒙古	-1.348 96	0.167 41	0.029 65	0.766 26	-0.544 6	-0.115 79	-0.573 04	1.709 58	-0.638 66	0.427 66	-0.283 04
辽宁	0.862 25	-0.310 12	-1.786 13	0.019	0.271 17	1.688 79	0.157 18	0.050 96	-0.022 16	-0.635 43	0.117 23
吉林	-0.209 59	-0.292 03	0.464 68	-0.242 53	-0.464 78	-0.749 47	-0.077 2	-1.215 28	0.919 92	0.267 78	-0.849 18
黑龙江	2.488 11	0.986 96	-1.255 7	-0.441 98	-0.437 2	2.469 07	-0.424 2	0.290 67	0.427 22	0.339 92	-0.712 73
上海	-0.331 79	1.763 6	0.165 39	2.350 71	0.695 14	-0.800 21	0.485 92	-0.293 96	-0.663 89	-0.533 78	0.487 78
江苏	-0.808 61	0.212 68	0.741 35	0.690 75	2.587 17	-0.930 86	4.022 54	1.306 79	-0.095 23	-0.014 4	1.566 94
浙江	-0.182 32	-0.108 21	0.729 16	0.015 31	1.548 28	-0.685 94	0.244 49	0.700 83	-0.279 08	0.397 9	1.001 12
安徽	-0.228 51	0.470 35	0.648 56	-0.588 31	-0.373 95	-0.305 4	-0.340 55	-0.045 54	-0.180 43	-0.030 35	0.609 78
福建	-0.379 31	1.512 98	0.512 38	0.659 04	-0.032 3	-0.923 53	-0.186 08	0.070 75	-0.450 1	-1.561 23	0.588 9
江西	-0.091 1	-0.949 78	-1.605 81	-0.718 15	-0.517 29	1.485 78	0.158 82	0.030 84	-0.009 86	1.803 38	0.685 84
山东	-0.518 96	-1.091 8	0.486 22	0.561 61	2.250 47	-0.903 49	1.237 35	1.368 34	0.087 47	1.628 32	0.986 88

河南	-0.076 99	-0.527 65	-0.186 54	-0.542 91	0.314 71	-0.634 12	-0.040 74	-0.598 51	0.543 75	1.365 91	0.091 76
湖北	1.137 73	-0.549 9	0.513 87	-0.010 28	-0.252 37	0.000 73	-0.098 52	0.783 29	0.321 36	1.609 35	0.500 28
湖南	0.260 46	-1.214 34	-1.514 15	-0.318 63	-0.352 59	0.733 65	-0.288 17	-1.714 98	-0.488 68	-0.243 19	-0.169 74
广东	-0.334 22	1.952 03	1.064 47	0.228 4	2.800 11	-0.914 74	2.422 87	0.014 97	-0.395 18	-0.720 76	0.589 03
广西	-0.497 52	0.513 74	0.089 92	-0.663 27	-0.596 2	-0.276 52	-0.508 8	-0.994 45	-0.644 75	0.349 3	0.098 39
海南	-1.352 39	-1.396 43	1.263 72	0.162 64	-0.820 55	-0.930 76	-0.726 51	0.321 09	-0.438 22	-1.967 78	-0.243 52
重庆	1.394 92	0.389 36	-0.171 95	-0.489 92	-0.590 94	0.008 26	-0.382 54	-0.330 36	-0.377 87	-0.612 12	-0.230 25
四川	0.975 21	-0.33 696	-0.261 95	-0.301 89	-0.208 8	0.313 15	0.316 8	-0.079 79	-1.097 02	1.139 89	0.215 78
贵州	1.220 05	0.193 21	-1.573 63	-0.695 33	-0.704 13	0.940 28	-0.636 16	-0.626 35	0.656 11	-0.809 98	-1.125 1
云南	-1.033 77	0.567 39	0.046 73	-0.448 45	-0.597 44	0.439 8	-0.683 4	0.894 06	-0.517 62	-0.365 03	-0.597 68
陕西	1.626 42	0.273 22	-2.313 34	-0.722 89	-0.506 35	2.638 61	-0.294 3	-0.511	0.736 63	-1.353 15	-1.007 86
甘肃	-0.595 32	-0.527 95	-1.001 14	-1.055 44	-0.671 29	0.543 6	-0.683 64	-1.546 76	3.506 39	-1.050 53	-1.739 42
青海	-1.448 57	-1.627 2	1.079 79	-0.856 4	-0.826 08	-0.501 19	-0.742 52	-0.492	-0.374 3	0.487 83	0.359 73
宁夏	1.381 19	1.550 37	0.732	-0.529 13	-0.806 08	-0.310 6	-0.713 61	-0.686 53	-1.635 05	-0.519 74	-2.416 93
新疆	-1.175 8	-1.170 93	0.640 76	-0.541 22	-0.665 92	0.095 41	-0.728 09	-1.191 99	-0.050 59	0.447 57	-0.738 68

附录 3 二级指标综合得分

地区	市场化能力	资源转化能力	产业规模	技术创新能力	技术投入	经济实力	相关产业发展	政策与市场需求	竞争态势
北京	0.495 957	-1.308 062	18.601 939	0.322 956	0.186 666	2.777840	-0.204 950	-0.115 630	0.312 860
天津	0.373 705	-0.647 842	30.402 239	0.406 452	-0.453 568	2.548530	-0.181 220	-0.021 809	-0.369 748
河北	-0.541 674	0.130 905	-8.379 525	-0.471 898	0.152 709	-0.526330	0.268 090	0.007 781	-0.533 976
山西	-0.620 645	-0.001 031	-10.010 702	-0.553 327	-1.038 244	-1.087020	-0.380 110	-0.274 487	2.213 856
内蒙古	-0.607 647	0.418 186	-9.946 794	-0.701 919	-1.054 177	0.766260	-0.544 600	-0.389 474	0.346 672
辽宁	-0.329 290	-0.429 634	-3.311 918	-0.297 918	-0.148 197	0.019000	0.271 170	-0.059 500	-0.023 507
吉林	-0.599 085	1.384 123	-7.360 660	-0.421 783	-0.303 760	-0.242530	-0.464 780	0.021 194	-0.180 841
黑龙江	-0.573 393	-0.055 374	-8.034 321	-0.276 724	1.087 083	-0.441980	-0.437 200	-0.544 757	0.175 534
上海	1.871 193	-1.475 832	33.354 556	0.423 660	0.010 480	2.350710	0.695 140	0.420 441	-0.301 394
江苏	3.211 193	-2.359 843	32.896 716	-0.012 598	-0.282 441	0.690750	2.587 170	2.908 998	0.605 443
浙江	0.367 396	-1.290 260	3.718 157	-0.001 120	0.577 640	0.015310	1.548 280	0.239 983	0.298 562
安徽	-0.589 423	0.160 549	-9.017 491	0.088 721	0.220 579	-0.588310	-0.373 950	-0.207 711	0.000 358
福建	0.125 705	-0.743 439	7.016 734	0.839 364	0.152 464	0.659040	-0.032 300	-0.037 544	-0.171 745
江西	-0.550 978	-0.065 631	-5.886 761	-0.271 779	0.037 742	-0.718150	-0.517 290	-0.037 974	0.232 918
山东	0.214 497	-0.573 271	0.527 557	0.035 108	0.011 314	0.561610	2.250 470	0.956 768	0.737 291

河南	-0.529 694	0.260 232	-7.775 463	-0.178 105	-0.219 480	-0.542 910	0.314 710	0.035 136	0.101 850
湖北	-0.484 096	0.526 192	-5.102 054	-0.370 785	0.480 314	-0.010 280	-0.252 370	-0.069 032	0.557 569
湖南	-0.574 168	0.070 861	-8.858 670	-0.420 572	-0.471 554	-0.318 630	-0.352 590	-0.275 346	-0.778 209
广东	5.962 130	-3.283 670	48.083 658	1.935 187	0.424 202	0.228 400	2.800 110	1.787 698	-0.107 836
广西	-0.617 989	0.678 837	-9.807 304	-0.294 663	-0.247 615	-0.663 270	-0.596 200	-0.328 376	-0.511 797
海南	-0.642 697	2.236 099	-9.576 373	-0.545 247	-1.068 736	0.162 640	-0.820 550	-0.415 090	-0.223 568
重庆	-0.603 002	0.354 432	-7.961 826	0.237 653	0.661 414	-0.489 920	-0.590 940	-0.268 586	-0.315 325
四川	-0.417 829	0.008 016	-2.663 090	0.312 961	0.831 953	-0.301 890	-0.208 800	0.190 310	-0.286 467
贵州	-0.611 304	0.356 720	-5.609 711	0.316 657	0.748 536	-0.695 330	-0.704 130	-0.539 661	-0.192 470
云南	-0.630 392	1.139 464	-10.672 171	-0.183 785	-0.581 667	-0.448 450	-0.597 440	-0.522 489	0.015 451
陕西	-0.513 370	-0.157 752	-0.750 485	-0.097 367	1.314 670	-0.722 890	-0.506 350	-0.470 852	-0.152 502
甘肃	-0.640 782	1.370 269	-10.446 655	-0.410 236	-0.440 636	-1.055 440	-0.671 290	-0.533 076	0.375 732
青海	-0.650 142	2.278 585	-11.162 721	-0.638 015	-1.073 732	-0.856 400	-0.826 080	-0.469 415	-0.207 704
宁夏	-0.645 778	0.434 659	-10.242 764	0.482 535	1.339 984	-0.529 130	-0.806 080	-0.468 311	-1.140 695
新疆	-0.648 392	0.583 514	-12.023 957	0.746 585	-0.853 936	-0.541 220	-0.665 920	-0.519 201	-0.476 310

附录 4　二级指标综合得分标准化数值

地区	市场化能力	资源转化能力	产业规模	技术创新能力	技术投入	经济实力	相关产业发展	政策与市场需求	竞争态势
北京	0.352 770	-1.106 640	1.163 880	0.588 280	0.271 100	2.777 840	-0.204 950	-0.157 430	0.533 210
天津	0.265 810	-0.548 080	1.902 200	0.740 370	-0.658 720	2.548 530	-0.181 220	-0.029 690	-0.630 170
河北	-0.385 280	0.110 750	-0.524 290	-0.859 580	0.221 780	-0.526 330	0.268 090	0.010 590	-0.910 060
山西	-0.441 460	-0.000 870	-0.626 350	-1.007 910	-1.507 850	-1.087 020	-0.380 110	-0.373 710	3.773 110
内蒙古	-0.432 210	0.353 790	-0.622 350	-1.278 580	-1.530 990	0.766 260	-0.544 600	-0.530 260	0.590 840
辽宁	-0.234 220	-0.363 480	-0.207 220	-0.542 670	-0.215 230	0.019 000	0.271 170	-0.081 010	-0.040 060
吉林	-0.426 120	1.170 990	-0.460 540	-0.768 300	-0.441 150	-0.242 530	-0.464 780	0.028 860	-0.308 210
黑龙江	-0.407 850	-0.046 850	-0.502 690	-0.504 070	1.578 780	-0.441 980	-0.437 200	-0.741 670	0.299 170
上海	1.330 950	-1.248 570	2.086 920	0.771 720	0.015 220	2.350 710	0.695 140	0.572 420	-0.513 670
江苏	2.284 070	-1.996 460	2.058 270	-0.022 950	-0.410 190	0.690 750	2.587 170	3.960 510	1.031 870
浙江	0.261 320	-1.091 580	0.232 640	-0.002 040	0.838 910	0.015 310	1.548 280	0.326 730	0.508 840
安徽	-0.419 250	0.135 830	-0.564 200	0.161 610	0.320 350	-0.588 310	-0.373 950	-0.282 790	0.000 610
福建	0.089 410	-0.628 960	0.439 020	1.528 940	0.221 420	0.659 040	-0.032 300	-0.051 110	-0.292 710
江西	-0.391 900	-0.055 520	-0.368 320	-0.495 060	0.054 810	-0.718 150	-0.517 290	-0.051 700	0.396 970

山东	0.152 570	-0.484 990	0.033 010	0.063 950	0.016 430	0.561 610	2.250 470	1.302 610	1.256 580
河南	-0.376760	0.220160	-0.486490	-0.324430	-0.318750	-0.542910	0.314710	0.047840	0.173580
湖北	-0.344 330	0.445 170	-0.319 220	-0.675 400	0.697 560	-0.010 280	-0.252 370	-0.093 980	0.950 270
湖南	-0.408 400	0.059 950	-0.554 270	-0.766 090	-0.684 840	-0.318 630	-0.352 590	-0.374 870	-1.326 310
广东	4.240 770	-2.778 030	3.008 480	3.525 030	0.616 070	0.228 400	2.800 110	2.433 900	-0.183 790
广西	-0.439 570	0.574 310	-0.613 620	-0.536 740	-0.359 610	-0.663 270	-0.596 200	-0.447 070	-0.872 260
海南	-0.457 140	1.891 770	-0.599 170	-0.99 3190	-1.552 140	0.162 640	-0.820 550	-0.565 130	-0.381 030
重庆	-0.428 910	0.299 850	-0.498 150	0.432 900	0.960 580	-0.489 920	-0.590 940	-0.365 670	-0.537 410
四川	-0.297 200	0.006 780	-0.166 620	0.570 070	1.208 250	-0.301 890	-0.208 800	0.259 100	-0.488 230
贵州	-0.434 810	0.301 790	-0.350 990	0.576 810	1.087 110	-0.695 330	-0.704 130	-0.734 730	-0.328 030
云南	-0.448 390	0.964 000	-0.667 730	-0.334 770	-0.844 760	-0.448 450	-0.597 440	-0.711 350	0.026 330
陕西	-0.365 150	-0.133 460	-0.046 960	-0.177 360	1.909 310	-0.722 890	-0.506 350	-0.641 050	-0.259 910
甘肃	-0.455 780	1.159 270	-0.653 620	-0.747 260	-0.639 940	-1.055 440	-0.671 290	-0.725 770	0.640 370
青海	-0.462 440	1.927 710	-0.698 430	-1.162 170	-1.559 390	-0.856 400	-0.826 080	-0.639 090	-0.353 990
宁夏	-0.459 330	0.367 730	-0.640 870	0.878 960	1.946 070	-0.529 130	-0.806 080	-0.637 590	-1.94 4110
新疆	-0.461 190	0.493 660	-0.752 310	1.359 940	-1.240 180	-0.541 220	-0.665 920	-0.706 880	-0.81 1780

附录5 一级指标综合得分

地区	实力竞争力	创新竞争力	产业发展	环境竞争力	产业竞争
北京	0.825 448	0.445 298	2.777 840	-0.181 930	0.533 210
天津	1.030 742	0.423 032	2.548 530	-0.119 684	-0.630 170
河北	-0.377 503	-0.565 756	-0.526 330	0.164 522	-0.910 060
山西	-0.421 865	-0.906 297	-1.087 020	-0.368 150	3.773 110
内蒙古	-0.478 535	-1.097 221	0.766 260	-0.525 520	0.590 840
辽宁	-0.105 024	-0.405 985	0.019 000	0.131 921	-0.040 060
吉林	-0.545 803	-0.593 530	-0.242 530	-0.267 470	-0.308 210
黑龙江	-0.347 810	-0.132 710	-0.441 980	-0.540 705	0.299 170
上海	1.577 356	0.537 378	2.350 710	0.631 522	-0.513 670
江苏	2.000 762	-0.072 280	0.690 750	3.038 580	1.031 870
浙江	0.377 153	0.113 853	0.015 310	1.050 015	0.508 840
安徽	-0.410 617	0.156 114	-0.588 310	-0.330 272	0.000 610
福建	0.333 958	1.090 940	0.659 040	-0.038 562	-0.292 710
江西	-0.281 113	-0.335 857	-0.718 150	-0.329 208	0.396 970
山东	0.147 855	0.046 615	0.561 610	1.837 476	1.256 580
河南	-0.376 817	-0.268 831	-0.542 910	0.206 447	0.173 580
湖北	-0.330 590	-0.372 631	-0.010 280	-0.186 466	0.950 270
湖南	-0.389 543	-0.625 480	-0.318 630	-0.352 107	-1.326 310
广东	3.190 448	2.529 711	0.228 400	2.592 026	-0.183 790
广西	-0.515 199	-0.421 709	-0.663 270	-0.525 137	-0.872 260
海南	-0.742 605	-0.902 172	0.162 640	-0.703 879	-0.381 030
重庆	-0.412 612	0.432 258	-0.489 920	-0.491 377	-0.537 410
四川	-0.171 276	0.561 433	-0.301 890	-0.027 603	-0.488 230
贵州	-0.349 067	0.549 463	-0.695 330	-0.697 940	-0.328 030
云南	-0.609 727	-0.348 278	-0.448 450	-0.625 260	0.026 330
陕西	-0.115 358	0.139 321	-0.722 890	-0.544 277	-0.259 910
甘肃	-0.639 622	-0.606 250	-1.055 440	-0.674 905	0.640 370
青海	-0.794 905	-1.020 378	-0.856 400	-0.735 003	-0.353 990
宁夏	-0.497 954	0.877 066	-0.529 130	-0.722 462	-1.944 110
新疆	-0.570 180	0.772 890	-0.541 220	-0.664 586	-0.811 780

附录 6　国内各地区竞争力综合得分

地区	Z实力竞争力	Z创新竞争力	Z产业发展	Z环境竞争力	Z产业竞争	综合得分
北京	0.917 810	0.588 440	2.777 840	−0.191 170	0.533 210	1.122 269
天津	1.146 080	0.559 010	2.548 530	−0.125 760	−0.630 170	0.801 736
河北	−0.419 740	−0.747 620	−0.526 330	0.172 880	−0.910 060	−0.485 206
山西	−0.469 070	−1.197 620	−1.087 020	−0.386 850	3.773 110	0.407 712
内蒙古	−0.532 080	−1.449 920	0.766 260	−0.552 210	0.590 840	0.107 455
辽宁	−0.116 780	−0.536 490	0.019 000	0.138 620	−0.040 060	−0.045 628
吉林	−0.606 870	−0.784 320	−0.242 530	−0.281 060	−0.308 210	−0.341 756
黑龙江	−0.386 730	−0.175 370	−0.441 980	−0.568 170	0.299 170	−0.206 014
上海	1.753 850	0.710 120	2.350 710	0.663 600	−0.513 670	0.982 911
江苏	2.224 630	−0.095 510	0.690 750	3.192 920	1.031 870	1.227 930
浙江	0.419 350	0.150 450	0.015 310	1.103 350	0.508 840	0.357 926
安徽	−0.456 560	0.206 300	−0.588 310	−0.347 050	0.000 610	−0.275 081
福建	0.371 330	1.441 620	0.659 040	−0.040 520	−0.292 710	0.287 580
江西	−0.312 570	−0.443 820	−0.718 150	−0.345 930	0.396 970	−0.243 676
山东	0.164 400	0.061 600	0.561 610	1.930 810	1.256 580	0.776 521
河南	−0.418 980	−0.355 250	−0.542 910	0.216 930	0.173 580	−0.180 035
湖北	−0.367 580	−0.492 410	−0.010 280	−0.195 940	0.950 270	0.115 269
湖南	−0.433 130	−0.826 540	−0.318 630	−0.369 990	−1.326 310	−0.610 189
广东	3.547 440	3.342 880	0.228 400	2.723 680	−0.183 790	1.191 357
广西	−0.572 850	−0.557 270	−0.663 270	−0.551 810	−0.872 260	−0.623 156
海南	−0.825 700	−1.192 170	0.162 640	−0.739 630	−0.381 030	−0.366 802
重庆	−0.458 780	0.571 210	−0.489 920	−0.516 340	−0.537 410	−0.375 688
四川	−0.190 440	0.741 900	−0.301 890	−0.029 010	−0.488 230	−0.186 937
贵州	−0.388 130	0.726 090	−0.695 330	−0.733 390	−0.328 030	−0.390 903
云南	−0.677 950	−0.460 230	−0.448 450	−0.657 020	0.026 330	−0.355 159
陕西	−0.128 270	0.184 100	−0.722 890	−0.571 920	−0.259 910	−0.363 810
甘肃	−0.711 190	−0.801 130	−1.055 440	−0.709 190	0.640 370	−0.420 801
青海	−0.883 850	−1.348 380	−0.856 400	−0.772 340	−0.353 990	−0.689 764
宁夏	−0.553 670	1.159 000	−0.529 130	−0.759 160	−1.944 110	−0.742 463
新疆	−0.633 980	1.021 330	−0.541 220	−0.698 340	−0.811 780	−0.475 594